# 我的男人是狐狸

朱夏 著

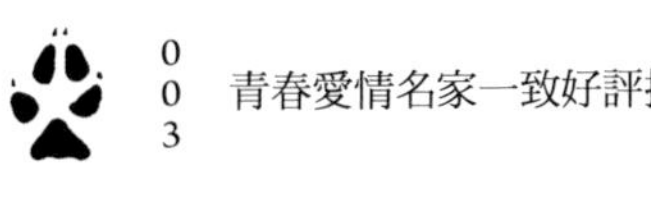


# 青春愛情名家一致好評推薦

愛不在乎生命的長度，只在乎相伴直至最後一刻，那一刻將心滿意足。

他無所謂時間匆匆，卻為她的匆匆一生停下腳步；她不捨得生命短暫，卻用短暫的生命對他一心一意。這是超越物種的愛，他們相互包容，願意適應彼此的不同，甚至為此犧牲自己最寶貴的東西，於是，永恆其實只是牽起手的瞬間。

——校園純愛系作家　竹攸

一直到現在，我都不知道該給這個故事安上一個怎樣的標籤。

當我闔上這本書的同時，我確確實實地接收到了朱夏想要帶給讀者們的訊息。

我們如何理解、如何包容、如何接受，不只是對對方，也是對自己。

在故事中，顏以傑是隻狐狸精，而他的愛人蘇于晴則是個貨真價實的人類。他們的愛情，跨越了種族及時間，在浩瀚如宇宙的時光洪流之中閃爍著微光。

雖然這份喜歡這份愛比其他的更加困難，但兩人彼此的互動讓我相信——所有的問題都能被克服。

相信自己，然後相信你所愛。

——POPO原創文學網收藏榜&珍珠榜雙料冠軍　夏梁

輕快的超展開！兩段人與狐狸精的戀情不僅奇幻有趣，更帶著意外貼近現實的微妙感。

——暢銷愛情小說家　舒果汁

作者能輕鬆地駕馭各種文風，理性中帶著感性，文筆精準而純熟。

縱然她的故事總有不同的風貌，但不變的是——始終傳達著你我都深陷不已的愛戀。

——浪漫甜心教主　凝微

# 目　次

# CONTENTS

# 第一部

## 狐狸的新娘

# 序章、狐狸男友

星期五傍晚，熱鬧的商店街行人來來往往。馬路上車燈、七彩招牌閃爍，人們嘻笑狂歡準備迎接假日，燈紅酒綠的景色下，根本沒人注意到一隻蹲坐在路旁的流浪狗。那隻小狗躲在柱子旁，看著川流的人潮，面露無辜。然而在這群人當中，卻有一名女子停下腳步。

「嗨。」她注意到小狗，越過人群，走到小狗面前蹲下。

「你只有一個人？你媽媽呢？」她對著小狗說話，小狗迎上前，在她腳邊撒嬌。

她伸手摸摸小狗的頭，小狗跳起來，盯著她胸前搖晃的工作證。工作證上頭寫了她的名字：「蘇于晴」。她這才想起自己為了赴約匆忙下班，竟忘記把工作證取下。

「你一定是餓了吧。」蘇于晴對著小狗微笑，將工作證取下收進皮包裡的同時，從中取出一包狗餅乾，放了幾片在小狗面前。

她從小就愛狗，常常放學看到路邊的流浪狗就忍不住餵食，導致流浪狗也愛跟著她，把狗帶回家後又討母親一陣挨罵。由於家裡已經養了一頭柴犬，她母親禁不住女兒淚汪汪的眼淚攻勢，老是得幫她替流浪狗找新主人。

但是自從大學離家後，她最寶貝的寵物柴犬過世，她沒能見到愛犬最後一面，哭了一個多月才好，但難過的心情卻怎麼也忘不了。因此她再也不敢養狗。

「對不起，我只能給你食物，不能帶你走。」蘇于晴說著輕摸小狗的頭，把隨身攜帶的狗餅乾收進皮包裡。流浪狗年紀幼小，白色的毛相當柔軟，她忍不住摩挲小狗的頭。

「妳在幹嘛？」

蘇于晴聽見熟悉的聲音，轉過頭，一名身穿灰色風衣外套的男人，揹著雙肩背包，手插口袋盯著她。那就是她的男朋友——顏以傑。他搔搔一頭褐色柔軟的頭髮，面露不滿。

果然他今天是要跟我做了斷吧。蘇于晴內心徬徨不安。

她回想三天前，上班午休時間和朋友吃飯時的對話——

「妳生日快到了吧。打算怎麼慶祝？跟妳的小男朋友嗎？」同事兼好友的楊雅筑問。

「普通方式過而已，還會怎麼過。但我男友說我生日當天有很重要的事要跟我說。」蘇于晴面帶微笑，滿面春風藏不住。都交往五年了，重要的事還會有什麼，不就是求婚嗎？她當時這麼心想，然而楊雅筑卻面露憂色。

「怎麼了？」她一臉疑惑。

「蘇于晴，妳要小心了，妳的三十二歲生日，可能沒有妳想像中得美好。」

「什麼意思？」

「我問妳，妳男朋友幾歲？」

「二十七。」

「加減算術妳會吧。你們相差五歲耶，老實說，妳年紀也不小了，他跟妳交往一開始只是喜歡妳熱情活潑的個性，可是男人是很現實的，永遠喜歡年紀輕的女孩，而妳已經不能被稱為女孩了。」

「女、女人有什麼不好？不是很流行姊弟戀嗎？」蘇于晴結巴回應，一臉心虛。

「妳電視劇看多了，現實生活中哪有那麼多姊弟戀，更別提最後修成正果的有幾個啊？」楊雅筑嘆

了口氣，「所以我說，妳要有心理準備，這可能是妳最後一次和弟弟男友見面了，好好珍惜最後和鮮肉相處的時間。」

「小晴、小晴。」顏以傑搖了搖蘇于晴的肩膀，她才回過神。

「妳還有嗎？狗餅乾。」男友問。

「嗯，你想餵牠吃？」她放了幾塊狗餅乾在顏以傑掌心上，然而對方卻沒有餵流浪狗，竟然反將餅乾放進自己嘴裡。

「那是狗飼料耶。」蘇于晴驚呼。

「我有點餓了，反正吃進肚裡都一樣。」顏以傑說著，從蘇于晴身後抱住她的肩膀，目光瞪向前方的小狗，小狗發出嗚嗚聲，嚇得快速跑掉。

「你幹嘛嚇走牠啦。」她臉紅側頭看向自己的男友。

「那是因為妳都不看我。而且妳不是說再也不養狗了嗎？那麼就不要給別人過多的期待。」

在顏以傑帶有醋勁的口氣聽來，流浪狗倒像是個真人。

「你不起來嗎？還是想要我揹你。」蘇于晴苦笑。她的男友在交往這五年，總是很喜歡撒嬌，或許是因為這樣她才覺得對方可愛。

顏以傑靠在她耳背後嗅了嗅，鼻尖發出的聲音聽起來就像是狗在聞東西。他輕聲說：「我喜歡妳耳朵和髮際線之間的味道。」

他的氣息搔得蘇于晴耳背發癢，耳朵瞬間漲紅。

耳朵和髮際線之間的味道？蘇于晴對這模糊地帶不禁皺眉。

蘇于晴回想起五年前和顏以傑第一次相遇的事，那是某個星期六下午，太陽毒辣到不少人被熱死。

她撐著陽傘出門買東西，途中經過附近的自動販賣機，本來想買罐汽水解渴，但站在前面、看似大學生的一名男人一直用手指猛戳販賣機的玻璃，彷彿以為可以穿過玻璃拿出飲料。

「需要幫忙嗎？」她也想買飲料，見對方這樣怪異的舉動，等得不耐煩了，忍不住問。

「我問妳，這台機器不是按了就會有飲料出來嗎？」男人轉頭看向她，一雙大眼露出像狗兒般埋怨的眼神。不曉得是不是因為太陽太過刺眼，隱約覺得男人身上的汗毛發著微光。

蘇于晴盯著對方的表情不由得想起以前過世的寵物，當下覺得失禮輕咳一聲：「你想喝什麼？」男人指向上頭的運動飲料，面露期待。他這張臉又讓她想起寶貝的柴犬。並非說對方長得像狗，只是單指他的眼神，而且認真來說男人五官十分端正、細緻，不太像這個時代的長相。

「你沒用過販賣機嗎？」蘇于晴別過臉，幫他按下按鈕。

「我不信任機器，只是天氣實在太熱了。啊，掉出來了！」男人驚呼，開朗的笑容讓蘇于晴看得不禁失神。

「怎麼了，要不要我請妳一罐？妳想喝什麼。」男人問。

那就是他們相遇的起點，在那之後，蘇于晴經常在那台飲料販賣機前遇到男人，他們巧遇時總是忍不住聊天，而且交談的時間一次比一次長。

「啊，已經晚上了，沒想到竟然聊這麼久。」她輕敲自己的大腿，站著不動，雙腳已經發麻。那次他們一聊就不小心聊到天黑。

「明天可以再見面嗎？」男人在她準備轉身離開時握住她的手問。

「明天？」蘇于晴被握住的手開始發燙。他們向來只有巧遇才會聊天，從未特別約定時間見面。

「我一直都在這裡等妳出現，我大概第一次見到妳的時候就喜歡上妳了。」男人表情因緊張而板了起來，雙眼直盯著蘇于晴的臉，看得她從手一直熱到頭頂。

「嗯？」她瞪大眼睛，愣了幾秒才有反應。那時她甚至不曉得對方的名字。

「我叫顏以傑，妳可以和我交往嗎？」男人用力嚥下口水，彷彿為了說這句話，練習了上百次。

蘇于晴一臉呆愣，睜大眼點頭。面對一個身分不詳、老是埋伏等待自己的男人，到現在她仍不明白自己怎麼會答應得如此草率，所幸顏以傑並不是什麼可疑份子，因此目前她人財兩在。

做詐騙的硬撐五年也太拚。蘇于晴不禁開始胡思亂想。

「小晴，妳又發呆了。」顏以傑依舊抱著她不放。

她苦笑勉強站起身，作勢要揹起黏在背後的男友，但顏以傑個子比她高，兩腳垂地，自然是揹不動。

「走吧，我餓了。」蘇于晴說著，顏以傑才鬆開手改站在一旁牽起她的手。

這說不定是最後一次牽手了。她想著，背後還因剛失去的溫暖而感到一絲寂寞。

「今天奢侈點，到餐廳去吧，我訂好位了。」顏以傑露出微笑。

「因為要談分手，不想給妳太難看，所以訂了高級西式餐廳。」蘇于晴喃喃唸起楊雅筑唱衰自己時說的話，不禁冒冷汗。

「怎麼了？」顏以傑看她遲遲不進餐廳，轉頭問。

「沒事，只是想說我穿這樣合適嗎？」她隨便掰了個理由。

「當然，妳很漂亮。」顏以傑摟著她的肩帶她進去。

蘇于晴聽了臉頰又是一陣紅，就算只是安慰她也開心。

兩人走進高級餐廳，在靠窗的座位坐下。服務生幫他們點好餐後離開。他們靠著窗，從這裡可以看

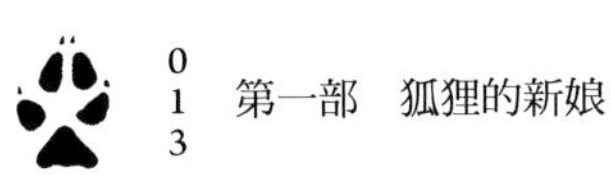


見路過的行人和遠處川流的車輛，紅燈、黃燈好不熱鬧。

「小晴，妳今天有點奇怪。」顏以傑看著她。

「沒有啊。」蘇于晴回過頭對男友擠出微笑，試圖保持冷靜。

「沒事就好。」

「對了，你說有很重要的事要告訴我，是什麼？」她故作開朗的表情問。她實在等不及了，這些天一直擔心男友會提分手，忍不住想直接知道答案。

「現在說嗎？」顏以傑面有難色，搔了搔瀏海。他的表情切中了蘇于晴的擔憂。

「早說晚說不是都要說。」她話才出口，眼眶已沾濕。她盯著顏以傑看，見對方將水杯放下，表情凝重。拜託不要說分手。蘇于晴望著他心想，不論如何她還是很愛他，捨不得跟他分開。

「妳說的對，這些事我憋在心裡很久了，不說我也難過。」

從很早之前就想跟我分手了？你是這個意思嗎？蘇于晴淚汪汪望著小男友。

「你到底想跟我說什麼？」她勉強擠出微笑望著他。

「我想說對不起，這些年我對妳說謊了。」顏以傑站起身鞠躬道歉。

「你說了什麼謊？」蘇于晴睜大眼仰頭望著對方。她不眨眼睛，以為這樣可以把眼淚曬乾，因此臉上的微笑變得不自然。

「我其實不是二十七歲。」顏以傑表情不安，抓了抓脖子。

少胡說了，拿年齡來開我玩笑，好說服我分手嗎？蘇于晴在心裡默唸，深呼吸，維持完美的僵硬笑容：「不是二十七歲，難不成你想說你十七歲未成年？」

「當然不是。」顏以傑皺眉，「但我騙妳的不只年齡。」

「那你還騙我什麼？難道你想說你不是男人嗎？」

顏以傑雙眼微睜，抓抓臉頰：「接近，但正確來說我不是人。」

沒錯，拐了我五年的青春，認真說起，確實不是人。蘇于晴想著，露出極度委屈的表情。

「所以你的意思是你不是人，年齡還是光年計算，不知是哪裡來的外星人？」蘇于晴不禁諷刺道。

「小晴，光年是距離單位，不是真的指年的意思。」顏以傑蹙眉，面露困惑。

蘇于晴因為發現自己講錯話，臉頰一紅，頓時感到羞赧。

「好嘛，你不就是想分手，就分手啊，繞這麼大的圈子，還講那些奇怪的謊話騙我。今天就結束了吧，再見。」她說著抓起皮包和外套，什麼也沒想便衝出店門外。她努力忽視旁人的目光，跑進一旁的小巷裡，用手背胡亂擦拭哭花的臉。

「小晴。」顏以傑的腳步聲傳來。

「你來幹嘛，要跟我討飯錢嗎？多少我付就是。」蘇于晴低頭翻攪著皮包，模樣狼狽。

顏以傑心疼靠向前，伸手把她抱在懷裡。

「抱歉，我說謊惹妳哭了。」

「不想要我哭，那你為什麼要騙我？」蘇于晴頭靠在他胸前啜泣。

「因為喜歡妳，所以我不敢說真相。」

「那真相是什麼？」蘇于晴被他的話弄糊塗，都要分手了還說喜歡，這不是謊話嗎？

「妳要保證知道了不會被嚇到，不然我不好告訴妳。」

「我不會被嚇到，請你告訴我真相。」

「真相是這個。」顏以傑握住她的手放到自己背後。她感覺掌心碰觸到毛茸茸的東西。

「什麼東西？」蘇于晴仰頭看他。

「我的尾巴。」顏以傑表情十分鎮定。

蘇于晴瞪大眼，看向他背後，忍不住用力拉了兩下尾巴。

「唉、唉，別拉了，會痛。」顏以傑握住她的手阻止，以免尾巴和本體分離。

「所以這尾巴是真的？」蘇于晴交替看著顏以傑的臉和尾巴。

「貨真價實。」顏以傑說著，又將她的手放到自己頭上，不到一秒，掌心被撐起，底下多了一對蓬鬆的尖耳。

「喂！這是怎麼變出來的？」蘇于晴忍不住搓揉那對大耳，使顏以傑很不自在，臉頰發紅。

「它們一直都在，只是被我收起來了。」

「別開玩笑，又不是汽車側照鏡，收縮自如。」她說著，一臉困惑，將顏以傑的肩膀向下壓，認真查看耳朵根部確認。

「嗯……差不多就像那樣。」

「那你這兩隻耳朵呢？」蘇于晴拉扯顏以傑的人類耳朵，柔軟的耳朵突然和頭分離躺在她手心。

「哇！」她嚇一大跳把耳朵扔在地上。

「這個不便宜耶。」顏以傑彎下腰撿起人耳，輕拍幾下黏回頭上，同時不忘把狐狸耳朵和尾巴一齊藏好。

「我不理解現在是什麼情況？不是說有很重要的事要告訴我？」蘇于晴盯著他，表情疑惑。

「對，我今天就是要向妳坦白我的身分，我是狐狸精不是人類。這件事很重要，因為我想娶妳當我的妻子。」顏以傑牽起她的手。

「妻、妻子？」蘇于晴以為自己幻聽了，舉起雙手拉拉自己的耳朵。

「從我第一眼見到妳，就很喜歡妳，那時早就決定要讓妳當我的妻子。」顏以傑微笑。

「你說販賣機嗎？」

「其實是在更早之前。」顏以傑羞赧地抓抓頭髮。

蘇于晴聽了這回答，內心有點毛，不曉得顏以傑是在什麼時候就已經鎖定自己，但見對方表情認真，恐懼馬上被心跳掃得一乾二淨。

「為什麼決定現在說？」

顏以傑靠向她，伸手輕觸蘇于晴的臉頰，深情望著她：「我想我們的關係是時候該前進了，而且妳也已經不年輕。」

蘇于晴本來高興的心情被男友過於老實的嘴狠狠刮去一半。

「妳當我的妻子，好不好？」顏以傑問。

「但是我已經不年輕了耶。」蘇于晴忍不住耍脾氣。

「沒關係，反正我已經活了六百多年，妳和我比算幼齒了。嫁給我，好嗎？」顏以傑認真看著她，這表情令她心動不已。

「既然不年輕了，我還有別的選擇嗎？」蘇于晴露出淘氣的笑容，顏以傑會心一笑，靠向前親吻她的唇，並將戒指套上。

「所以從今天起我就是狐狸太太了嗎？」蘇于晴展示自己手上的戒指，用半夢半醒般的口吻說著，這話連她自己也不相信。

「幸好妳答應了，不然妳可能會有危險。」顏以傑鬆口氣，輕拍胸膛。

「少開玩笑了。你頂多只會刪掉我的記憶吧。」

顏以傑搖了搖頭：「妳小說看多了，那種能力我可沒有。實際上如果妳知道我的身分，卻不願意嫁給我，我恐怕得把妳打暈扔到海裡。」

「你只是說笑，對吧？」蘇于晴輕拍他的肩膀，但見顏以傑沒笑才知道對方的話是認真的。

顏以傑突然一臉尷尬，抓抓臉頰說：「在正式結婚之前，我們還有一道難題。」

「什麼難題？」蘇于晴接受求婚後，整個人輕飄飄，笑著問道。

顏以傑苦笑回應：「我還沒告訴我爸媽我要娶人類女孩的事。」

# 第一章、記得我愛妳

房間窗外傳來鳥鳴聲，將蘇于晴吵醒。她躺在床上翻了個身，胃部突然緊縮，反嘔想吐，但疲倦得爬不起身，身體蜷曲。她揉揉眼睛，睜開眼一看，只見顏以傑的臉靠得很近，鼻尖甚至可以感受到他溫熱的氣息。

顏以傑伸手握住她的手，睜開眼睛柔聲問：「妳醒了？」

蘇于晴猛地坐起身，發現自己身在陌生的房間裡，房間的構造卻也不像旅館，看起來是一間個人小套房。

「妳怎麼了？臉色很難看。」

她來不及回應對方，更沒時間確認自身現況，摀著嘴比手畫腳。

「就跟妳說不要喝那麼多酒了。」顏以傑嘆了口氣，伸長手臂將蘇于晴抱起帶進廁所裡。

她一進到廁所，馬上抱著馬桶大吐特吐，臉色瞬間刷白。顏以傑輕拍她的背，用熱毛巾幫她擦臉。

「我們昨天有發生什麼事嗎？」蘇于晴望著他問。

「嗯，我告訴妳我是狐狸精，然後妳答應我的求婚。」顏以傑抓抓頭頂的一對尖耳。那對尖耳提醒蘇于晴昨晚的經歷絕不是夢。她伸手抓抓男友的耳朵，一對大耳在摩搓下晃動。

「之後呢？」蘇于晴急切詢問，對於男友總是慢吞吞的個性感到不耐煩。

「之後我們回餐廳裡吃飯，服務生知道我求婚成功，餐廳送了一瓶紅酒，結果妳把整瓶都喝了。醉

醺醺的，妳家太遠又不好把妳送回家，只好帶進我房子裡。」

「那我們……」蘇于晴盯著對方的臉，摸摸自己的衣服，猛然低頭一看，竟然換上了男性襯衫。

「妳吐在自己的洋裝上，我只好幫妳換衣服。」

「所以什麼事都沒發生？」

「當然。我們狐狸可不像人類這麼隨便，正式結婚後才會。」顏以傑雙頰泛紅別過頭，省略了關鍵的字。

活了六百年的老狐狸竟然也會害羞。蘇于晴心想，忍不住會心一笑，不管是人還是狐狸精，眼前的顏以傑依舊是她愛的那個男人。

「為什麼喝那麼多酒？難道妳後悔了嗎？」顏以傑回過頭握住她的手，食指輕敲她無名指上的戒指。

「沒有，只是有點不可思議。」蘇于晴吐到虛脫，露出微弱的笑容。

「所以妳還是願意成為我的新娘，對吧？」顏以傑靠向前，指尖溫柔地撥開她的頭髮。

蘇于晴主動伸手抱住他的脖子：「當然，雖然沒想過嫁的不是一般人，但是喜歡上了難道會為了這點小事放手嗎？」

「我就知道妳會答應。」顏以傑吻了蘇于晴的後頸，害她身體瞬間發麻僵直。他隨後說：「我說如果妳不答應會把妳扔進海裡的事，其實是假的。」

「所以你真的有法力可以刪除人的記憶嗎？」

「就說我沒那種法術了。如果妳拒絕，我就會搬離這座城市，消失不見。因為我捨不得害死妳。」

顏以傑柔聲低語。

「我很高興我答應了。」蘇于晴把頭倚在他肩上。

「真想現在就把妳娶回家，不過不知道爸媽會不會反對。」顏以傑輕拍她的背。

「他們會反對嗎？」蘇于晴不禁面露擔憂。

「畢竟還是希望我娶一般的女孩吧。」顏以傑嘆氣。

蘇于晴明白他指的是同族的人。

「那如果他們反對該怎麼辦？」她撫摸他的臉頰，眼角微濕。

「到時候我就帶妳走。」顏以傑用力吻了她的額頭，「我已經決定妳是我的妻子，沒人能改變這件事。」

「跟著你去哪裡都好。」蘇于晴點頭微笑。

蘇于晴向顏以傑借了浴室洗澡，浴室裡的擺設相當整潔，不過和一般單身男性的居處相比，多了一些不常見的東西。例如球狀的沐浴玩具，和梳理狗毛的鐵製尖刷，上頭還纏了些許狐狸毛。

「洗好了嗎？」顏以傑看她走出浴室，從廚房探出頭對她微笑。

眼前餐桌上已經放好了兩人份的三明治和牛奶。

蘇于晴拉開椅子坐下，三明治的味道很香，讓她想起自己早已把昨天的高級牛排全吐掉了。

三明治是照燒雞口味。對身為廚師的顏以傑來說，這樣的早餐並不難準備。

雞……因為是狐狸，所以才喜歡吃雞嗎？蘇于晴心道，一邊環顧四周，這是她第一次踏入顏以傑的家。

或許是像他先前所說，被拒絕就會逃離這裡，所以從沒讓我來到自己的居處吧。蘇于晴想著，對窗邊一排風鈴感到好奇。

「我想起來，你說過喜歡風鈴。」蘇于晴露出微笑，中央那串是她從墾丁買回來送給顏以傑的紀念品。

「你還有好好收著。」她走到窗邊，摸著自己送的風鈴，風鈴底下是貝殼串，頂端則是水母狀的彩繪玻璃。

「當然，因為是妳送我的第一份禮物。」顏以傑從背後擁抱她，靠在她耳邊問：「下禮拜我帶妳去見我父母，好嗎？找時間我也想去見妳的家人。」

「好，依你的決定。」蘇于晴閉上眼努力掃去對未來的不安，伸手抱著顏以傑，「告訴我你有多喜歡我。」

「我喜歡妳，喜歡到願意放棄六百年的光陰。」

蘇于晴臉上滿是笑意，忽然感覺耳背傳來一股濕熱的觸感，竟發現自己被舔了。

「你不是說狐狸很重視節操嗎？」她漲紅著臉問。

「是啊，但這動作只是我們族類情侶間常做的事，並不奇怪。妳知道我不是人類，所以現在這麼做應該無所謂。」顏以傑露出一派輕鬆的表情。

蘇于晴腦中浮現兩頭狐狸互相舔舐毛皮的畫面，確實挺正常的。

我得好好習慣他是狐狸不是人類的事。她心想。

ღ　ღ　ღ

隔週星期一早晨，蘇于晴搭公車抵達公司上班。她踏著輕快的腳步走下車，望向左右兩旁的道路，

陽光灑落在灰色柏油路上，一切看起來是這麼多采多姿。她下意識低頭看向手上的戒指，戒指是銀白色的，刻上了複雜的圖騰。顏以傑說那是他們家族的家紋，收到這枚特定訂做的戒指，就表示她將成為他們家的人。

「咦？妳今天有來上班。」楊雅筑從另一頭走向前，輕拍她的肩膀，把她從幸福的呆滯表情喚醒，「我以為妳會請假在家養情傷。」

蘇于晴輕哼一聲，將戒指展示在楊雅筑面前。

楊雅筑面露吃驚，握住她的手，仔細觀察戒指是不是真的：「什麼？他放棄吃嫩草的機會！」

某種程度來說，顏以傑確實是吃嫩草，嫩了六百年。蘇于晴苦笑。

「我就說會沒事嘛。」蘇于晴說著，倒忘記自己會錯意在餐廳裡大喊「想分手就分手」。

「恭喜妳，總算嫁出去了。」

「不過過程有些曲折就是了。」她尷尬一笑。

「什麼意思？」

蘇于晴本來想回答楊雅筑的問題，但想起昨晚顏以傑送她回家時，特別叮嚀「不可以和別人提起我的身分」，只好把話吞進去。

「沒什麼。」她搖頭。有事不能分享，內心不禁落寞。

「裝什麼神祕。決定什麼時候結婚？」

「這週末要先去見他父母。」蘇于晴就連說出口也感到莫名緊張。

「如果是好婆家就好了。」楊雅筑不經意脫口而出，「我因為老公是獨生子，可是得一直看婆婆的臉色度日，我那老公就是個媽寶，有時候還真讓人受不了，妳可要小心了。」

她的話讓蘇于晴更加不安，顏以傑說過他父母期待他帶回家的是同族類的女孩。

「我也希望不會有什麼大問題，不過幸好他兄弟姊妹很多，也許不會有事。」蘇于晴回應同時安撫自己。

「兄弟姊妹多，那可未必是好事，一堆小叔、小姑等著妳伺候。」楊雅筑搖頭說道。

蘇于晴愈聽愈害怕，每次和楊雅筑聊天，什麼壞的預想都會被對方說出來。

「早安！」一旁另一名同事靠向兩人打招呼，突然看向蘇于晴說：「妳家有養狗嗎？」

「嗯？沒有啊。」她茫然回應。

「是喔，只是我總覺得妳身上有一股狗香水味，而且今天更濃了。就像在寵物美容院會聞到的味道。」

蘇于晴聞了聞自己的手臂，她從沒注意這件事，但卻也不排斥這味道，因為是喜歡的人的香味。

ઙ ઙ ઙ

經過五天上班，終究迎來了約定的日期，星期六一早鬧鐘還沒響蘇于晴已經自動睜開眼。今天就要和顏以傑的父母見面，讓她緊張得連夜失眠。

「到底要穿什麼衣服才好？」她一邊吃早餐一邊思考。他們約定的時間是中午，但她現在已經緊張到心臟怦怦跳，而且她甚至還沒跟自己的父母提起結婚的事。

「我媽個性很隨和，她會喜歡妳，但我爸挺保守的，我只怕他會給妳難堪。」

當她問起顏以傑的父母時，對方這麼回答。

「你都六百歲了，你爸不就已經千歲？」她喃喃自語，不曉得對方的父親會不會是千歲的老頑固。

在她床上放了紅色及膝長裙、黃色連身洋裝和其他搭配用的淺色襯衫。顏以傑說他們族類喜歡鮮豔的顏色，穿鮮豔點好，可以留下好印象。關於此事，她猜想或許和狗是色盲有關。

最後她選了紅裙和白襯衫，還沒十點就已經化好妝等待。十一點門鈴一響，她嚇得跳起身，打開房門顏以傑就站在門外。背著窗邊的陽光，顏以傑身體的框線泛著一層薄薄的微光，像是他會發光一樣。這件事蘇于晴第一次遇見他時就發現了，但今天不禁心想是不是因為他不同於一般人，所以看起來與眾不同。

「我穿得好看嗎？」她勾著顏以傑的手撒嬌。

「好看，他們一定會喜歡。」顏以傑露出滿意的笑容。

「那你喜歡嗎？」

「妳穿什麼我都愛，但今天的妳最美。」顏以傑說著吻了她的臉頰。

「油嘴滑舌。」

「誰叫我是老狐狸。」顏以傑笑著牽她的手走出門。

兩人手牽手走出公寓，顏以傑的轎車就停在對街的停車場。

「你老家在哪裡？」蘇于晴坐進副駕駛座，繫上安全帶後問。

「在新莊那一帶，開車大概快三十分鐘。」顏以傑提到老家時，突然板起面孔，表情嚴肅。

蘇于晴打開收音機，緩和情緒。

「妳緊張嗎？」紅燈時，顏以傑問。他的雙手不時敲擊方向盤邊緣，比起蘇于晴，他更緊張。

「我擔心他們不喜歡我。」

「沒關係，記得我愛妳就好。」顏以傑握著她的手，輕輕一捏。

顏以傑開車上快速道路，經過半鐘頭下高架橋往山區移動，四周的房舍愈來愈稀少，只看得見滿山的樹林和零星墳墓。蘇于晴望著窗外，不由得心想顏以傑的家會不會是在山洞裡。最後顏以傑在一處荒僻的山腳下停車。

「你家到了嗎？」蘇于晴解開安全帶，準備打開車門。

「還沒，得再走一段路。」顏以傑站在車外指向山坡上，遠遠可以見到一間紅磚屋頂隱蔽在樹林間，看起來相當具有歷史。

「好高，怎麼上去？」蘇于晴剛說完，只見顏以傑已經在她面前蹲下。

「你要揹我爬山？」她得意一笑。

「當然，這一直是我的夢想。老狐狸想揹自己的新娘回家，婚禮當天也必須揹妳上山，就當作婚前演練吧。所以結婚前，妳要節制體重。」

蘇于晴抱著未婚夫的肩膀，輕捏他的臉頰表示不滿。

顏以傑揹她走到半山腰，雖然說山路上有石階，但石階多半被雜草覆蓋，難以行走。她轉頭看，遠遠可以瞥見１０１的樓頂，住在這裡視野相當好。

「小晴，如果妳怕了，我們直接私奔好不好？」顏以傑柔聲問。

「怎麼了，你很緊張嗎？」蘇于晴側頭看他。

「我怕他們欺負妳，這樣我會很心疼。」他露出不安的表情。

「你的家人這麼可怕嗎？」

「我有幾年沒回來了，突然帶人類女孩回家恐怕他們會生氣。我看我們還是下山吧。」顏以傑說著轉身想折返。

「別傻了，你都爬到半山腰了耶，怎麼可以隨便放棄。」蘇于晴輕敲他的肩膀。

「好吧，妳說的對。」顏以傑嘆氣，回過頭繼續向上爬，「如果妳受不了，一定要跟我說，不要勉強。」

「我知道。你也一樣，要記得我也愛你。」

「早知道就不用揹的。」顏以傑安靜了兩秒後說。

「為什麼？你嫌我重喔。」

「不是，因為如果用抱的，現在就可以親妳了。」

蘇于晴聽到他的回答，臉發紅陷入沉默。

兩人爬了二十多分鐘，坡度漸緩，顏以傑加快步伐前進。蘇于晴望著地面，發現有不少小小的腳印，大小和狗掌差不多，不由得心想，難道顏以傑的父母會以狐狸的面貌和自己見面嗎？

「你爸媽也和你一樣長得像人嗎？」她不禁問。

「平常是如此，畢竟我們生活在人類社會裡。」顏以傑停下腳步仰頭看，「啊，到了。」他說著將蘇于晴放下。

兩人面前是一間建築風格中日合併的房舍，從磚瓦被雨水侵蝕的狀況來看，歷史相當悠久。

「這裡就是你家？」

「對，從日治時期搬遷後，就一直在這裡。」顏以傑說著，推開大門，跨過門檻後，蘇于晴發現這是間四合院，裡面還散發著一股木頭香氣。

木造拉門敞開，一隻毛茸茸的東西跳出來，在兩人身邊圍繞。

「怎麼了？」蘇于晴彎下腰看，一隻小狗在她腳邊嗅了嗅，隨後又飛快跳到顏以傑身上，趴在他的肩膀撒嬌。

「是阿傑大伯。」

聽見小狗說話，她愣了半晌，趕緊更正自己的思考，眼前的生物不是狗，是狐狸，還是未婚夫家的小孩。差一點就要問「你家有養狗啊」這樣失禮的話了。蘇于晴偷偷鬆了口氣。

「阿傑大伯回來了。」從房裡一名小男孩衝出門，頭上一對狐狸耳朵卻沒藏好。

小男孩繞到蘇于晴背後，掀開她的裙子問：「她的尾巴呢？是白狐還是紅狐。」

「這個……」蘇于晴一臉尷尬，望向顏以傑求救。

「小瓜，不可以胡來，怎麼能亂掀女生裙子。而且她是你未來的伯母。」顏以傑伸手抓起男孩的衣領，把他提起來。

聽見伯母二字，蘇于晴臉頰一熱，但突然看見門邊有個小男孩蹲在角落望著自己發抖，不禁感到疑惑。

「哎呀，阿傑回來了。我去叫阿姨來。」門邊一名氣質高雅的婦人見到兩人，面露微笑又折回屋內。

「小晴，剛才打招呼的是我嬸嬸，而這小女孩是小花。」顏以傑指向肩上的小狐狸，又舉起手上的小男孩，「這是小瓜，他們是我的姪女姪子。在就讀小學前不會有正常的名字，記不起來隨便叫也可以。」

「還真是隨興。」她苦笑。

一名身材微胖的女人從門邊出來，笑嘻嘻望著兩人。

「媽，我回來了。」顏以傑迎上前。聽見未婚夫喊她媽，蘇于晴瞬間繃緊神經。

「阿傑，你總算回家了，上次回來是幾年前的事？」顏媽媽靠上前，輕拍顏以傑的臉頰。

「兩年前，還是三年前？」他自己也記不得。

蘇于晴一臉錯愕，不禁心想他們對時間的感覺跟人類還真不一樣。

「這位就是傳說中的新娘嗎？」顏媽媽望向蘇于晴，親切握住她的手。

「伯母您好，我叫蘇于晴。」她露出微笑，未來的婆婆很溫柔，讓她放心不少。

「叫我伯母太客套了，以後就叫媽吧。妳的事我很早之前就聽阿傑說過了。」

就和顏以傑說的一樣，他母親相當隨和可親。

「來吧，快進來坐。」顏媽媽牽著她的手，帶他們走進房內。

「打攪了。」蘇于晴悄聲說。剛才在門邊發抖的小男孩已經縮進房間角落，但雙眼還是緊盯著她。

我有這麼可怕嗎？她不禁心想。

「你們等等啊，我叫老爸出來。」顏媽媽說著小跑步離開，她的腳步聲愈漸遠去，但仍未停止。蘇于晴不曉得這房子到底有多大。

等待時間，最早迎接他們的嬸嬸端了茶放在兩人面前。

「你們交往多久了？」嬸嬸問。

「五年。」蘇于晴微笑回答，卻見嬸嬸瞪大眼睛。

她心想五年很久，所以很吃驚吧，但嬸嬸卻說：「現在的年輕人沒認識多久就結婚，真是熱情。」

蘇于晴傻笑，差點忘記顏以傑一家的思考模式和人類不同。活了六百年的狐狸精，五年算得了什麼。

「認識第一年我就決定要娶她了。」顏以傑握住蘇于晴的手。

「好浪漫啊。」一旁傳來柔和的笑聲，蘇于晴轉頭看周遭已經被一群婆婆媽媽包圍。她無法想像這些長相正常的人其實都是狐狸精變來的。

他們家到底有多少人？她偷偷計算，來湊熱鬧的人從房間門口一直排到走廊上，少說有三十多人，每雙眼睛不停注視兩人，讓她很不好意思。

走廊傳來沉穩的腳步聲，蘇于晴感覺顏以傑的手顫抖了一下。

「阿傑，回家了？」一名身穿灰色馬褂、像是自民初時代走出來的男人，在兩人面前坐下，整個人的氛圍霸氣十足。

「爸，我回來了。」顏以傑鬆開蘇于晴的手，正座下跪行禮。她看傻了，慌張效仿。

「這位是新娘嗎？」顏爸爸問。

「是，她就是我要娶的人。」顏以傑慌張將蘇于晴拉起來。

「伯父您好，我叫蘇于晴。」蘇于晴擠出微笑掩飾緊張。

「不用怕，我不會咬人。」顏爸爸呵呵笑，用手拍打膝蓋。

她不知道那是玩笑話，還是認真的。

「妳老家住哪裡？」顏爸爸問。

「老家在雲林，我現在自己住在中和那區。」

「雲林……」顏爸爸仔細咀嚼這兩個字，「是雲林的哪裡？」

「在虎尾。」

「喔，虎尾呀，我很熟，我有朋友住在那裡呢。」

顏爸爸面露輕鬆的態度，但顏以傑卻又更慌張，緊掐了一下蘇于晴的手。

「所以妳是白狐那群的人囉？」顏爸爸微笑。

「白狐？」蘇于晴歪頭面露疑惑。

「爸，她不是狐狸，她是人類。」顏以傑說。

他父親皺眉，細長的眼睛愈瞪愈大，盯著他問：「你說她是什麼？」

「人類，純種的人類。」

顏爸爸瞇細雙眼，緊盯著蘇于晴，頭一轉望向兒子用力拍桌，開口大罵：「隔這麼久回到家，竟然跟我說你要娶人類女子，開什麼玩笑！」

「我喜歡她，所以我要娶她，請您答應。」顏以傑語氣誠懇，趴跪在地請求。

「拜託您答應。」蘇于晴跟著跪下，手臂伏貼在地。

「蘇小姐，妳應該知道我們是什麼『人』吧。請妳回去。」顏爸爸手指向門外，大吼道。

「我是真心想和以傑在一起，請您答應。」蘇于晴維持跪地的動作。

「請起來。」顏爸爸將她扶起，態度禮貌而莊重地說：「我很感謝妳愛我兒子，但我是他的父親，知道什麼對他好，而妳不是適合他的人選。」

「老爸幹嘛這樣，阿傑六百年來好不容易帶女孩回來，是人類還是狐狸都無所謂吧。只要他們相愛就好。」顏媽媽柔聲勸說。

「但她不是狐群的人，是人類耶。人類很貪婪、很狡猾。」

「不是每個人類都這樣，至少小晴不是。」顏以傑抬起頭反駁。

「要是開先例，到時候阿帆也學他怎麼辦？」顏爸爸又再次拍桌，厲聲喝道，嚇得他母親聳起肩膀。放置在桌上的杯水也被翻倒，滾落桌下。

「他們相愛也沒辦法，我們遲早得接受人類世界，現在年輕一代不也都是在人類世界工作，才得以生活嗎？」一旁年紀較大的阿姨幫忙說話。

「工作歸工作，但婚姻不一樣，進來就得成為我們的人。」顏爸爸眼角瞥向蘇于晴手上的戒指，面露不悅。

「爸，我一生就只愛她一人，我已經決定了。我都六百多歲，難道不能自己作主？」顏以傑不畏父親的威勢，頂嘴道。

「對，我無所謂。我很早以前就已經有這個決心了。」顏以傑露出懇求的表情。

「你要為了她放棄後半人生嗎？」顏爸爸深呼吸問道。

蘇于晴不懂他們在說什麼，但見顏媽媽雙眼泛淚。

幾隻小狐狸躲在母親身後，目睹吵架的畫面讓他們眼中滿是驚恐。

「阿傑那麼真心，你就答應吧。以前媽媽也是這麼過來的。」一旁某位年長的阿姨對他父親說。

「是呀。生命總有一死，媽媽當初也是滿足地離開了。」另一位阿姨跟著附和。

「這裡我當家，妳們女人說什麼閒話？」父親大聲對著母狐群咆哮。

這時，一名中年男人走過來，在蘇于晴身旁坐下：「老哥，那你就聽我一句吧。現在時局不同了，狐群早就不剩多少，我本以為阿傑不喜歡女孩，可能一輩子不結婚，那也罷，人生那麼長，想怎麼過是他的事。但既然他找到喜歡的人，對方也愛他，願意接受他不同的一面，沒有什麼比這更好的事。」

「豪叔叔。」顏以傑抬頭望著男人，雙眼滿是感激。

「可是……」顏爸爸依舊不肯放下身段。

「我知道你是長男，爸媽最疼你了，所以那時你很難過。但不能因為你自己的痛苦而要他們年輕一

代跟著承受啊。阿傑不小了，他明白自己的決定。」豪叔叔又說。

「隨便你們，要結婚就結，結了不要再回來了。」顏爸爸說著逕自離開大廳。

「爸爸！」顏以傑對著父親的背影大喊，但對方沒有回頭。

「你老爸真是的，脾氣真硬。」顏媽媽輕嘆了口氣。

「小晴，起來吧。」顏以傑起身握住蘇于晴的手，但她卻搖頭不願意起身。

「在你爸同意前，我們不能離開。」她堅持道。

「他不同意就算了，結婚是我們的事，妳不必這麼堅持。」顏以傑態度強硬，拉著她的手要她站起來。

「可是我想等，至少再等一天。」她握住顏以傑的手請求。

顏以傑見未婚妻這麼堅定，只好跟著跪下等待。

「大哥也真是的，對你們這麼嚴厲是何苦啊。」豪叔叔輕拍蘇于晴的肩膀安慰：「阿傑他爸不是討厭妳，也不是討厭人類，畢竟我爺爺也是人，有一天他會想通的，你們就放心結婚吧。」

豪叔叔說著，揮揮手要一旁圍觀的婆婆媽媽退下。

「于晴，辛苦妳了，腿痠的話休息也沒關係，他爸就是老頑固。」顏媽媽輕拍她的手安慰。

「沒事，我還可以。」蘇于晴微笑點頭，但心中卻很不安，不曉得這一跪究竟能不能取得顏爸爸的同意。

顏爸爸氣憤離開後，蘇于晴不記得自己跪了多久，她和顏以傑背對後方大門，只能靠窗外的天色判斷時間大概是傍晚。她發現顏以傑偷偷靠在自己身旁。

「妳累的話，就把重量靠在我身上，我可以撐住妳。」顏以傑小聲說。

她感覺胸口一陣暖意，現在大廳只剩兩人，雖然她不想對自己的決心示弱，但對方這麼溫柔的舉動，很讓她心動，不禁把頭輕輕靠在他肩上。她沒想過自己以為是姊弟戀的對象，竟然足足大了自己幾百歲，怪不得顏以傑總是給人一種泰然自在的態度。

「阿姨，這個給妳。」一隻小狐狸從房間另一頭鑽出來，嘴裡咬著一朵紫紅色的牽牛花，在她面前放下。

「謝謝你。」蘇于晴微笑接過牽牛花。

小狐狸不怕生，把頭貼在她的肚子上，一雙明黃色的眼睛望著她問：「裡面有小寶寶嗎？」

「蛤？」她一愣，脖子瞬間漲紅。

「小瓜，你從哪聽來的？」顏以傑挑眉問。

「我媽咪說的，因為有寶寶，所以阿傑大伯才把未來的伯母帶來，不是這樣嗎？」小瓜歪著頭問。他的表情實在太可愛，蘇于晴本來想伸手搓揉他的耳朵，但覺得不禮貌，只好把手縮回。

「伯母肚子裡還沒有寶寶。你去跟你媽說，大伯可不是這麼隨便找老婆的。」顏以傑拉著小瓜的耳朵，把他揪起來。小瓜懸在半空中，四足不停掙扎。

「哎呀，好痛啊。我不鬧了就是，阿傑大伯饒了我吧。」小瓜不停求饒，一雙水汪汪的眼睛看起來格外無辜。

「阿傑，你就放過他吧。沒看他這麼可憐。」蘇于晴輕拍未婚夫的肩，替小瓜求情。

顏以傑悶哼一聲，這才鬆開手。小瓜馬上夾著尾巴逃離。

「你的姪子好可愛。」蘇于晴忍不住笑出聲，對未婚夫孩子氣的態度不禁感到又氣又好笑。

「還好啦，每一隻小時候都長得一樣。」顏以傑搔搔頭頂上的尖耳。

「每一隻？你到底有多少姪子姪女？」

「多到我都數不清了。我家人就是多，不必特別記，他們自己也常記錯人，我小時候還常被叫錯名字。」顏以傑聳肩。

這時顏媽媽端著一盤飯糰過來，放在兩人面前，笑著說：「來吧，你們連中餐也沒吃。」

「可是……」蘇于晴望向顏以傑，猶豫究竟該不該吃。

「唉呦，沒關係啦。那個老頑固窩在房間看電視，不會注意到。餓壞了怎麼行？」顏媽媽溫柔地輕拍蘇于晴的臉頰，「多了個女兒真是不錯，我生的十個都是兒子，看都看膩了。」

十個？蘇于晴小心不要把吃驚的表情露出來。

「你們好好吃吧。我幫你們把關。」顏媽媽將托盤收走，笑著離去。

「謝謝媽。」蘇于晴點頭答謝。

顏以傑在母親離開後，用肩膀撞了蘇于晴的肩：「狐狸一胎可以生四五個寶寶，我媽生了兩胎，所以我有十個兄弟不奇怪。」

「我好像沒問過你排行老幾。」

「我是老大啊，所以老爸才特別生氣。但我幾個弟弟除去老么都結婚了，我六百多歲，想娶誰還用他管。」顏以傑一臉不滿，扭了扭嘴拿起飯糰放在蘇于晴手上。

「不管是什麼族群大家都還是很重視長男啊。」

「就說我爸是老古板了。」顏以傑說著，露出壞心眼的微笑，「妳放心，我不會逼妳要生十個，三個孩子就夠了。」

蘇于晴聽了差點嗆到，口中的飯糰幾乎沒咀嚼就吞進肚裡。她用手肘打向顏以傑的腹部笑說：「你這三八鬼。」

夜深了，顏家院子傳來蟋蟀的鳴叫聲，月光映照在蘇于晴和顏以傑的背上，原先好奇偷偷圍觀的狐狸們早就不在走廊上，大家全去睡覺了，屋內一片寂靜。她跪到腿麻，跪姿早早變形，側靠在顏以傑的懷裡打瞌睡。顏以傑身為成年狐狸精，跪十多個小時不成問題，摟著未婚妻閉眼休息。

「你們起來，回房間睡覺吧。」顏媽媽輕聲輕腳走上前，拍拍兩人的肩膀。蘇于晴驚醒不小心撞到顏以傑的下巴。

「好痛！」顏以傑差點咬到舌頭，忍不住哀號。

「啊，你還好吧。很痛嗎？」蘇于晴發現自己撞傷他，慌張摸摸他的下巴。

顏媽媽在一旁看著兩人的互動會心一笑，露出關愛的眼神說：「老爸要你們去休息，免得他像壞人一樣。」

「爸他答應了嗎？」顏以傑問，但顏媽媽只是搖頭。

顏以傑嘆氣起身將蘇于晴拉起來，但她雙腿發麻毫無知覺，站不起身。

「阿傑，要用抱的，知不知道？」顏媽媽瞪著兒子，面露責備。

顏以傑點頭彎腰把未婚妻抱起，走進尾端的小房間。

房間內窗戶已經敞開，涼風吹進來帶走霉氣。深黑色的木製床板看起來很復古，衣櫥款式也相當古

老，每件家具似乎都有百年的歷史。整個房間就像是民初的電影場景。

「妳幹嘛一直遮臉？」顏以傑低頭望向把頭塞在自己胸前的蘇于晴。

「在你媽面前摟摟抱抱很不好意思。」她呢喃道。

「都三十幾歲了，怎麼還這麼可愛。」顏以傑笑著吻了她的頭髮，將她放在床上。

「我睡這裡嗎？」蘇于晴一臉呆愣。

「對啊。」

「那你呢？」

「我也睡這裡。」顏以傑說著拉起棉被，一雙腳已經伸直準備睡覺。

「可是還沒結婚不好吧，這裡還是你家耶。」

「只是睡覺又不會幹嘛。我家裡的人也都遵守這個規定，所以沒在防的。好了，睡覺吧。床這麼小想做壞事也沒辦法。」顏以傑笑著，抱住蘇于晴的肩膀要她放鬆躺下。

她靠在顏以傑懷裡，感覺兩人呼吸一致的頻率，她很喜歡這樣的默契，更喜歡聞他身上的氣味，就算聞起來像狗香水也無所謂。

「你叔叔說我是你第一個帶回家的女生，是真的嗎？」蘇于晴開口問。她表情像是等待領糖的小女孩，與其說是問，只是想親口聽對方說自己是第一。

「真的。」

「六百年來都沒有帶過任何女生？」蘇于晴心中湧出一股優越感，忍不住癡癡笑。

「我騙妳幹嘛。妳不信嗎？」顏以傑看著她傻氣的臉笑出聲。

「狐狸也沒有嗎？」蘇于晴面露狐疑。

「我不喜歡母狐，就是沒有喜歡過。」

「你叔叔還說以為你不喜歡女生呢。」

顏以傑聽了拍拍對方的肩，要她轉身面向自己。蘇于晴只是翻身，床就嘎吱作響，她很怕把床弄垮。顏以傑望著她吻上她的唇反問道：「現在妳還認為我不喜歡女生嗎？」

「三八。」蘇于晴臉紅大笑，用手環抱住他的腰。

「換我問妳，妳有和我以外的人交過往嗎？」顏以傑伸出手臂要讓她枕著。

「當然，有過一個，是我大學時的學長，不過後來他兵變了。當完兵就跟我提分手，說是發現沒那麼喜歡我了。」

「妳很難過嗎？」顏以傑低頭望著她，伸手梳開她的瀏海。

「還好，痛哭了一天之後就沒事。不過奇怪的是，那天我不管走到哪都有免費的衛生紙可以用，不然我那天一直哭，滿臉眼淚和鼻涕又沒衛生紙擦臉，肯定糗死了。」

「也許發衛生紙的人想認識妳。」顏以傑笑出聲。

蘇于晴抬頭看他，質疑道：「難道跟你有關？」

顏以傑笑而不答，換話題說：「我說過想娶妳為妻，是在我們販賣機前相遇更早之前的事，對吧？」

「對，我還沒問你這件事。不會是因為我小時候喜歡餵流浪狗，剛好被你偷看到，覺得我很有愛心，所以喜歡上的吧。」她自以為是，笑嘻嘻地說。

顏以傑聽了噗哧一笑，捏了她的臉頰：「傻子。沒人自己誇獎自己吧。那種劇情看不爛嗎？我真正第一次想娶妳為妻，是在妳還是高中生時的事。那時妳搭公車上學，手裡總是捧著小說，當時剛好有空位，妳坐下時裙子被扶手掀起還沒注意到。」

「你那時怎麼沒提醒我？」她一臉惱怒瞪著他。

「因為很有趣啊。不過我好好站在妳身旁，有幫妳擋著。」顏以傑回想當時的情景，臉上浮現笑容。

「這就是你想娶我的原因？」蘇于晴面露不滿，「只是因為我的裙子掀起來了？」

「剛開始只有一點。我只是好奇為什麼妳可以那麼專注在書上，甚至沒注意到我每次都刻意站在妳旁邊。我有這麼不起眼嗎？為了這件事，我煩惱了好幾個月。」顏以傑搔搔鼻子掩飾害臊。

「我家住得離學校很遠，所以才會習慣在車上看書，沒注意到你可能是我不小心看到打瞌睡了。不過回想起來你的行為還真有點可怕。」她輕捏他的鼻子。

「我是很執著的人啊。」

「所以在販賣機第一次相遇，你也是刻意等我？」

顏以傑這次卻搖頭：「那次真的是巧合。別看我死纏爛打，其實狐狸很膽小，所以我老是不敢跟妳搭話。那天恰好天氣很熱，我從不用機器買飲料，但當時我已經熱到快中暑，才勉強用機器，沒想到就遇見妳，妳還主動向我搭話。當時我發現和我說話的人是妳，妳都不曉得我多開心，耳朵差點興奮得冒跑出來。」他說著指向自己的大尖耳，一雙招風耳微微抽動。

「所以販賣機是我們的媒人？」

「對，要感謝它才行。婚禮把它請來當證婚人好了。」他微笑，親吻她的額頭。

「好啊，你就把它搬來，讓它坐ＶＩＰ的寶座。要是沒有它，我搞不好就錯過你了。」蘇于晴緊抱著顏以傑。

「早知道就不要跟妳說什麼節操的事了。」顏以傑把頭靠在她肩膀上，手指穿過她的髮間。

「說什麼鬼話。」她捏了對方的手臂，閉起眼睛，「你爺爺是人類，那為什麼你父親會不想要你娶人類呢？」

「他很膽小，身為一家之主要擔心的事很多，責任愈多就會變得愈膽怯。別多想，記得我愛妳就好，一切都會沒事。」

「老是這麼說，你說愛究竟有多愛？」蘇于晴忍不住又問。

「只要能和妳在一起，要我放棄六百年的壽命也無所謂。」顏以傑柔聲說著，呼吸漸緩，抱著她睡著了。

「又在說笑了。怎麼不說一千年？」蘇于晴聽了他的話，笑著問，但顏以傑已經睡著了，發出沉穩的鼾聲。

早上醒來，窗外陽光落入房內，蘇于晴打了個噴嚏。她心想大概是因為顏以傑身上掉落的細毛，所以跟他在一起常會忍不住鼻子發癢。她抬起上半身看，顏以傑還在沉睡，清秀的臉龐一點也不像是歷經六百多年歲月的人。她到現在對於未婚夫不是人類的事，依舊感到不可思議，就像夢境一般。

「還很早耶，繼續睡嘛。」顏以傑一對耳朵抽動，低聲呢喃，伸手蓋在她頭上，想把她重新抱回懷裡。

蘇于晴望向手錶，突然睜大雙眼慌張掙扎，從顏以傑懷裡掙脫，鑽出被窩匆匆穿上外套。

「不行，已經六點半了，得趕快出去。」她站在一旁的梳妝鏡前，將頭髮用手指梳理整齊。

「嗯……」顏以傑口中含糊不清，不曉得在說什麼夢話。蘇于晴捨不得把他叫醒，自己整理好衣服回到大廳跪下。

正值秋季，早晨天氣偏涼，而山上的溼氣又使體感溫度下降。蘇于晴跪坐發呆，不曉得自己這麼做究竟能不能讓顏以傑的父親接受自己。

「哎呀，這麼早就起來了，可以再多睡一會兒啊。阿傑他爸平常都窩在房裡，不會出來，少跪幾鐘頭他哪會發現。」顏媽媽露出親切的微笑迎向她。和蘇于晴預料相同，顏媽媽早就起床了。

「早安，媽。」

顏媽媽聽見蘇于晴喊自己媽，忍不住又露出愉快的笑容。蘇于晴見了安心不少。

顏媽媽端著熱茶在她對面坐下，圓潤的臉蛋笑盈盈地問：「于晴，妳可不可以告訴我，妳為什麼喜歡我家阿傑？」

「嗯？」蘇于晴像是面試忘記準備答案的考生般，露出慌張的表情。

「阿傑說過，妳是他見過活得最自在的靈魂。我見到妳就明白了，妳的靈魂很漂亮，就像泡泡七彩的光澤。」

「靈魂很漂亮？」蘇于晴還沒睡飽，聽到這句話更是困惑。

「哎呀，那小子沒跟妳提過？我們狐群看人不是看長相，而是看靈魂喔。我們看得見一個人的靈魂，所以很容易就一見鍾情，畢竟美麗的靈魂太珍貴了。」

「他從來沒跟我說。」蘇于晴嘁嘴，心想顏以傑肯定很多事沒告訴自己。

「換妳了，我想聽聽妳的想法。隨便說點什麼都好。」

「我其實沒特別的理由，一開始交往也只是因為喜歡和他說話，喜歡他的微笑。日子久了，就變成沒有他不行。」蘇于晴說著，忍不住低下頭。自己要搶走對方的兒子，竟然說沒有理由，不禁在心裡掌自己嘴。

「那就是喜歡變成愛的瞬間吧。」顏媽媽微笑，一對大耳突然從頭頂冒出。和顏以傑不同，他母親的毛色偏白，顯然是先前顏爸爸說的白狐。

蘇于晴突然看見未來婆婆露出狐狸耳朵，一瞬間呆愣住。她還沒看過顏以傑以外的人變身。

這時一旁傳來腳步聲，只見顏以傑搔著一頭亂髮走過來，臉頰微紅，似乎偷聽到他們的對話。

「媽很過分，獨佔我的新娘子幹嘛。」顏以傑說著，走到蘇于晴身旁，從背後抱住她。

「佔有慾這麼強，小心被妻子討厭喔。」顏媽媽掩嘴笑。

「小晴才不會這麼做。」顏以傑雖然是隻修練百年的狐狸精，但此時卻表現得像個孩子。

「好，老媽退場啦。」顏媽媽得意一笑，輕拍蘇于晴的屁股，搖著白色尾巴離開。

母親離去後，顏以傑靠在蘇于晴耳邊，舔了她的耳背低聲說：「回去馬上去見妳爸媽，跟他們說我們要結婚的事，好嗎？」

蘇于晴被這麼一舔，耳朵的溫度涼去一半，脖子寒毛豎起。

「好……」她忍不住苦笑，還不習慣狐狸所謂的正常親密舉動。

他們這麼一跪又三個小時過去，顏家的人看到他們便露出一派輕鬆的表情打招呼。走廊旁，十幾隻阿姨級的狐狸，一齊搖著尾巴偷瞧兩人。八成是因為這裡每一個人都有千年的壽命，所以個個流露出老神在在的個性，使緊張的氣氛瞬間化無。

這一兩日，蘇于晴觀察狐群，發現他們都跟顏以傑一樣，身上像是包裹了一層毛邊光。她猜想難道那是狐狸精修煉出來的成果嗎？

她的腳已經發麻，盯著飛進房子裡的白色蝴蝶，發現未婚夫露出興致高昂的表情，明亮的眼珠隨著蝴蝶上下移動。這點又再次印證了他的動物本性。

「阿傑，你們家族有多少年的歷史了？」

「嗯？喔，我爸已經快一千歲，宋朝出生。我媽小一些是出生在宋朝末年，不過他們相遇是在元朝。而我爺爺是宋朝人，奶奶更早，南北朝的時候就在了。」

蘇于晴聽到這些久遠的名詞，腦袋一陣混亂。

「奶奶年紀這麼大啊。比爺爺多幾歲？」

「妳忘了嗎？我爺爺是人類啊，奶奶年紀當然比他大。爺爺以前還是詩人呢，可惜沒紅囉。」

她聽了不禁聯想到白蛇傳之類的愛情故事。

「那你呢？你出生在什麼朝代？」

「我年齡已經六百出頭，用歷史推算應該也知道吧。」顏以傑看蘇于晴一臉茫然，又忍不住考她。

「宋、元、明、清……」她努力回想高中歷史，腦筋一片混亂。

「我是明朝出生的。」顏以傑看她煩惱的模樣忍不住笑出聲，「鄭成功時代我爸媽才帶著一家老小移居台灣，不過關於這件事千萬別問我媽，她會跟妳提起當年我們家是怎麼偷渡鄭成功的船，鄭成功有多帥，一講就好幾天。雖然當時我還小，但鄭克臧當時遇難的事，我也還記得很清楚。沒想到一晃眼就到西元兩千年了。」

「鄭克臧？鄭成功的兒子嗎？」蘇于晴抓抓臉頰，一臉心虛。她早就在大學考試後把歷史全部還給老師了。

「不是，是孫子。」顏以傑用食指輕戳蘇于晴的額頭，「看來妳的歷史真的很糟。」

「你親身經歷，當然記得比我清楚啊。」蘇于晴話剛說完，只聽見「碰」的一聲，兩隻小狐狸衝出來，追著蝴蝶跑。而望向另一頭，那隻老是發抖的小男狐還是躲在門邊偷看她。

「他叫什麼？」她問。

「阿呆。」

「你們家乳名都這麼亂取嗎？」蘇于晴望著小男狐，小男狐又把臉往門邊藏。

「叫好玩有什麼關係。」顏以傑聳肩擺出一臉無所謂的模樣，「他很害羞，不必在意。阿呆，過來。」

顏以傑對他招招手，阿呆卻搖搖頭小聲說：「是人類……」夾著狐狸尾巴跑掉。

「小孩子怕生而已，別多想。」顏以傑捏捏蘇于晴的手指。

「齁——顏以傑帶來的是這樣的女人喔。」兩人身後傳來一道女人的聲音。那人諷刺的語氣讓蘇于晴深感不安，手臂起了雞皮疙瘩。

「妳好，我是蘇于晴。」蘇于晴出於禮貌，轉身向女人行禮。那女人身型嬌小，紅棕色的捲髮披肩，長相細緻可愛，一看就知道和顏以傑系出同源。女人手中提著小行李包站在庭院內，像是旅遊許久剛回來。

「方沛珊，妳幹嘛啊。」顏以傑面露不滿，一雙眼珠略帶兇光。

「來看看好久不見的表哥而已，聽說你好不容易帶女生回家，而且還是人類。」方沛珊哼哼一笑，一對尖耳從頭頂冒出，而右耳有一道明顯的缺口。

「小珊姊姊！」小花大叫，撲向前。方沛珊像在餵狗一樣，拿出狗餅乾餵食。

「小珊又讓妳破費了。小花，快說謝謝。」小花的媽跑出來迎接。

原來像逗狗一樣的行為不算冒犯嗎？蘇于晴一臉困惑，默默望著三人的互動。

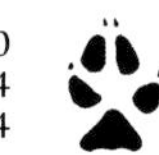

方沛珊抱起小花，盯著蘇于晴問：「妳看什麼？」

「她是大伯的新娘子，很漂亮吧。」小花指向蘇于晴。

「不就是一團泡泡，我買一罐幫妳吹吹。」方沛珊笑著逗弄小花。蘇于晴知道對方是在指靈魂的事，對於自己的靈魂像泡泡的說法仍舊沒有真實感。

「好耶，我要吹泡泡。」小花大叫，一雙黃色眼睛亮了起來。

「我就喜歡泡泡，要妳管。」顏以傑不服氣，摟著蘇于晴的腰，對方沛珊吐舌頭。

「人類一次只能生一胞胎，娶人類有什麼好的。再這樣下去，我們狐群就要滅亡。」方沛珊不滿回應，還喃喃唸道：「怪不得遠遠就聞到一股人騷味。」

「要是生出來的孩子都跟妳一樣蠻橫，我也不需要那麼多個。」顏以傑不甘示弱，頂回去。

方沛珊盯著蘇于晴的手，發現她無名指上的戒指，面帶不滿揚起下巴踱步從蘇于晴身旁經過，往長廊走去。

「妳別理她，我表妹就是任性。不過說是表妹，也不知道是哪一系旁支的遠房表妹，妳不用太在乎她。」

「不知道是不是我多想，她在吃醋嗎？」蘇于晴望著方沛珊的背影問。

「我跟她確實有過婚約，但三百年還是兩百年前就沒了，妳別多想。她才不喜歡我，老愛找我碴。」顏以傑吻了她的頭安撫。

頑固的公公和難搞的小姑嗎？蘇于晴回想楊雅筑的告誡只能苦笑。

「我是不是被她討厭了？」她低聲問。

「她沒有討厭妳，而是討厭我罷了。」

「我還以為她也不喜歡人類。」蘇于晴長嘆了口氣，握住未婚夫的手。

「才沒這回事，就屬她最沒資格說討厭人類。」顏以傑笑出聲。

方沛珊離去沒多久，只見她拉著顏爸爸的手臂跑出來。

「我說過我不會答應了吧。回去。」顏爸爸語氣堅決。顏媽媽跟在後頭用指責的表情望向方沛珊，方沛珊卻裝作沒見到，把頭瞥向一旁。

「在您答應前，我們不會離開。」蘇于晴彎下腰行禮，但聲音卻忍不住顫抖。

「妳不走，我走。」顏爸爸哼了一聲，準備踏出門。

「于晴，今天還是先回去吧。」顏媽媽柔聲勸說。

蘇于晴抬頭表情茫然，但顏媽媽一臉嚴肅對她點頭，示意她別再逞強了，她也只好勉強起身，但眼眶已經濕潤。

「我還會再來的。」她敬禮，而淚水卻不爭氣地落下。幾個親戚聽見爭執聲衝出來圍觀，互相交頭接耳。她本來想忍住眼淚，可是聽到其他人的交談聲，已經無法控制情緒。

顏以傑站在她身旁，見未婚妻哭了，心中滿是不捨。

「新娘子還會再來嗎？」小瓜抓著母親的衣襬問。他母親連忙「噓」了一聲要他安靜。

「會，下次會連同你的堂弟一起帶來。」顏以傑回答，像是向孩子賭氣一般。

蘇于晴見他父親氣得面紅耳赤，趕緊拉拉他的袖子，但顏以傑態度依舊堅定，索性當著眾親戚面前吻了蘇于晴的雙唇。

「阿傑，在孩子面前做什麼啊。」小瓜的母親慌張遮住小孩雙眼。

「不管爸同不同意，這個婚是結定了。」顏以傑說著轉身牽著蘇于晴的手離開。

兩人走沒幾步路，顏以傑突然大叫「好痛！」，隨後傳來硬物跌落的聲響。蘇于晴轉頭一看，剛才放在桌上的茶杯已經碎成兩半落在他們腳邊。

「老爸，你幹嘛動粗啊。」身後傳來顏媽媽的責難聲。

蘇于晴馬上明白發生什麼事，剛才顏以傑的舉動激怒他父親，所以顏爸爸用茶杯砸向親生兒子。

「阿傑，你沒事吧？」她趕緊踮起腳尖，查看顏以傑的傷勢。

「沒事，我們快離開。」顏以傑牽著她快步往山下走。

兩人回到山腳坐上車，蘇于晴慌張檢查顏以傑的頭，後腦勺左上方腫了一塊，還滲出一點血。她看了哭出來，但努力憋住不發出聲。

「還好，不痛。妳親一下就會好。」顏以傑撒嬌說道。

「都是你啦，幹嘛沒事鬧脾氣。」蘇于晴哽咽。

「我不甘心他欺負妳啊。」

「但你也不可以這麼意氣用事。」她說著兩行淚流下。

「別哭了，對不起，是我不對。」顏以傑抱著未婚妻，摸摸她的頭安撫。

「你要我怎麼辦嘛。以後怎麼求你爸答應？你真的很壞……」蘇于晴邊哭邊抽搐。

顏以傑一臉懊惱，好聲哄著未婚妻，後悔自己魯莽的舉動。

顏以傑開車送她回家，一路上他們沒說話，到了她家樓下時，蘇于晴打開車門要下車，但顏以傑卻拉住她的手。

「我不放心，妳可不可以整理行李到我家？我不會做什麼，只是怕妳受到驚嚇跑掉。」

她微笑說：「我在這裡有工作，怎麼可能跑掉？」

「拜託。」顏以傑沒多說其他慰留的話，只是用一雙大眼望著她。

蘇于晴嘆氣點點頭，過了十分鐘，帶了打包的行李下樓。看到她出現，顏以傑鬆了口氣。蘇于晴不懂為什麼對方需要這麼擔心。

# 第二章、記得我愛你

隔週週末休假，蘇于晴入住顏以傑的套房一週。此刻早晨她賴在床上不想動，感覺身旁顏以傑已經下床了，她翻身準備繼續睡，但顏以傑硬是把她從床上挖起來。

「這麼早，再讓我睡一會兒。」蘇于晴口齒不清，抱著枕頭不肯放。顏以傑拉著她的雙腳，將她拖到床邊。

「好不容易放假，只待在家裡太可惜了。」顏以傑抽開她的枕頭，將她抬進浴室裡，刷牙洗臉全部幫她包辦。

蘇于晴因為刷牙時不小心把泡沫吞進肚裡，瞬間驚醒，懶洋洋走到餐桌前坐下。

「你今天幹嘛這麼殷勤？」她坐在椅子上，仰頭望著站在身後的未婚夫。

「我說了要帶妳出門。」顏以傑輕拍她的肩。

「可是我今天只想窩在家裡。」她向前一癱，趴在桌上。

「別懶了，我帶妳去的地方，妳一定會喜歡。」顏以傑笑著幫她套上襯衫和外套。

蘇于晴換好衣服後，被顏以傑扛出門送進車裡。自從上週拜訪過顏以傑新莊的老家後，她一直呈現這樣失魂落魄的狀態。

顏以傑開車前往中山北路，這裡是著名的婚紗街，蘇于晴靠著車窗發呆，發現他們現在身在何處不由得瞪大眼。見她提起精神，顏以傑不禁面露微笑。

最後顏以傑在一家裝潢典雅的婚紗店前停下車。

兩人走進店裡，店內展示了各式設計的婚紗，細緻的蕾絲、柔滑緞面以及長裙襬，讓蘇于晴滿心雀躍。她本來還在煩惱結婚的事，來到這裡瞬間忘記煩惱。

「我存款不算多，但就是人脈廣。」顏以傑笑著跟在未婚妻身旁。這時一名男子迎面走來，熱情地向他打招呼。

「阿傑表哥！你來了。」

「阿祥，最近過得怎樣？」顏以傑伸手和對方握手。

「馬馬虎虎囉，小孩吵著不要去幼稚園，煩死我了。聽我媽說你真的要娶老婆，真是令人吃驚。」阿祥說著同時打量蘇于晴，「純淨的靈魂，挺適合表哥的。」

蘇于晴最近聽了太多關於自身靈魂的形容，不禁心想自己應該不是被騙來，準備獻給狐神吃掉吧。

「你結婚是有多神奇，大家好像都不相信你會結婚。」蘇于晴挑眉看他。

「成年的狐狸通常兩三百歲就結婚了啊。我還是長子呢。」顏以傑笑著回答。

「嫂嫂來吧。想挑哪件都行，讓我幫你們拍幾張結婚照。」

「這些禮服很貴吧。」蘇于晴在店裡打轉，看得目不轉睛。

「有本國設計師的，也有國外的，價位都在萬元以上。不過和我欠表哥的人情相比，不算什麼。」

「你欠他什麼人情？」蘇于晴問。

「過去戰場上要不是表哥拉了我一把，我差點被地雷炸死。」

她聽到這樣的回應，狐疑地望向顏以傑，露出一臉你又做了什麼好事的表情。

「過去的事，沒什麼大不了。」顏以傑推著蘇于晴的肩膀催促。

「也是，嫂嫂快挑幾件婚紗，我幫你們拍照。我的助手會協助你們化妝，什麼都不用擔心。」阿祥微笑，親切催促。

蘇于晴點頭接受對方的好意，但婚紗店裡衣服太多，讓她一時之間選不出來。

「這件如何？我喜歡妳的背。」顏以傑笑著指向櫥窗一件露背的禮服，紗製的裙襬綿延一公尺長，很像歐美黑白片裡奧黛麗赫本之類的女星會穿的禮服。

「那就這件。」蘇于晴望向未婚夫露出滿意的笑容。

挑選好禮服後，蘇于晴和顏以傑分開交由不同化妝師打理，現在只有她和化妝師在房間。

「小美，頭髮弄得如何？」阿祥輕敲門，走進化妝室問。

「頭髮再燙一下就好了。」

「嫂嫂，我沒聽表哥談起婚期，日子決定了嗎？」阿祥靠在後頭的櫃子問。

「還沒，上週才去過新莊。」

「這樣啊，我舅舅就是老古板，別擔心。對了，妳已經見到小珊了嗎？」

「有啊，怎麼了？」

「小珊那傢伙很愛鬧別人的婚禮，我猜她知道阿傑要結婚一定也去鬧場。」阿祥搖頭嘆氣。

「為什麼這麼說？」蘇于晴透過鏡子看他。

「有些人因為得不到，就會吃味。妳別看小珊那樣子，她也和人類交往過，最後狐狸尾巴露出來就被甩了。」

蘇于晴望向化妝師，表情不安。她心想這些事被聽到好嗎？卻見化妝師指向自己，臉上瞬間蹦出六

條鬍鬚，才知對方也是狐狸精。

「好久了，大概是民國五十年吧，對象是某大學的哲學系教授。」

「哲學系……我以為學哲學的會比較容易接受。」蘇于晴喃喃自語。

「有什麼辦法呢？人生就是這樣，有些人可以接受，但有些人無法。跟他專長什麼沒關係。」阿祥聳肩，一臉無奈。

「畢竟信仰是在相信後才會成真。」顏以傑聽見他們的對話走進來，「說起來也可憐，小珊和對方表明身分時，那位大學教授嚇暈了。妳也注意到她右耳的撕裂傷吧，那是當時情傷留下的。」

「情傷？難不成她想切掉自己的耳朵？」蘇于晴眨了眨眼睛，面露吃驚。

「唉，這話說了就讓人難過，但差不多是這麼一回事。」

「難怪她會不高興。」蘇于晴嘆了口氣。

「我很幸運，妳沒有被我嚇跑。」顏以傑在她旁邊坐下，握住她的手。

「應該說我是那種驚訝的時候，看起來卻格外冷靜的人吧。」蘇于晴緊握回去。

「也是，看妳那晚醉成那樣，我也嚇到了。」顏以傑抓起她的手放在臉頰上，輕輕磨蹭。

「但你也沒被我嚇跑。」

「因為我說過我愛妳。」顏以傑笑著靠上前親吻她。

「咳！我唇妝剛畫好耶。」化妝師瞪向兩人，面露殺氣。

蘇于晴化好妝換上婚紗，在助理協助下走上二樓的攝影棚，顏以傑已經換好西裝等候。她平常頂多看見他穿主廚的白色制服，第一次看到他換上正式西裝，看起來比平時更加成熟。

「你看起來很棒。」她腦中浮現的第一句話自然而然衝出口。

「而妳看起來比我想像中來得更好。」顏以傑迎上前握住她的手，低下頭靠向她的臉。

「天啊。誰快把這兩個磁鐵拉開，不然我自己跳出窗外。」化妝師死命抓著顏以傑的手將他往後拉，以防他再次劫走新娘的唇妝。

兩人的婚紗照從攝影棚拍到戶外公園，蘇于晴穿著婚紗一手拉著裙襬，另一手握著風箏線，顏以傑抓著風箏，當她奔跑時鬆開手，讓風箏在夕陽下飛揚。

阿祥見兩人拍得開心，加碼接連讓他們換了十幾套服裝，照片少說也有上百張，待他們拍完照片天色已經換上夜幕。

回到家時，蘇于晴整個人癱坐在沙發上，捶著雙腿：「拍到我腿都軟了。」

「明明就拍得很高興。」顏以傑坐在她身旁摟著她的肩。

「拍完照，有種真的成為夫妻的感覺。」蘇于晴靠在他的胸膛上，靜靜聽他的心跳。自從開始一起住，這成了她新養成的習慣。

「我們會成為真正的夫妻，不要擔心。」顏以傑摟著她的肩。

「可是我們還有很多沒達成的事。要見我爸媽、要你爸同意，還有婚禮。」

「婚禮……」顏以傑喃喃自語，眉頭皺了起來。

「公證也可以。」蘇于晴猜到他在擔心自家家人不願意參加，馬上改口。

「我討厭得委屈妳。」顏以傑摸摸她的頭。

「還好，反正我朋友也不多，邀不了什麼人，能和你在一起，有沒有婚禮並不重要。婚禮也只是一種儀式。在遇到你之前，我甚至不認為我會結婚。」她抓住他的尾巴，梳著毛安撫。

「既然這樣，不如行程全部定下來。明天就見妳父母，後天登記結婚。」

「你在開玩笑嗎？那證婚人呢？」她仰頭看他，確定他不是在開玩笑。

「我叫我小弟來，他也很想看妳。」

蘇于晴抱著他，拍拍對方的背：「都好，反正我已經決定嫁給你了。」

ꞵ ꞵ ꞵ

隔天早上，蘇于晴打了通電話給父母告知說要回老家，便和顏以傑浩浩蕩蕩開車南下雲林。

「虎尾到了。」顏以傑轉著方向盤望向綠色的路標。

「這裡真的有白狐嗎？」蘇于晴想起顏以傑父親說過的話。

「很多啊，台灣白狐的大本營在這裡。」

「我住這麼久都不知道。」她望著熟悉的街道喃喃自語，但她隨即想起自己不也是近期才知道身旁交往五年的男友是狐狸精嗎？

車子轉入小巷，蘇于晴老家就在前方。在中南部看到透天房一點也不奇怪，和高樓大廈滿布的北部相比，這裡人少，空氣好得沒話說。

「房子真大。」顏以傑仰頭看著蘇于晴家的透天房。

「你家疊起來還比我家高呢。」蘇于晴勾著他的手進房。

「小晴，回來了啊。」才剛打開門，她的父母已經迎上前，看到顏以傑兩人更是眉開眼笑。

「姊和老妹呢？」蘇于晴問。

「妳姊去婆家不在雲林，妳妹這禮拜從學校回來，剛出去買東西等等回家。」

「伯母伯父好，我是顏以傑。」顏以傑點頭打招呼。

「別站著了，快進來坐。」蘇爸爸熱情地拉著顏以傑進屋。顏以傑見對方態度親暱，望向蘇于晴露出受寵若驚的臉。蘇于晴只是微笑，對她父母這麼接受自己選擇的人感到驕傲。

「你們要結婚了嗎？」蘇媽媽才剛坐下，劈頭就問。

「媽，妳才第一次看到他耶。」蘇于晴還沒做好心理準備，急忙說道。

「因為小晴從來沒帶男生回家啊。」

「對，我們打算明天就結婚。」顏以傑鄭重地走到沙發對面下跪。

他那句話又加上這一跪，蘇家兩老雙眼睜得渾圓。

「是認真的吧？」蘇爸爸抓起女兒的手，仔細看上頭的戒指，不忘用指甲彈兩下確認，是不是玩具戒指。

「哎呀，這麼快就結婚，喜帖呢？」蘇媽媽說著伸手摸摸女兒的腹部。

「公證而已。還有妳摸我大便幹嘛。」蘇于晴雙臉漲紅。

蘇爸爸靜默許久，深吸了一口氣突然掩面大哭。

「伯父。」顏以傑見到這麼突然的場面也嚇呆了，頓時不知所措。

「我以為我家老二嫁不出去了，她除了工作大部分的時間總是窩在家裡，想不到她年過三十還有人要，我都不知道有多開心。」蘇爸爸又哭又笑。

蘇家亂成一團，蘇于晴先將未婚夫從地上一把拉起，隨後趕緊安慰爸爸。

「以傑，你在哪裡工作？」蘇媽媽問。

「我在信義區的西餐廳當主廚。」

「會煮飯，不錯耶。小晴很懶惰，有人會煮飯養她，我很高興。」蘇媽媽拍了拍手。

「讀書呢？學什麼？」

「台北帝國大學農學系。」

「喔，學農業呀，也不錯啊，很踏實。」蘇爸爸擦乾難得的男兒淚。

蘇于晴發現父母根本對顏以傑的身世毫不在乎，好像有人願意娶她就好。台北帝國大學早就是舊名了，改講台大好嗎？她苦笑。但她也沒理由抱怨，因為這也是她第一次聽說，畢竟他們交往時，本來就不是因為對方的條件好壞而決定。

這時，玄關傳來開門聲，蘇于晴在讀研究所的妹妹走進房裡。

「啊，嚇我一跳，二姊真的帶男人回家了，我以為媽騙我。」妹妹看著顏以傑，一臉吃驚向後退了一步，仔細打量對方，好似懷疑顏以傑是不是幻影。

「蘇于柔，妳在瞧不起我喔。」蘇于晴瞪妹妹一眼。

「姊又宅又懶，除了上班又不出門，怎麼釣到的？」

蘇于晴瞥向顏以傑，一副你來回答的表情。

「大概是從六百多年前就決定好的事。」顏以傑笑著打馬虎眼。

「啊，我記得見過姊夫喔。」蘇于柔突然驚呼，跑上樓拿了本相簿衝下樓。

蘇于晴接過妹妹手中的相簿，攤開一看，照片是自己高中的運動會、園遊會、畢業典禮，一直到大學社團活動等等，很多張照片都有閃過顏以傑的身影。更可恨的是，他這些年長相幾乎沒怎麼變。要是妹妹沒說，蘇于晴根本不會發現照片裡的玄機。

她望向未婚夫露出「你又沒跟我說了」的眼神。顏以傑微笑悄悄在她耳邊說：「妳都不知道我一直在等妳回頭看我嗎？」

蘇于晴聽得耳朵發燙。

「以傑，什麼時候可以去拜訪你家人？」蘇爸爸問。

顏以傑面有難色，不曉得該怎麼回應。

「我們還沒得到他父母同意，但我會讓他們接受。」蘇于晴握住顏以傑的手，表情堅定。

「對不起，不過我保證不會讓小晴吃苦。」顏以傑站起身，鄭重鞠躬謝罪。

「別這樣，你願意好好照顧小晴我們也沒什麼話好說。你們都是成人了，結婚是你們的事，和上一代無關，不用放在心上。」蘇爸爸笑著回應。

顏以傑望著他們心中滿是感激。

兩人在蘇家用過晚飯後才開車回台北。

蘇于晴吃飽了，回程坐在副駕駛座上，靠著窗戶熟睡，抵達顏以傑住的公寓後，他解開她的安全帶，把她抱下車。她懶洋洋地靠在未婚夫身上，覺得每天有人負起上下搬運自己的工作也挺不錯，索性倚在對方的胸膛繼續睡覺。

「到家了嗎？」她呢喃道。

「早就到家了。我開車沒十分鐘妳就已經睡得跟豬一樣。」他忍不住笑出聲。

「沒辦法，我吃飽就想睡。」

「那明天請假去結婚好不好？」

「你是多擔心我跑走啊。」蘇于晴睜開眼看他。

「我們狐群一但認定是老婆的對象，就會抓回自己窩裡當押寨夫人。」

「你是說真的嗎？」她仰頭問。

「當然，大概在漢朝時還有，不過現在沒了，畢竟以前野性比較強。妳還沒回答我問題。」

「你問太多遍了，如果你可以把我綁去戶政事務所，我就嫁給你，當你的押寨夫人。」

「妳自己說的，明天睡醒發現自己入籍我家就不能反悔囉。」顏以傑笑著吻了她的額頭。

蘇于晴到家洗好澡很快就睡了，本以為未婚夫回家時說的話只是玩笑，但她隔天早上醒來時，卻發現自己坐在車上，後座傳來嬉鬧聲，轉頭一看，開婚紗店的阿祥和另一名看似大學生的男人坐在一起，望著她笑。

「嫂子早安，睡得真香甜。」阿祥笑出聲。

「早安啊。」蘇于晴尷尬一笑，擔心自己的睡相會不會太醜。

「小晴姊，我是顏以帆，家裡最小的弟弟，有幸能來證婚，非常高興。」顏以帆說。他的長相的確和顏以傑很相似，但看起來玩心還很重，怪不得他父親會擔心。

「好了，出發去戶政事務所吧。」顏以傑笑著開車駛出停車場。

「你還記得自己跟我求婚是多久以前的事吧？」蘇于晴盯著他瞧。

「三週前？妳昨天說我成功綁架妳就願意當我老婆。妳一直在睡，睡醒前毫無反應，所以我綁架成功了，而妳該兌現諾言。我幫妳請了假，連證件和證人都準備好了。」顏以傑拿出一包牛皮紙袋放在她懷裡，「妳的戶口名簿我昨天已經從妳媽那裡拿到了，這是岳母的指示，妳還想反悔嗎？」

「我沒說不行，只是沒想到你這麼行動派。」蘇于晴搔搔頭一臉沒睡飽。她沒想到自己的媽會和未

婚夫聯手，趕著把女兒潑出家門外。

一行人抵達戶政事務所，因為是星期一，人潮不多。四人坐在橘色塑膠椅上等待叫號。

「不是沒什麼人嗎？還要等這麼久。」顏以帆喃喃抱怨。他講話太大聲，馬上被阿祥瞪了一眼，示意他安靜。

「12號請到1號櫃台，謝謝。」在他剛抱怨完馬上就輪到他們。

「您好，我們要辦理結婚登記。」顏以傑滿面春風望著窗口的事務員阿伯，和他相比，阿伯表情非常冷靜。

「證件、證書。」阿伯朝他伸出手。

顏以傑畢恭畢敬，將事先準備好的資料雙手交上。阿伯核對兩人的身分證件，確認結婚證書的內容和證人簽名，隨後在文件上蓋章，又將戶口名簿和身分證註銷重新印製。

「這裡，簽名。還有160元的證件重製費。」阿伯掏出重製的身分證和戶口名簿交給他們。兩人分別簽完名繳錢後，阿伯馬上按鈴叫號，請下一位上前。

「已經完成了？」顏以傑面露疑惑。

「肖年仔，不然你還想怎樣？」阿伯皺眉看他。

「走了啦，登記結婚本來就是普通的文書手續而已。你要的是這個吧。」蘇于晴把身分證擺在一臉悵然若失的丈夫面前，上頭配偶欄清楚寫上蘇于晴的名字。

「所以我們現在已經是夫妻了？」他睜大眼望著她。

「當然，不然我一大早跟你來這裡幹嘛？」蘇于晴微笑輕拍他的臉頰。

顏以傑大聲歡呼，抱起蘇于晴跑出戶政事務所外。

「老哥，別這樣，好丟臉喔。」顏以帆抱怨緩步走出外頭。

「等你以後結婚就知道了。」阿祥望著兩人微笑。

「給你們車錢叫車。我們先走了。」顏以傑空出一隻手，把錢塞給他們。

「新婚夫妻真忙碌。」阿祥會心一笑。

他們從戶政事務所開車離開，蘇于晴情緒高昂望向窗外，她現在已經有了新的身分，心裡充滿期待，然而當她漸漸發現車子正開在返家的路上，興奮的心情瞬間被澆熄。兩人走進公寓裡的電梯，按下樓層。

「你說要忙別的事，結果只是回家嗎？」她望著電梯的數字不停往上升，忍不住問。

「成為夫妻還能做什麼。」顏以傑微笑，握著她的手走出電梯，回到公寓的套房。門才剛打開，他已經吻上蘇于晴的唇，替她脫去上衣。

「不會太快嗎？」蘇于晴紅著臉問。

「人們結婚不就是為了生小孩？」他沒等對方回答，直接把她抱回房間裡。

蘇于晴被扔在床上，當顏以傑靠上前時，她馬上坐起身，用手按住對方的肩膀。

「怎麼了，妳今天不方便嗎？」顏以傑停下動作。

「不是方不方便的問題。這樣不好，我還想等你父親答應。」蘇于晴望著他的臉。

顏以傑嘆氣在她身旁坐下，抱住頭低聲說：「我不覺得他會輕易答應，妳曉得人類的時間和我們有差吧。對我們來說一天像一秒。我捨不得讓妳等。」

蘇于晴伸手摸摸顏以傑頭後方還未完全消去的腫胞，柔聲回應：「我知道，但再給我幾天，至少讓我覺得對得起你。我不想這麼快放棄，如果沒獲得你父親同意，你也不會快樂。」

「妳聽我媽說過關於看見靈魂的事了吧。我爺爺過世那年，我爸親眼看著他的靈魂漸漸變薄弱、變得像霧氣一樣，然後蒸散不見。奶奶當然也在現場，聽說她當時哭到昏厥，不久她的靈魂便失去顏色，再也看不見了。我想我爸只是害怕我像奶奶一樣，所以才不希望我們和人類結婚。」

「那你呢，你不怕嗎？」蘇于晴握住他的手。

「死亡在人類世界很常見，可是像我們這樣明確看見對方離開了，那種感覺更難過。以前戰亂多的時候我也見過，從實體瞬間變成虛無。其實肉體不脆弱，脆弱的是靈魂，一下子就不見了。所以我不學醫，學農。雖然以前我學校就這兩門科系。」顏以傑望著上空遙想過去。

「我也是人類，我的靈魂有一天也會消失，泡泡也有破掉的時候。」蘇于晴凝視著他。

「要是什麼都害怕，最後會連相愛都感到恐懼。但是我愛妳，更怕一開始就沒有妳。」顏以傑把她抱在懷裡。

「我知道你愛我，這些天夠讓我明白了。」

「好吧，我只好再忍一下，妳要記得女人青春有限喔。」顏以傑玩笑似地輕拍她的肚子。

蘇于晴伸手搔他癢，逗到他投降為止。

兩人互摟著彼此，只是躺在床上一邊聽音樂一邊休息。

「這樣不是也挺好的，要是有小孩哪能這麼清閒。」蘇于晴笑著伸手戳戳顏以傑的臉頰。

「能的話，我還是想要有小孩，因為小孩等於是我加妳除以二。」

「什麼奇怪的說法？」

「小孩等於我們兩個的連結。」

「我也一樣，希望有你的小孩。」蘇于晴望著顏以傑說，但在他起身靠向自己之前伸手摀住對方的嘴，「不過不是現在。」

「不然新婚要做什麼？」顏以傑蹙眉，露出任性的表情抱住蘇于晴的肩膀。要是在以前，她當對方還是二十七歲時，會單純當作是撒嬌，但自從知道對方是六百多歲高齡就沒這麼可愛了。

「我煮飯給你吃。平常都讓你煮，今天換我。」蘇于晴撥開他的手站起身。

「妳煮飯安全嗎？」顏以傑用圓溜溜的大眼望著她。

「不然你教我。」她將床上淘氣的老狐狸拉起來。

「可是妳能煮得出什麼食物嗎？」顏以傑皺眉問。他活這麼大把歲數，說話完全不顧慮對方的自尊心。

「看你能教會我什麼。」蘇于晴戳戳丈夫的腰報復。

兩人走出臥房來到廚房，準備煮飯慶祝新婚。因為顏以傑是廚師，同時他又喜歡煮飯，家裡總不缺食材，從主食材高麗菜、魚、雞肉，到薑、蒜頭、辣椒等調味配料都有。

蘇于晴向來個性少根筋，對於煮飯也全憑感覺，拿起菜刀隨意切剁高麗菜，認為食物凡吃下肚都是一樣的，但顏以傑就是看不慣她切菜的方式不停碎碎唸，讓她不禁慶幸兩人不是在同一個地方工作。

他一會兒說「蒜頭要先打碎，這樣味道才會出來」，一會兒又說「魚的鹽必須抹平均點，切口要是斜的」。

「那我整理廚房總可以了吧。」蘇于晴悶哼一聲面露不滿，同時抓了菜刀和砧板的握把沖水，一不

小心拇指撞上刀刃，一絲絲血水緩緩湧出。她本來想悄悄包紮，免得又被顏以傑嘲笑笨手笨腳，但哪逃得過六百年狐狸精的眼。

「哪裡受傷了？過來。」顏以傑對她招招手，她只好老實走到丈夫面前。

「不是切菜也能受傷，沒有我妳怎麼辦。」顏以傑笑著，握住蘇于晴的手，將受傷的手指放進自己嘴裡。蘇于晴感覺受傷的指節被舌頭輕觸，有點刺刺痛痛的。

「好了。」顏以傑鬆開她的手。雖然傷痕沒有完全癒合，但傷口已經停止流血。

「你果然有不同常人的能力，對吧？」她再次露出期待的眼神。

「這是狐狸的本能，以前必須在山區狩獵時，咬死獵物後，為了保持獵物新鮮，就會在傷口上舔一舔止血。」

「拿獵物形容你老婆好嗎？」她不禁蹙眉。

「某種程度來說，妳確實是我的獵物啊。」顏以傑微笑，摟著她的腰，兩人甜蜜親吻，結果忘記鍋子裡的魚還在煎。最後顏以傑第一次把魚給煎焦了。

兩人吃過晚飯，肩並肩看電視，感覺好像這樣的日子從很久以前就開始了，像是老夫老妻，一起入睡、一起醒來。

「妳不會覺得很快嗎？我向妳求婚不到幾天，我們就是夫妻了。」顏以傑抱著她的肩膀問。

「我沒想過這麼快，但一直有種感覺這天會來臨。」她微笑輕敲他的手背。

「我也一樣。」顏以傑吻了她的額頭，「所以我從妳還是高中生的時候就跟蹤妳。」

「現在聽起來還是很可怕，你知道嗎？」蘇于晴苦笑，躺在他大腿上。

「幸好當時沒把妳嚇跑。」

「幸好我沒被你嚇跑。」蘇于晴呵呵笑。顏以傑彎下腰吻她。

兩人剛結婚，還很甜蜜，然而結婚不過一週，蘇于晴卻經常在週末一大早消失無蹤。

在兩人婚後第四週的星期六早晨，顏以傑依舊在大門關閉聲下清醒。今天已經是蘇于晴第七次獨自一人在早晨悄悄離開家。每次她回家時都已經超過晚上十點了。他隱約知道妻子去了哪裡，可是看她露出僵硬的微笑就又不敢貿然詢問。顏以傑這次總算耐不住寂寞跳下床，換好衣服拿起背包，偷偷尾隨在妻子身後。畢竟跟蹤這種事，沒人比他擅長。

結果和他預料相同，蘇于晴搭捷運前往新莊，換搭計程車到山腳下並爬上山坡步行至顏家。他見妻子動作熟練地從皮包內拿出一張薄薄的報紙鋪地，就這樣跪在地上。

顏以傑躲在大樹後方看得心裡很難過。他向蘇于晴的父母答應過絕不會讓她受苦，但這幾天來她一直獨自努力著，也沒跟自己透漏半句話。

顏家大門打開，顏媽媽走出來，表情滿是心疼。

「于晴，妳就回家吧。那頭老狐狸是不會出來見妳的。」顏媽媽上前捧著她的臉頰。

「我知道顏爸爸很固執，但我也要讓他知道人類的心意也和他一樣堅定。」她誠懇回應。

「于晴，我弟弟不同意就別理他了。你們又沒錯，妳是女孩犯不著在這裡受苦。」連顏以傑的姑姑都出來勸了。

「對啊。老實說，他不討厭妳，我是說真的。只是他沒辦法接受妳，和妳本人無關，完全是種族的問題，這沒人可以改變。」豪叔叔好心勸她。

她聽了更難過，眼淚在眼眶打轉。本來怕生的阿呆坐在門邊望著她，流露出同情的目光。

方沛珊從門邊探出臉，瞥了她一眼走進屋內，不久顏以傑的父親就出來了。

「蘇小姐，我懂妳的心意，但是我無法同意。我知道妳愛我兒子，但我也愛他。就算你們法律上已經是夫妻，對我們狐群來說沒有意義。我不希望我的兒子受傷，我愛他六百多年了，妳呢？」

「五年……」她心虛回答。

「所以我說妳還是和他離婚吧。找個和妳相配的人類男子結婚，這樣對妳才好。妳想過結婚後如果有了小孩會有多麻煩嗎？妳是不可能讓妳母親看到渾身毛茸茸、長了尾巴和狐狸耳朵的毛孩子。妳的朋友也不能見他們。要照顧狐狸的孩子很難，他們比一般人類小孩還野，而且很容易生病。妳身為人類怎麼懂得照顧他們？妳有這個自信嗎？」顏爸爸柔聲勸說。

蘇于晴聽著頭愈來愈低，對方態度愈溫柔她愈難過。腦海中不斷迴盪著顏以傑對她說過的話——

「記得我愛妳」。她很想向顏以傑的父親反駁，但以她的立場，很難找到有力的論點。

「于晴，回家吧。阿傑他不適合妳。」

顏爸爸伸手輕碰她的肩膀，想將她扶起，但她卻一動也不動，只是仰頭望著對方：「可是我愛他，我無法想像沒有他的日子。」

她話一出口兩行淚滾落下來。圍觀的小狐狸見她哭了，竟也跟著嚎啕大哭。顏以傑看不下去，走向妻子伸手握住她的手，硬是把她拉起來。

「不哭了、不哭喔，乖。」顏以傑拍拍她的肩膀，幫她擦去眼淚。

蘇于晴看到丈夫突然出現，忍不住把臉埋進他胸膛，將強忍住的淚水和鼻涕全部哭出來。

「爸，我明白您擔心我，可是我這一輩子只會愛一個人，等了六百年，好不容易遇到，所以我沒辦法放手。」顏以傑說完後九十度鞠躬，抱著妻子走下山。

當他們抵達山腳時，蘇于晴已經停止哭泣了。

「你知道我討厭你揹雙肩包嗎？那讓你看起來更年輕，可是我卻看起來更老。」蘇于晴出其不意的話，讓顏以傑呆愣了半晌。他望著妻子的臉，明白她話中的意思。她受委屈了，所以忍不住耍脾氣，硬挑小毛病和他吵架。

「我知道了，以後我不揹雙肩包。」顏以傑攬著她的腰，柔聲說：「對不起。」

「我只是喜歡你，這樣有錯嗎？我做錯了嗎……」蘇于晴又哭了，像個孩子一樣哭得唏哩嘩啦。

「聽我的，不要再來了。不然我心好痛。」顏以傑把她的手放在自己胸口，親吻她的頭，內心滿是不捨。

顏爸爸站在山腰上，低頭望著兩人默默無語。

ꣳ ꣳ ꣳ

蘇于晴隨著顏以傑回家後，一直躺在床上連動也不想動。

顏以傑看了很擔心，坐在床邊輕聲問：「妳會後悔和我結婚嗎？」

「怎麼會？我只是體會到原來也有努力卻無法實現的事，所以有點累了。」她回答得有氣無力。

顏以傑伸手輕摸她的頭，發現額頭燒燙，走下床靠在她身旁問：「妳發燒了，不知道嗎？」

她只是搖頭，表情依舊沮喪。

顏以傑心疼地吻了她的臉頰，到廚房拿了冰枕和濕毛巾幫她降溫。一大早在外頭吹風，怎麼可能不

感冒？

「不舒服要說啊。」他對著她嘆氣。

「比起身體，我心裡更不舒服。」蘇于晴閉上眼睛。顏以傑緊握她的手。

「妳受委屈了，受委屈的傷我會加倍補償妳。」

「那抱著我，我會好過些。」

「好。」顏以傑爬上床，從背後抱住蘇于晴，臉頰貼在她耳邊哼著輕柔的歌。

「我一直記得你愛我，不管他說什麼我都不會後悔，所以你不要再問我後不後悔，因為我愛你。」

顏以傑聽到妻子的告白，將她抱得更緊，悄聲說：「我們很幸運，因為彼此相愛。」

ꞵ ꞵ ꞵ

山上的濃霧隨風快速飄動。顏家大家長顏宇泰坐在家中長廊上，遠望附近的山頭。他活了一千多年，什麼大風大浪都看過，兒女情長、分分合合也見多了，小說電視劇演的那些又算得了什麼，多少夫妻在戰場上分離、因戰亂疾病天地相隔呢？

對於長男顏以傑和蘇于晴之間的感情，他本來不以為意。他不是人類，不明白短短五年的愛情算什麼？然而他的父親母親相戀不到一年就結婚，這也讓他感到不可思議。

父親是遙遠的記憶。顏宇泰仍記得父親的靈魂像大海，總是洶湧而澎湃，母親就是愛上他如大海般寬闊的心，也是因為這樣，父親知道母親是狐狸精時，依舊包容她的全部。而蘇于晴愈看愈像他的父親，就像是浪濤揚起的泡沫一樣，美麗卻稍縱即逝。

第一眼，他就明白為什麼兒子會愛上她，而她又為什麼能這麼堅定接受兒子的一切。

「六百年啊……」顏宇泰喃喃自語，身後的大門敞開。他轉過身，只見兒子身穿傳統白色素衣，表情沉重。見到兒子這身穿著，他吃驚瞪大眼。

「爸爸。」顏以傑說著跪在地上，伏下身說：「對不起，兒子不孝。我一開始就知道您不會答應我們的婚事，所以不敢跟您說我的妻子是人類。我愛您，知道您擔心我，所以不肯接受。身為狐狸的一員，我們的生命太長，一天、一年對我們來說無足輕重。我漂流了六百多年，第一次感覺自己生命的重量就是自從遇到她。沒有她，四周的景色對我來說都只是過眼雲煙、稍縱即逝，嚥下去的飯也只是為了生活。我一直沉在海底漫無目的地漂浮，遇到她我才浮上海面，第一次看到日出、找到方向。與其恍惚度過未來的六百年，我寧願將我的人生濃縮，和她一起直到日落。」

他聽完兒子的告白，轉過身嘆氣，什麼話也不說。

日升至天頂，白色濃霧散去，明亮的陽光在地上劃過一道道又黑又深的影子。這樣的景色，他看了好多年年月月。日昇日落，好比短暫的人生，一個生命的消逝，又會有新生命誕生。

顏宇泰回想過世的父親最喜歡的一句話：「瞬間即是永恆」，他至今依舊不能明白這句話哪裡美。

顏以傑尚未得到父親顏宇泰的同意，始終跪在顏家院子裡，面向父親，但顏宇泰仍背對他不發一語。到了下午，阿呆小跑步到門邊望著顏以傑，隨後走到爺爺背後，學大伯跪坐，並把頭頂在爺爺身後。

「為什麼大伯和伯母都這麼喜歡下跪？」阿呆問，但顏宇泰不回話。

「伯母哭的時候，泡泡的顏色總是會變得特別濃、特別深，那是為什麼？」

「靈魂是很敏感的東西。阿呆，你看過靈魂共鳴嗎？」他把手伸到背後摸摸小男狐的頭。

「什麼叫共鳴？」

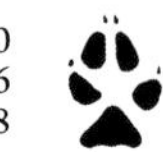

「我看過一次，那是你曾爺爺和曾奶奶的靈魂。在大海枯竭前，清澈的泉水將大海填滿，直到自己也乾枯為止……啊，今天的夕陽，為什麼特別美呢？」他望著天空，第一次發現並不是每一天的日落都是一樣的。

「阿傑，今天的夕陽如何？」

顏以傑總算得到父親的回應，可是他的目光已經模糊。

「很美，像是被海水沐浴過一般。」

「你回家吧。她在等你。」顏宇泰拍膝說道。

顏以傑呆愣著不知道父親的意思。

顏宇泰依舊背對著他，沉默半晌輕聲嘆氣：「你們第一個孩子的名字我想好了，就叫日汐。」

「謝謝您，爸爸。」顏以傑明白父親話中的意思彎下腰敬禮，快步跑下山。

顏宇泰轉身抱起阿呆，讓他坐在自己的腿上，祖孫一起望著夕陽。

阿呆拍拍爺爺的肩膀，用細柔的聲音說：「爺爺不要哭。」

「我沒哭，只是夕陽太美了。」他摸摸孫子的頭，面帶微笑。

顏以傑得到父親的認同興奮衝回家，打開房門一見到蘇于晴便忍不住緊抱她。

「你是怎麼了？突然這麼開心。」她茫然望著丈夫。

「第一個孩子已經取好名字，叫做日汐。」

「你在講什麼？」蘇于晴笑著捏捏他的臉。

「是爸取的，名字要叫做日汐。」顏以傑把臉緊貼在妻子的臉頰上，雙手環繞在她背後。

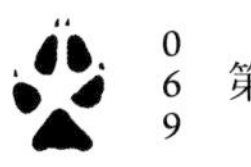


「你是說真的？」蘇于晴面露吃驚。

「真的。」

「那我們接下來該做什麼？」

「準備結婚儀式。」顏以傑不停親吻她的臉頰，一條大尾巴在身後搖擺，藏不住喜悅。

「儀式要怎麼準備？該辦在什麼時候？」

「要的話下禮拜就可以開始，我會請我媽幫妳，大概這個月中到下個月儀式就能完成。」

「那得挑個良辰吉日。」

「我們很少在挑日子。因為整個儀式必須持續一個月啊。」

「一個月？」蘇于晴驚呼。

顏以傑靠在她肩上點點頭。

「我是無所謂，只是這麼長，工作怎麼辦？」

「通常都是在晚上和週末進行，所以不用擔心影響工作。」

「沒想到你爸這麼頑固還是答應了。」蘇于晴把手伸進對方的髮間，細細柔柔的髮絲還夾著山上的氣味，「你辛苦了。」

「不是妳，我也無法有這樣的決心。」

「好像在做夢一樣。」

「不是夢，我們都醒著。」顏以傑微笑，親吻他新婚的妻子。

# 第三章、嫁雞隨雞，嫁狐隨狐

顏以傑的父親答應婚事不久後，某天夜晚顏家三名婦人隨即到訪祝賀，同時表明要來指導蘇于晴狐狸一族的習俗。

蘇于晴坐在床上，呆愣愣望著面前三名婦人，顏媽媽坐在中間，公公的姊姊阿蘭在左，右邊則是丈夫二弟的妻子小香。她還是無法想像三人都是由狐狸變來的。由於顏以傑被顏媽媽趕出房間外，使她必須單獨面對三人，不禁心感不安。

「于晴不用緊張，我們是來跟妳聊聊如何成為狐狸的妻子。」顏媽媽笑瞇瞇望著她。

「別擔心，和人類的妻子不會差太多。」阿蘭說。

「狐狸和人類不一樣，我們很重視親緣關係，所以人很多，很熱鬧，妳會喜歡的。」小香附和，伸手握住蘇于晴的手。

這時門外傳來獸爪抓門的聲響，蘇于晴知道是顏以傑在表示不滿。

「吵死了，安靜點！這麼黏人的丈夫小心被妻子討厭。」顏媽媽對著房門大罵，抓門聲才消失。

「比起這些，于晴先讓我幫妳量一下尺寸。從今天起正式進行婚禮的儀式，是不是很興奮？」小香說著，從她那疑似登山用的巨型背包裡拿出皮尺，開始幫蘇于晴丈量，並在筆記本上做紀錄。

阿蘭搶過筆記本看，點點頭說：「于晴，妳太瘦了，不過臀圍還可以。」

蘇于晴聽了不知道該不該高興。

「第一週先讓她慢慢適應吧。」顏媽媽吩咐，向小香點點頭。

小香聽令從包包裡拿出一件羽絨背心放在蘇于晴的雙臂上，蘇于晴手一沉，整件背心落在床上。

「幸好現在是秋天，不會太顯眼。這幾天妳就穿這背心，下週小香會再幫妳換更重的一件。」

「為什麼要穿背心呢？」蘇于晴穿上偽裝成羽絨背心的千斤重問，肩膀瞬間垮下。

「當然是入洞房的準備囉。當天妳得穿上更重的新娘禮服，要是這一點重量的背心也無法承受，當天結婚妳會被禮服埋沒的。更何況，沒有充足的體力，洞房夜怎麼辦？」阿蘭癡癡笑。

「什麼意思？」

「當然是要練好體力的意思，如果承受不了禮服，洞房夜什麼也沒做就會睡死了吧。妳公公特別看過日子了，洞房夜那天日子好，加上狐群信仰認為洞房夜懷上的孩子會受到神明的祝福，一輩子幸福快樂。」顏媽媽笑著說，臉上滿是期待。

「洞、洞房夜……」蘇于晴尷尬臉紅。她很高興公公特別替他們查了日子，但被這麼多人注目，內心很害臊。

「瞧她害羞的，當年我結婚也是這樣。」阿蘭笑著說。

蘇于晴暗自揣想那是在哪朝哪代的事。

「早點練體力是好事，畢竟懷上狐狸寶寶比較辛苦，一懷就是十三個月。」顏媽媽補充道。

「您是說十三個月，一年又一個月嗎？」蘇于晴眨眨眼，以為自己幻聽了。

「阿傑沒跟妳提過嗎？那孩子真是的……」顏媽媽搖搖頭。

蘇于晴瞪向門邊，在心中埋怨道：門外那傢伙還說要三個小孩，豈不是要花三年又三個月？

顏媽媽三人回家後，蘇于晴經過重力訓練，累得趴在床上，想到後面一個月都得穿著身上這件背心就覺得可怕。

「小晴？」顏以傑悄悄走進房間裡，縮著肩膀，一臉作賊心虛。

「你怎麼沒告訴我你們一胎就是十三個月？」她抬起頭看他。

「說了怕妳會害怕。」他苦笑著坐在床邊。

「你不是說儀式當天你必須揹我上山，那你怎麼不必做重力訓練？」

「我年輕時當過砲兵，揹著鐵砲到處跑，所以不用特別訓練。」他輕而易舉將蘇于晴抱起，放在自己懷裡。他最近習慣在家露出耳朵和尾巴，而蘇于晴也不討厭他這模樣。

「你訓練過，我可是得用一個月的時間集訓耶。說什麼良辰吉日……」她小聲抱怨，順手抓住丈夫的尾巴。

「辛苦了。」顏以傑說著用舌頭輕輕舔了她的耳背。他這種原始習性，蘇于晴還是很不習慣，整個脖子發燙。

「能夠得到你爸的同意，這件事就算了。」她仰頭望著丈夫問：「你沒有其他隱瞞我的事了吧？」

顏以傑搔搔頭微笑問：「我還有瞞妳什麼嗎？」

「沒有就好。」蘇于晴哼哼一笑，把全身的重量壓在丈夫身上。兩人躺倒在床上，彼此相望。

「妳只要記得我愛妳就好，什麼都不用擔心。」顏以傑抱著她，輕拍她的頭，溫柔微笑。

隔天上班，蘇于晴乖乖聽話，穿上顏媽媽替她準備的背心去上班。

「蘇于晴，妳是怎麼了，畏寒嗎？」

上班時間，楊雅筑經過蘇于晴的座位時，忍不住指著她的背心問。

「有一點，妳不覺得公司空調太強嗎？現在明明是秋天。」她硬掰了個理由。

「這樣啊，不然我幫妳調高溫度？」

「不、不用，現在剛剛好，有背心嘛。」她趕緊婉拒。身上這件背心弄得她好熱，沒空調肯定中暑。

楊雅筑瞄了一下四周，確認主管不在，小聲問：「妳和妳未婚夫現在怎樣了？」

「我們已經結婚了。」

「蛤？什麼時候的事，竟然沒跟我說。」楊雅筑輕敲她的肩膀。

「就只是辦了戶口登記，沒宴客。」她苦笑。

「為什麼不宴客？通常不是都會辦婚禮嗎？」

「這個嘛……」蘇于晴苦笑。她丈夫家情況太特殊，要他們舉辦正常人類的婚禮，恐怕不會喜歡。

對他們而言，維持一個月的重力訓練後完成的結婚儀式才是正統做法。

「這不會很可惜嗎？不會是妳丈夫很小氣，不讓妳辦婚禮吧？」楊雅筑蹙眉問。

「沒有啦，只是我們喜歡簡單點。」蘇于晴心虛回答。

「以前我結婚時，妳陪我挑婚紗不是挑得挺開心，我還以為妳肯定很嚮往婚禮。」

「婚紗照已經拍過了，也就不用婚禮。」蘇于晴的笑容瞬間變得僵硬。

「不過你們結得真快。」

「想結就結，因為喜歡，所以也沒什麼好猶豫的。」她聳聳肩。

「看妳幸福的。對不起，之前還以為他會跟妳提分手。看妳現在的樣子，就算沒正式的婚禮也過得比其他夫妻幸福吧。」楊雅筑微笑拍拍她的背，表示祝福。

「不過他家有很多習俗，我快累慘了。」

「習俗？他是哪裡的原住民嗎？」

「嗯？啊，對啊。」蘇于晴尷尬一笑。認真來說確實可說是原住民吧。

楊雅筑沒再詢問她關於顏以傑家的事，讓她鬆了口氣。然而對方的話卻切中她內心的遺憾，她愛顏以傑，而他們的身分很不一樣，她願意犧牲，只是遺憾依舊無法抹平。

在顏媽媽等人拜訪後的隔天晚上，蘇于晴和顏以傑在家休息時，門外再次傳來門鈴聲，打開門發現又換了不同人來訪。

「啊，阿祥好久不見。」蘇于晴看見熟悉的人鬆了口氣。來的人正是上次幫他們拍婚紗照的阿祥。他帶了自己的妻子琳琳前來，同時印了一張加框的婚紗照送給他們當賀禮。

「你們好，我帶了內人來拜訪。你爸要我教你們怎麼養小孩，畢竟族裡最近生孩子的只有我。」阿祥摟著妻子琳琳的肩膀說。

「是第幾胎呀？」蘇于晴問，只見琳琳羞怯地比了個二。

「兩個啊，是男孩？還是女孩？」

「六個男孩，四個女孩。」對方靦腆回答。

蘇于晴驚訝地睜大眼，差點忘記狐狸和人類不一樣，一胎就可以生五個，而琳琳剛才的二只是指胎數。

阿祥看她吃驚的模樣笑著說：「放心，狐群和人類結婚的情形，一胎生幾個孩子還是依母方而定，這部分妳還是會跟正常人類女性一樣。」

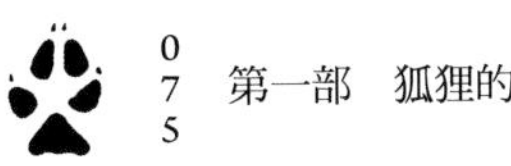


蘇于晴早就聽說了，但每次聽到還是很訝異。

「狐群似乎對減輕少子化努力了不少。」她苦笑。

「還好啦，早期大家都生好幾回，一家子五六十人才是正常的，但現在時局不同，哪來的空間養這麼多毛孩子。」琳琳笑著說。

「我爸的孫子夠多了，也不必生太多。我奶奶也只生了九個孩子。」顏以傑輕拍蘇于晴的肩膀。

「只生了九、九個？」蘇于晴露出驚嚇的表情。

「沒什麼，九個人類十年就可以生完了。」琳琳微笑，但她的話一點也無法讓蘇于晴放心。

「不過現在學養小孩會不會太早？」蘇于晴拍拍扁平的肚子。

「放心，等懷了我們還會來教你們。現在只是告訴你們基本常識。例如哪些食物絕對不能給小寶寶吃，畢竟他們和人類不同，一不小心就會吃壞肚子又過敏的。小時候限制比較多，長大發育完全後就還好，只要別吃過量。」

「狐狸不是雜食性嗎？」蘇于晴問。

「狗也是呀，但像是巧克力、洋蔥、蔥之類的狗就不能吃，因為生理構造不同，狗的心跳比一般人快，狐狸同樣是犬科情況很類似。特別是小狐狸的照顧，好動又喜歡亂咬、亂吃東西，很麻煩。」琳琳回答。

「我的高級音響就被兒子毀了。」阿祥露出辛酸的表情附和。

蘇于晴聽了苦笑，不知道是在教她養小孩還是養狗，但還是乖乖拿出筆記本作筆記。她記起了不能給小孩喝牛奶會腸胃不適，吃蛋一定要煮熟，也要小心家裡的縫隙，小狐狸很喜歡到處鑽，一不小心就可能卡住受傷。而顏以傑則由阿祥帶領，檢查家裡有什麼需要注意的地方，還有什麼東西應該收起來，

以防小孩絆倒或是勒傷。

「小孩誕生後，窗戶一定要加鐵窗，新聞不是常有孩子摔出窗外的報導嗎？比起人類孩子，狐狸寶寶更危險。」阿祥再三囑咐。

「窗簾的拉繩、塑膠袋也要小心，小狐狸很好動，一不小心就會弄傷自己。」琳琳補充道。

「果然以後還是得找大一點的房子吧。」顏以傑瞥向認真作筆記的妻子。

「是啊，小套房根本不夠小孩跑跳，樓中樓最好囉。如果你預計生三個，那樣的大小剛好。我家可擠死了，睡覺翻身一不小心就會壓到毛孩子。」阿祥苦笑。

「明天來查查房價好了。」顏以傑喃喃自語。

阿祥夫妻離開後，顏以傑抓起蘇于晴的背心把她提起來抱在懷裡。

「妳還可以吧？累不累？」顏以傑摸摸她的瀏海問。

「如果你一直幫我提著背心就不累。你知道這背心有五公斤嗎？聽說整件禮服還是它的三倍重。」蘇于晴忍不住抱怨。

「有件事我想跟妳說，阿祥提醒我該和妳先講清楚。」顏以傑收起笑容，表情變得嚴肅。

蘇于晴闔上筆記本，轉身看他。

「小孩剛出生時會毛毛的，所以妳生產時沒辦法讓妳父母在場，他們肯定會嚇暈。」顏以傑摟著妻子，不安地說：「事實上，我還怕妳會嚇傻。懷胎十三個月生出來的是妖怪。」

「這些事你父親上次就跟我提過了。」蘇于晴用雙手捧著他的臉，「看到小瓜他們我也有心理準備，何況我愛的人不是妖怪，生出來的也絕不會是妖怪。你要時時刻刻記得我愛你。」

顏以傑把頭貼向妻子的額頭，兩人相視而笑。

ૃ ૃ ૃ

經過一週的重力訓練，蘇于晴覺得自己快練出虎背熊腰。這日星期六，顏以傑再次開車帶她回新莊的老家準備參與另一項儀式。

雖然說他父親已經同意兩人的婚事，但顏以傑這次返家卻還是緊繃著臉。

「怎麼了，你在緊張什麼？」蘇于晴輕拍顏以傑的肩膀，對方卻像是從深思中驚醒，露出嚇了一跳的表情。

「今天的儀式讓我有點不安而已。」顏以傑苦笑。

「今天到底是什麼儀式？」蘇于晴露出天真的表情。她只當今天是正式拜訪而已，完全沒多想會有什麼考驗。此時她身上還穿著背心，重量已經被增加到七公斤了。

「到了妳就會知道。」顏以傑勉強擠出微笑。

蘇于晴看他笑得勉強，不明白有什麼事可以嚇到她這修練六百年的老狐狸丈夫。

車子在熟悉的山腳下停下。蘇于晴下車，等待丈夫主動揹自己上山，但顏以傑只是握著她的手往山上爬。她暗自心想難道是因為背上的背心讓丈夫不想揹自己上山嗎？不對，當過砲兵的人，多七公斤也還好吧。莫非是甜蜜期已經過了？婚禮都還沒辦耶。

「在想什麼？」顏以傑見她眉頭深鎖，不禁問。

「沒事，七公斤重嗎？」

「我不懂妳在說什麼。」顏以傑搖頭提起她肩上的背心，「還好啊。」

「那你今天怎麼不揹我了？」

「我……我需要儲備一點體力。」他抹抹臉，臉色不大好看。

蘇于晴聳肩，心想不想揹就算了，賭氣加快腳步拉著顏以傑上山。

抵達顏家門口，一大群人整齊排成圈，盛大迎接他們。前後排了三排人，有老有少。本以為是顏爸爸為了表示歉意，所以請整個家族的人來迎接他們，但見大家的表情卻似乎不是這麼一回事。他們滿面笑意，但卻像是在等好戲。

「阿傑，你來了啊。」幾個疑似堂表兄弟的人露出笑鬧的表情。

蘇于晴退了一步，心想是不是因為丈夫娶了人類老婆，所以被譏笑。

「真是漂亮的新娘子。」她身後一名中年婦人伸手打了她的屁股，害她嚇了一跳。

「曾姨婆，您太熱情了，小晴會嚇到。」顏以傑摟著受驚嚇的妻子。

一旁幾個婦人露出如著迷於偶像劇的少女表情，看得蘇于晴好不自在。

「我都聽說了，小倆口愛得轟轟烈烈。」曾姨婆燦爛一笑。

她猜測對方少說有千歲，但外表卻像是五十出頭，要她稱呼對方曾姨婆挺不習慣。

「對啊，還不是哪個老古板。」豪叔叔笑著瞥向顏家大家長。她公公輕咳一聲，表情尷尬。蘇于晴注意到對方手持著一支造型復古的木製拐杖，前端還是鷹嘴造型。

「事情都過去了，別提那些事。」顏媽媽說著大夥兒才安靜。

「下個月我們顏家要辦喜事，大家都聽說了吧？」顏爸爸掃視眾人，其中有幾個是其他宗族的人，看來是想湊熱鬧。

他望向小夫妻說：「遵循以往的習俗，為了祈求子孫及家族的繁盛，新人結為連理前必須取得大地之母的祝福。向守護我們的山靈眾神祈求護佑，賜福給新人及他們的下一代。」

眾人拍手齊聲歡呼，小花、小瓜從人群的腳邊竄出，蹦蹦跳跳跑到兩人面前。

「新娘子，這個送給妳。」小瓜口齒不清地大叫，從嘴放下某個不明的東西。

「謝謝。」蘇于晴彎下腰瞧的時候身體瞬間僵住不動，眼前是一條還在蠕動的小青蛇。

「那是早上剛抓到的喔。」小瓜得意微笑。

「好、好可愛喔。」蘇于晴怕傷孩子的心，伸手要去抓時，顏以傑先一步把小青蛇抓起塞給身後的顏以帆。

「你伯母最近消化不大好，不能吃這麼補的。」顏以傑笑著幫妻子解圍。

「好可惜喔，那個很好吃耶。軟軟ＱＱ的。」小瓜鼓著臉頰。

「你摘些花送伯母，她就會高興了。」顏以傑搔搔姪子的頭。

「好了，快點進行儀式吧。于晴，妳過來。」顏爸爸對蘇于晴招招手，要她站在自己身旁。他手指向山頂濃密的樹林，「妳瞧見了吧，我們顏家居住在山林已久，山高處是神靈居住地，由祂們守護住在山腰處的我們，今天的儀式就是要前往神靈的住所。在我們狐群的信仰裡，每棵樹都是神降臨時的通道，我們是祂們的子民，住在祂們之下，受神靈看顧。來吧，孩子，我帶妳上去拜訪神靈。」

顏爸爸握著蘇于晴的手，臉上掛著和藹的笑容。她本來很緊張和公公相處，但四周的人對著他們點頭微笑，不禁跟著放鬆心情。

他們走在前頭，顏以傑和顏媽媽跟在他們身後，沿著小徑往山頂的方向爬。愈往高處，周遭的樹就愈高。蘇于晴注意到幾棵樹幹上用麻繩綁著鮮花，似乎是祭祀神明的一種儀式。

他們走了二十幾分鐘，身旁的樹高聳參天，仰頭甚至看不見樹的頂端。

「于晴，挑一棵妳最順眼的樹吧。」顏爸爸鬆開她的手，指向前方。

蘇于晴點點頭，顏以傑看著她微笑，但額頭卻在冒冷汗。她每走到一棵樹前，顏爸爸就會手持拐杖猛力敲擊地板，他的舉動總是會害她嚇一跳。

「那是在和神明打招呼，還是在暗示我不要選那棵樹？」蘇于晴悄悄走到顏以傑身旁問。

「妳想多了，只是在驅趕蛇罷了。這裡很少有人來，所以我爸在幫妳趕蛇。」顏以傑拍拍她的頭幫她收驚。

蘇于晴發現身為狐狸精的妻子，自己豐沛的想像力比現實情況還精彩。

「該選哪一棵樹才好呢？」她喃喃自語，「這棵怎樣？樹冠形狀圓圓的，很可愛。」

「小晴姊，妳瞧瞧自己身上的背心，那種高度的樹划算嗎？」小叔顏以帆說。

「什麼划不划算，我的背心跟這個有關？」蘇于晴困惑皺眉。

「妳覺得哪棵樹跟妳最有緣，或是哪棵樹的樣貌最符合妳對未來家庭的想像。」顏爸爸提示她。

「小晴姊，據說挑愈高的樹以後夫妻感情會更長久，小孩也會更健康喔。」顏以帆揮了揮手大喊。

蘇于晴聽了眼睛一亮，快步搜尋方圓百里內最高的樹。

「小晴，妳看這棵如何？樹幹的紋路挺美的。」顏以傑從她背後握住她的手，指向一棵中等高度的台灣扁柏。

「表哥，選那棵樹未免太沒骨氣了。」阿祥吐槽道。

顏以傑轉頭瞪向對方，露出一副要你多管的表情。

「不行，這棵太矮了。」蘇于晴搖搖頭。

「沒錯，挑高一點的。」後面幾個人大聲嚷嚷。

「小晴不必受他們影響，挑妳喜歡的就好，妳剛才挑的榕樹也不錯呀。」顏以傑微笑，但嘴角卻在顫抖。

「嗯……可是太矮了，果然還是高一點的好。」蘇于晴牽著丈夫的手往更深處走，眼前一棵褐色樹幹的紅檜吸引了她的目光，她仰頭向上看，刺眼的陽光穿過樹葉閃閃發光，像是早晨閃爍的星星。樹枝向外擴張，擋住視線，看不見樹頂盡頭，整棵樹約兩人手臂合抱的粗度，挺拔身形外加直條狀細密的紋理，給人一種平靜穩重的氛圍。

「阿傑，這棵如何？」蘇于晴伸手摸了摸樹身，感受樹皮的肌理。

「眼光不錯，光看這樹的腰身就知道高度不差，算是一等一的。」幾個中年男子走向前敲敲樹幹點頭稱是。

顏以傑望著樹冠，冷汗沿著額頭滑落。

「我有預感這棵樹的神靈會好好守護我們。」蘇于晴握著丈夫的手放在樹幹上，閉上雙眼感受。

顏以傑凝視著她會心一笑，露出認命的表情問：「妳已經決定就是這棵樹了吧？」

「嗯。」蘇于晴像是央求爸媽買玩偶的小女孩，滿意點頭。

顏以傑無法拒絕她的期待，雙手摩擦伸向妻子說：「習俗上要妻子在掌心上各親一下保佑。」

蘇于晴沒多想握住他的手分別吻了一下。顏以傑微笑並面向樹跪下三叩頭。

「老哥加油！」顏以帆大叫。

顏以傑捲起袖子，起身脫下腳上的鞋子，向後退，助跑接著往上跳。

「咦？」蘇于晴不曉得丈夫在做什麼，一臉吃驚看著他不斷向上爬。

「那就是今天儀式的重頭戲，妻子負責挑選守護的神靈，而丈夫得爬上樹，抵達頂端折下最高的樹枝帶回家，這樣神靈就會時時守護你們。另一方面也是考驗新郎能不能負起責任保護家庭。」顏爸爸站在她身旁解釋。

蘇于晴勉強露出微笑，但臉色卻不禁發白。她從不知道顏以傑會爬樹，更擔心自己是不是選了太高的樹，不管這個習俗的定義有多美麗，但要是發生意外怎麼辦？

「小晴，放心，我會挑一支最高、最香的樹枝下來。」顏以傑坐在枝幹上，往下望。

「你小心點，別受傷了。」蘇于晴擔心地對他呼喊。

「放心，我以前常常爬樹。」他休息夠了抓穩枝幹，起身繼續向上爬。和一般人類不同，他的腳像是有鉤子般可以鑲在樹幹上。

「以前是什麼時候？」蘇于晴皺眉。

「一、兩百年前……吧。」顏以傑自己也不確定。

蘇于晴聽了頭都要暈了。

「狐狸會爬樹我還是第一次知道。」她喃喃自語，雙手不安交握。

「本來我們棕狐是不爬的，但是灰狐那族很會，以前我外祖父娶了灰狐家的女兒，他們的習俗就傳過來了。」顏爸爸回答。

忽然從頭頂落下一些樹皮的碎屑，蘇于晴緊張向上看，見丈夫左腳一滑，嚇得要暈過去。一旁圍觀的人也齊聲發出驚呼。

「沒事，我抓住了。」顏以傑手臂一抓穩，向右一跳爬上另一頭的枝幹上，身影漸漸沒入樹冠中，不見人影。

蘇于晴看不見丈夫，緊張咬住下唇。

「放心，相信妳選擇的人，他下定決心就一定會辦到，畢竟他是我的兒子。」顏爸爸握著拐杖閉上眼睛，仔細凝聽樹上枝葉摩擦的聲響。

蘇于晴深吸一口氣，閉上眼睛在心中默唸：「神靈，我誠心祈求您保佑我的丈夫平安。」這麼祈禱，她的心情也平靜許多，認真凝聽。

窸窣的聲響像是神靈在回應她的祈求，安詳而平和。枝葉的聲音漸漸變得清晰，一陣風颳過她的臉頰，緊接著傳來雙腳落地的聲響，她面露微笑睜開眼。

「我替妳折下受到陽光照耀最多的一截樹枝，這就是我對妳愛的證明。」顏以傑笑著把樹枝放在她手中，並當眾親吻他的新娘。

在場女性發出欣羨的驚嘆聲，而顏爸爸則急忙揮手要躲在後方準備床墊的男丁們趕快把床墊藏起來。

ღ　ღ　ღ

儀式準備至今已過了八天，客廳牆上掛著乾燥裱了框的樹枝，上頭綁上了七彩細繩編織的繩結，據說是祈福婚後生活美滿多彩。

蘇于晴坐在沙發上，將雙腿放在顏以傑大腿上，抓著對方的尾巴一邊梳理一邊看電視。自從顏以傑不再隱瞞自己的真實面貌後，替丈夫梳理尾巴成了他們另類的情趣。只要她不聯想過去自己幫寵物梳毛的經驗，這其實是挺甜蜜的互動。

「背心的重量還可以吧？」顏以傑拍拍妻子的小腿問。

「還好，現在是七公斤。」蘇于晴細心將梳子上的狐狸毛挑起，搓成一團毛球，「今天挺安靜的，難得沒人上門。」

「還有二十二天得等呢。能享受兩人的時間，就好好珍惜，能的話我寧願跳過這一堆瑣事直接辦最後的儀式。」顏以傑捏著她的臉頰，露出微笑。

「你這隻邪惡的老狐狸，見到很多親戚不好嗎？」蘇于晴用手戳了戳丈夫的腰。

「很多人我過了六百年也沒記起來，少了那些儀式根本沒差。」顏以傑笑著從她手中接過用自身毛搓成的毛球。不知情的人，可能會以為他們真的在家養了條狗。

「但我們已經省去很多儀式了，你還想省略什麼？」蘇于晴擠出略顯失落的微笑。

上週六儀式結束後，顏爸爸特別私下和她交談，表示希望她不要讓家人來參與他們的婚禮。

「我不是不信任妳的家人，只是人類不知道我們的存在，說出去就會有風險。妳父母所認識的顏以傑是正常人類，不知道他的真實身分。祕密這種事，若真的不想讓人知道，就不要輕易說出去。很多意外都是無心造成，希望妳明白這件事的重要性。如果妳愛我兒子，請不要告訴任何人，不要讓他有曝露在危險的機會。」顏爸爸說著向她鞠躬請求諒解，她也無法拒絕。

「婚禮結束後，還是找一天跟妳父母見面吧。至少親口告訴他們我們已經登記為夫妻的事。」顏以傑看出她心裡難過，握著她的手說。

這時傳來門鈴聲。

顏以傑把妻子的腳放下走到門口開門。

「晚安，抱歉打攪了。」一對年輕夫妻走進來，他們身旁還跟著四個小孩，兩男兩女。

「表姊好久不見。」顏以傑搔了搔頭問候，敞開門讓他們進房。

「是堂姊。你老記錯。」

「又不是不知道我有幾百個堂表兄妹，哪記得了？」

「算了，反正我也記不得是你先出生，還是我先。」對方聳肩。

「你們好。」蘇于晴站在後方打招呼。

「這位就是傳說中的新娘嗎？」顏以傑的堂姊上下打量她，點點頭表示滿意。

「新娘子耶。」孩子們拉著蘇于晴的手歡呼。他們年紀比小瓜小花大，外貌和一般孩子無異。

「這是我們的一點心意。」堂姊夫拿著一袋禮品給他們，打開袋子看，是給小嬰兒的玩具，清一色是球狀的垂掛物，和類似逗貓棒的玩具，大致上算正常，唯獨還裝了六個項圈，瞬間讓蘇于晴感到疑惑，但還是微笑道謝。

「今天只有我們來嗎？」堂姊問。

「婚禮日期訂得早，所以很多人不知道吧。」顏以傑苦笑。

「不過你們的事可傳遍我們武陵整村的人了。」堂姊說。

「在我們狐群裡，幾乎沒有祕密。訊息來得很快。」堂姊夫點頭稱是，不忘抓住四處亂竄的兒子。

「我們的情況比較特殊點。」顏以傑說著，伸手握住蘇于晴的手。

「日子久了，大家也會明白人類和我們其實沒太大的不同。」堂姊對她露出同情的笑容。

氣氛開始尷尬時，又傳來了門鈴聲。這次來的是一對中年夫妻，顏以傑一時忘記對方的名字，乾脆全稱作叔叔阿姨。

「這個給你們，很補的喔。」叔叔瞇起單邊眼，笑著拿出一盒結著水珠的東西放在蘇于晴手上。看樣子這盒東西原先冷藏過。

「這個是？」蘇于晴道謝後準備打開，但顏以傑先一步搶過盒子蓋上。

「謝謝叔叔，我這就拿去冰。」顏以傑捧著禮盒，走進廚房偷偷打開看，果真裡面裝著死老鼠和雛鳥，這些拿來送禮給狐狸不奇怪，但就怕嚇壞他的人類妻子。

一個晚上就來了五對客人，後來蘇于晴才知道，這些賓客會陸陸續續上門，直到婚禮前十天。送走最後一組客人，兩人累癱在沙發上，小小的公寓擠滿人，地上遺落各種毛色的狐狸毛。

「抱歉，我家人很多。」顏以傑摸摸妻子的頭。

「讓更多人知道我們在一起，沒什麼不好。」她微笑捉住丈夫的手，靠著休息，但卻不知道廚房冰箱裡堆了多少死老鼠禮盒。

「不過來的怎麼好像都是家庭或夫妻？你們家族未婚的人很少嗎？」蘇于晴把玩著手中給嬰兒的玩具球問。

「這個嘛。單身男女會另外挑一天來訪，等時候到了妳就曉得有多可怕。」顏以傑聳了一下肩。

蘇于晴才問過關於未婚的親戚沒多久，過了幾天，星期五她下班回家時，只見顏以傑的小套房裡擠滿了年輕男女，其中顏以傑的弟弟顏以帆當然在場，而方沛珊竟然也來了。

「小晴，妳回來了啊。」顏以傑聽見門鈴聲，替她打開門尷尬一笑。

「門外好多雙鞋子，你請朋友來了？」蘇于晴面露困惑。

「是新娘子！」幾隻單身公狐從顏以傑背後探出頭，對她吹口哨，害她笑容僵硬。見到他們頭頂上的大耳馬上明白是顏以傑的親戚。

「大家是來幫我們慶祝的嗎？」蘇于晴望著桌上的披薩和啤酒問。

「當然，今天可是單身派對。」兩隻母狐拉著她的手，另外幾位女孩不忘拿了幾罐啤酒，一群人簇擁著蘇于晴一窩蜂往臥房移動。

「阿傑。」蘇于晴轉頭看向丈夫，面露不安。

「妳們可別給她灌酒，小晴酒量很差。」顏以傑話剛說完就被一旁的單身公狐攬住脖子。

「阿傑哥，你該不會是給她灌酒搶婚吧。」顏以傑的表弟說著，幾隻公狐跟著竊笑，「我聽說了，新娘只有三十二歲喔。」

對這群百歲的狐狸來說，三十二歲就像是小學生的年齡。

「三十二歲在人類世界已經是熟齡了。」他只能苦笑。

「那你什麼時候認識她的？」

「在她就讀高中的時候。」顏以傑說著馬上低下頭，因為他知道這話一出口又會是一陣驚呼。

「人類高中是幾歲啊？」弟弟顏以帆問。

「十五歲。」

「十五！十五你也吃得下去，十五歲這麼年輕，根本還是小嬰兒吧。」眾人嘖嘖稱奇。

顏以傑摀住臉：「那是以我們的年齡計算感覺還很小，以人類年齡來說思想已經成熟多了。」

他活了六百多年，早就不在意年齡了，但被人這麼一說，不禁難為情。

「你怎麼喜歡上她？」幾隻公狐打開啤酒邊喝邊逼問，「不說就要罰酒喔。」

每隻公狐手拿啤酒圍著他，露出一臉賊笑，見他不想說，隨即將啤酒舉自他嘴邊，逼他說，不然就要他把酒喝盡。

「好啦，我說。小晴從以前就是個少根筋的傻女孩，我第一次見到她時，她沉醉在自己的世界，沒有注意到我站在一旁關注她，這使我很好奇，想知道她到底是怎樣的人。跟你們說，你們恐怕也不懂那是什麼感覺。她對我來說是多麼不一樣的存在，我一直以來只是為了存活而生活，見到她我才明白自己想要的是什麼生活，不知不覺就喜歡上了。」顏以傑說完，搶過酒一口氣吞進肚裡掩飾害臊。

「喔——這就是人類說的一見鍾情？我們不認識個十年、二十年都不交往的，阿傑哥好先進。」那群單身公狐把焦點全放在其他問題上。

「就說情況不同了嘛。」顏以傑又灌了一瓶酒。

「老爸同意你們結婚那天可是難得又抽菸了。抽了好大一支雪茄，戒了兩百多年，又開始抽。」顏以帆附和。

「你說老爸？」顏以傑聽見弟弟的話，瞪大眼睛。其他知情的人跟著點頭。

「六百年可不簡單，幾乎是一半的人生了。阿傑哥，你確定嗎？」他表弟又問。

「與其茫然度過漫長歲月，我覺得現在就很好。」顏以傑微笑，但想起父親心不禁有點痛。

「別提那些事了，趁現在好好慶祝最後的單身吧。」幾隻公狐大聲吼叫，拿起酒，開罐聲四起。

此時臥房被母狐們佔據，十來隻母狐包圍蘇于晴。她望著陌生的女孩們尷尬一笑。

「那些臭男人在外面鬼吼什麼？」一名外貌近似高中生的少女說。

「就說他們很野蠻了。」一旁的女孩跟著呼應。

「妳們少說幾句，愈愛罵男人的總是嫁得早。」一名年紀較大的女人甩動亮麗的捲髮說。

「我不過兩百出頭，才不嫁呢。」那位外貌近似高中生的少女回嘴。

十幾名女孩坐在床上，把蘇于晴圍在中央。她聽了她們的談話不禁苦笑，心想果然不能光看外貌，現場大概沒人和自己一樣是百歲以下的人吧。

「小晴應該還不認識我們，畢竟我們這一輩的大多都出來工作，很少回新莊那裡。這樣好了，妳就一律叫我們姊姊，一時之間要妳記得所有人的名字也不容易吧。」捲髮的那位大姊說。

「也對，我們應該沒人年紀比小晴小。」幾個人互看，目光停留在其中一位看起來像國中生的女孩。

「小晴幾歲了？」那女孩問。

「三十二。」蘇于晴呆愣回答。所有母狐睜大烏溜溜的雙眼，不約而同用手掩住嘴。

「三十二歲就想嫁，小晴，妳是不是被阿傑表哥威脅了？」捲髮大姊握住她的肩膀問道，「我們這裡最年輕的年紀都是妳的兩倍大。」

蘇于晴睜大眼瞥向一旁貌似國中生的女孩，對方比出自己的年齡，她已經六十五歲了。

「沒有，他沒有威脅我，我是自願和他結婚。」

一群母狐瞬間露出安心的表情。

「嚇死我了，我以為阿傑表哥為了結婚用了老祖先的方法搶婚。」捲髮大姊拍胸口，鬆了一口氣，一對大耳不自覺彈出。

「老祖先的老方法？那是什麼？」蘇于晴好奇問。

「早期不介意一夫多妻，所以以前老祖先其實不排斥和人類結婚。特別是那些年紀大沒老婆的光棍，討不到母狐當老婆，他們便會到人類的村莊偷女嬰，等女嬰長大就娶回家。」

「還有綁走少女的家人，威脅結婚的呢。不過那些都是漢朝以前的事，秦朝時可混亂了。」捲髮大姊說道，眾人跟著搖頭。

其中一名女孩靠向蘇于晴，伸手拉了拉她的背心，蹙眉道：「這好重，虧妳可以承受。」

「沒辦法，婆婆說是必備的訓練。」

「那禮服有十五公斤重，說是自從漢代就有這樣的歷史，現在都幾世紀了，還在用世紀前的老派傳統，學現代男女結婚穿白紗不是挺好的。」女孩說著，其他人跟著點頭稱是。

「你們在家有什麼特別的情趣嗎？」像高中生的少女問：「對象是阿傑堂哥那樣的木頭，有什麼有趣的相處方式？」

幾名女孩聽見這樣的問題，雙眼露出好奇的光芒。蘇于晴心想，不分族群，每個女孩都一樣有著少女心。

「特別的情趣？大概就是我會幫他梳尾巴的毛，他幫我剪頭髮分岔這樣吧……」蘇于晴心虛回答。母狐們露出困惑的表情，顯然不明白這有什麼樂趣。

「不過你們一個是人類、一個是狐狸，生活有什麼不方便的嗎？」

「不方便倒也還好，只是有時候睡覺，他的尾巴會跑到我背後，害我沒睡好。」蘇于晴苦笑，她好幾次半夜醒來想用領帶把丈夫的尾巴綁起來，但最後還是作罷。

「我以前就聽說阿傑表哥睡相很糟了。」

「久了也就開始習慣在睡覺前自己先抱住他的尾巴，幸好現在是秋天，要是夏天我大概會想幫他剃毛。」蘇于晴抱怨道。

「小晴，妳怎麼會喜歡上阿傑堂哥啊？我們聽到他要結婚可是嚇了一大跳。他單身的年齡都快破記錄了。」

我本來可是以為是自己吃鮮肉，誰知道是反被吃，一吃還差了好幾倍歲數。蘇于晴心道，隨後回答：「自然而然吧。我沒遇到他，大概永遠不會結婚。」

「所以是命中註定嗎？」坐在後方的女孩露出融化的眼神，幾隻母狐一齊發出羨慕的聲音，除了坐在邊緣的方沛珊。

「也不是命中註定這麼玄的東西，只是愛上了，已經熟悉到無法鬆手。」她剛說完又是一陣軟化的軟泥聲。

「我聽我媽說了，妳和堂哥分別跑到新莊老家跪地請求大伯同意你們結婚，而且堂哥竟然還穿素衣。」

「素衣？」蘇于晴面露困惑。她知道顏以傑到山上跪求父親的事，關於素衣卻是第一次聽說。然而她的疑問馬上被少女們的驚嘆聲淹沒。說不結婚的那幾隻母狐也一樣露出沉迷的臉。

「不過你們交往只有五年，怎麼確定他就是妳愛的人？」方沛珊突然開口，「如果突然不愛了，那對方失去的一切該怎麼補償？」

蘇于晴想起之前得知關於方沛珊失戀的故事，過了幾十個年頭她的傷一直沒好。人類和狐群最大的差異在於生命的長度，人類因為壽命沒他們長，關於傷痛只能在有限的生命中快速消解，努力把握剩下的時光，然而狐群則可能要抱著傷痛度過十年、幾十年才能忘卻。

「小珊，人家都要結婚了，哪來確定不確定。」捲髮大姊說道，試圖緩和凝重的氣氛。

蘇于晴從眾人間穿過，移動到方沛珊前方，展開雙臂抱住她，柔聲說：「放心，我不會辜負阿傑的心意，我決定和他結婚就是因為想把剩下的人生全部交給他，而我也想參與他接下來的人生，和他有更深的連結，時時刻刻在一起，所以妳可以放心，我會好好珍惜他。」

方沛珊在她懷裡放聲大哭，好似失戀之後第一次發洩情緒。

幾隻母狐紛紛上前擁抱她們，齊聲大哭。

「來，喝酒！」捲髮大姊叫道，一群單身母狐又哭又笑，開始慶祝。

另一邊，客廳的男性們聽見臥房母狐們一會兒哭泣一會兒叫囂歡呼，不約而同聳肩面露驚恐。

「那群母狐是怎麼一回事？」

「有時候女孩單身久了，性格會變得過度豁達，或許就是指她們現在的情況吧。」

公狐們用力點頭，表情驚嚇。顏以傑側耳傾聽，對妻子深陷母狐們手中，深感不安。

單身派對一直進行到凌晨三點，蘇于晴望著床上醉倒成一團的母狐們，抱起枕頭悄悄走出房間，客廳傳來一陣濃烈的酒味。

所有人癱睡在沙發、地板上，幾隻公狐狸耳朵和尾巴都跑出來了，大概是喝得太醉，一放鬆便現出原貌。唯獨顏以傑一人在旁看著醉倒的單身公狐們苦笑，發現妻子走出臥房，兩人同時目光相交。

「看來妳那裡也很不平靜。」

「是啊，沒想到她們這麼愛喝酒，喝完一個哭一個笑，害我忙了好一陣子。」蘇于晴捏了捏肩膀。

「別小看狐狸，全都是一群酒鬼，只好我自己保持清醒。我本來還擔心她們灌妳酒，因為妳酒量很差。」

「沒有，她們說現在喝離婚禮太近，怕會影響洞房……」蘇于晴雙頰漲紅。

「也好，妳也不適合喝酒。」顏以傑從弟弟手中抽出一條涼被，「現在該怎麼辦？都被這些單身狐占滿了。」

蘇于晴舉起手中的枕頭對他微笑：「大概只剩浴缸了吧。」

兩人手牽手走進浴室，幸好浴缸是乾的，勉強可以睡覺。顏以傑接過枕頭自己先爬進去，然後抱著蘇于晴，兩人蓋著一條涼被，睡得克難。

「會冷的話告訴我。」顏以傑柔聲說。

蘇于晴搖頭笑著說：「我還有這件背心保暖啊。」

顏以傑會心一笑，親吻她的側臉，兩人擠在狹小的浴缸裡。

「妳幸福嗎？」顏以傑靠在她耳邊柔聲問。

「當然幸福。」蘇于晴抱著對方手臂。

「我也是，我每天都很期待跟妳相處的日子。」

她伸長手搔搔丈夫一對大尖耳，顏以傑低下頭親吻她的唇，兩人擁抱著彼此入睡。

早上起床，房間和客廳已經被打掃得一塵不染，餐桌上還放置了豐盛的早餐，但昨天那些單身的男男女女早已消失不見，就像是夜晚報恩的小精靈，彷彿昨夜發生的事只是他們的夢。

蘇于晴拿起餐桌上的咖啡，杯裡還是熱的，用奶昔畫上了一個愛心。

顏以傑發現桌上的小卡片，上頭畫了好幾隻小狐狸，寫上「早生貴子」。他舉起卡片放在妻子眼前。

「那是什麼？」她笑出聲。

顏以傑數了數卡片上的狐狸笑著說：「有八隻小狐狸。」

「什麼幾隻，跟卡片無關。說好三隻就三隻。」蘇于晴接過卡片笑著坐在餐桌前，和丈夫對望。

「好好享用大家的祝福吧。」顏以傑伸手握住她的手，面帶微笑。

蘇于晴和顏以傑吃過了單身親戚們準備的早餐後，再次開車前往新莊老家。依照他們的習俗，不少

重要的儀式都是選在週末進行，因此這天也不例外，還是得到老家報到。

「今天是什麼儀式？」蘇于晴望著窗外風景詢問。

「別擔心，他們都會幫妳，畢竟對他們來說，妳的年齡只是小學生，沒有人會欺負小學生。」顏以傑微笑，隨後笑容垮下，「他們不欺負妳，恐怕會加倍刁難我。」

「放心，你爸都同意我們結婚了，還有什麼更困難的關卡嗎？」蘇于晴揉揉他的肩。

他們抵達老家，這次來了更多親戚。聽顏以傑說，因為他們一族很長壽，加上族人日漸減少，婚禮是相當重要的儀式，幾乎全國的狐狸不分親疏都會來。而今天，顏以傑母親那方的親戚比上回來得更多，好幾隻露出白色耳朵和毛茸茸的尾巴。

「白天露出原形沒問題嗎？」蘇于晴悄聲問。

「我們車子開進來後，就有擔任交通警察的親戚放路障，指揮車子繞道，不會來我們這裡。」顏以傑輕拍她的頭。

顏媽媽走向前握住蘇于晴的手：「于晴，我們對不起妳，沒辦法讓妳家人參與婚禮，所以今天我的家人就是妳的家人，今天的任務就交給我們。」

「是呀，我們白狐可不輸棕狐。」一旁幾隻白狐上前，他們微笑，一對鬍鬚從臉頰上蹦出來。

她的公公顏宇泰站在人群中央，握著拐杖輕敲地面，四周瞬間安靜。他清清喉嚨開口道：「今天感謝各位齊聚一堂。白狐、棕狐、紅狐、灰狐都到齊了。我們狐狸一族，經過千年的考驗，依舊努力在人類世界生存，今日將為我兒以傑和他的妻子于晴進行婚禮前的儀式，我們狐群有了這些年輕人的結合，才能世世代代繁衍，永不止息。」

他說著招手要顏以傑和蘇于晴走至中央，眾狐拍手叫好，幾隻狐狸興奮地朝他們扔了一些小禮物。

蘇于晴低頭看，發現是乾掉的壁虎和青蛙乾。她努力忍住恐懼不叫出聲。

「伯母不吃，我可以拿走嗎？」小瓜從人群中竄出來，此時他變成男孩的模樣，但一雙毛絨耳朵興奮晃動，用手捏起青蛙乾。

「青蛙就給你吧。」顏以傑摸摸姪子的頭，將幾隻壁虎乾收進口袋裡。

蘇于晴盯著丈夫鼓起的口袋，不禁想起晚上天涼時，丈夫會把她的手放進自己口袋裡，以後她恐怕要三思再決定要不要放入他口袋。

原來他喜歡吃那些東西嗎？蘇于晴心想。

「今天我身為顏家大家長，將秉持公正，無論是棕狐，或是代表新娘一方的白狐，本人皆會平等對待。」顏宇泰拄杖用力敲擊地面，「依照習俗，新郎必須狩獵千隻獵物，新娘則必須採集千顆紅色果實，時間只有三個鐘頭。新郎可以從家人中選出九個人協助，而新娘也可以找九人協助採集。于晴家比較特殊，所以會由我妻子的族人協助。這段時間，新郎的家人可以阻撓新娘，而新娘的家人也可以阻撓新郎狩獵。這項儀式象徵狐群的生活能力以及未來家庭生活的富足，是相當重要的儀式，請各位盡全力。」

九隻公狐從人群中出來，排在顏以傑身旁，另外九隻狐狸也自白狐群中走到蘇于晴身旁，其中包含了她的婆婆和方沛珊。他們手中各自拿著竹籃，似乎已經做好準備。

「各位有任何疑問嗎？」顏宇泰問道。

蘇于晴緩緩舉起手。

「于晴，妳說吧。」

「如果沒採集到千顆果實會怎樣？」她戰戰兢兢問道。

「表示新娘資格不及格。婚約將會取消。」顏宇泰回答。

顏以傑見妻子臉色蒼白在她耳邊悄聲說：「別擔心，我媽是長年的紀錄保持人，每次這項儀式都會有人找她幫忙。」

「各就各位，計時開始。」顏宇泰拄杖敲擊地面，眾狐讓開道路，男女兩組抱著竹籃往山林上衝。

「小晴，別發呆了，快跟緊我媽。」顏以傑輕拍蘇于晴的肩，隨後先一步往前跑。

蘇于晴慌慌張張抱著竹籃跟在婆婆身後。

「于晴，要知道今天可是男女之間的戰爭喔。」顏媽媽說著彎下腰從矮樹叢間抓了一把紅色果實放進竹籃，一瞬間竹籃底部已經鋪平。

「男女間的戰爭？」

「當然，妳必須收集到比以傑更多數量的果實，將來夫妻意見不合時，妳說話會更有分量。」顏媽媽說著噗哧一笑。

「那媽當年有贏過爸爸嗎？」蘇于晴跟著婆婆彎腰努力採果實。

「那是當然，我可是白狐家的人。」顏媽媽露出自豪的表情。

蘇于晴想起丈夫曾經提過早期狐群不同毛色的男女不會結婚，依照白、紅、棕、灰的順序，白為尊，灰為卑，白狐喜歡住高處，而灰狐則是大多數生存在貧乏的土地，然而魏晉南北朝時，因為戰亂頻繁，為了維繫狐群不會滅絕，白狐率先和灰狐通婚，才結束階級區分的時期。

蘇于晴跟在顏媽媽身後努力採果實，途中經過方沛珊身旁，只見她一副懶散的模樣，似乎不太情願幫忙。蘇于晴偷瞧她的籃子，只見對方的籃子不過十來顆而已，心想難道對方還在討厭自己嗎？

「小晴姊，要努力喔。」顏以帆經過蘇于晴身邊，偷偷抓了一把果實塞進嘴裡，突然臉色大變，

「小晴姊，這種果實不能吃啊。聞起來臭臭的。」

顏以帆說著幫她把錯誤的果實挑出來。

「于晴，挑選果實要找這種的。橢圓形樹葉上結的果實，像是九節木果實比較大，或是珊瑚樹。另外這些小一點的果實是紅果金粟蘭的，它的樹種普遍比較矮，但果實很好吃，樹葉也是橢圓形，不過呈鋸齒狀很好分辨。多收集一些，婚宴可以做成果醬食用。」顏媽媽說著，拿出三種紅色果實放在蘇于晴面前，但對她來說，這三種果實幾乎大同小異。

當顏媽媽在教學時，他們身後傳來嬉鬧聲，正是兩隻灰色小狐狸偷抓了一把果實塞進嘴裡。

「臭小鬼，小心我教訓你們。」顏媽媽大罵。小狐狸豎起尾巴，快速躲進樹叢裡。

「小晴姊要趕緊加把勁，不然會被我們領先喔。」顏以帆才這麼說道，變成狐狸的小瓜突然從他背後的籃子裡跳出，叼著滿嘴的蜥蜴逃跑。

「小晴，別擔心，一千顆果實一點也不困難。」一旁來協助的阿姨正捧著半滿的竹籃，向前關心。

蘇于晴見大家採的果實比自己多，不禁感到慚愧，努力尋找紅果實。她伏地摘取果實，起身時恰巧看見阿呆快步跑離，轉頭看向自己的竹籃時，果實的量增加不少，看來是阿呆偷偷幫她收集果實。

「伯母這裡也有。」小花對她招招手，她湊上前，幾隻小狐狸抓了一把又一把的果實扔進籃內。

「謝謝你們。」她微笑摸摸孩子的頭。

「沒什麼，阿傑大伯給我們吃點心，交換條件是要幫伯母採果實。」幾隻小狐狸嘴邊吐出蜥蜴尾巴。蘇于晴見了苦笑，這才明白剛才顏以傑撿起蜥蜴乾塞進口袋的理由。

「伯母要小心豪叔公，他這個人最好勝了。」小瓜說。

「可是豪叔叔先前也幫我說過話，不至於為難我吧。」她回應，對孩子的警告不以為意。

「豪叔公說這是白紅狐和棕灰狐之間的戰爭，以前爺爺和奶奶結婚時，奶奶家大勝，所以豪叔公把這次大伯伯母結婚視為很重要、很重要的戰爭。」小花說著咬咬尾巴抓癢。

蘇于晴想起顏以傑確實說過白狐、紅狐比較親近，棕狐則和灰狐更友好。

這時，她聽見顏媽媽的怒罵聲，轉頭一看，是豪叔叔用布袋劫走大半的果實。

「豪叔叔，你不是支持我的嗎？」蘇于晴慌張大喊。

「于晴，這是狐群之間的戰爭，想要贏就要多努力。」豪叔叔跳上樹梢，以免被白狐奪回果實。

「于晴，沒時間發呆了，我們必須要贏！」一旁幾隻不認識的紅狐倒了一籃又一籃的果實在她的竹籃裡。

她不禁心想剛才選人似乎沒有太大的意義，大家幾乎都在作弊。幾隻灰狐偷偷搬了兩大籃裝滿蛇和青蛙的竹籃放在顏以傑身旁。

「這一籃少說也有一百多隻。」灰狐們得意說道，卻見豪叔叔慌張上前。

「不行、不行，怎麼把蛇和青蛙放在一起？這樣青蛙會被吃掉。」豪叔叔話才剛說完，就傳來青蛙死前的鳴叫聲，籃子瞬間少了三分之一的量。

蘇于晴不忍看，繼續努力採果實。小狐狸幫她找出藏在深處的果實，很快竹籃就滿了。她抱著裝了滿滿果實的竹籃，準備幫其他人採果實時，發現偷偷躲在樹旁的豪叔叔，馬上猜到對方有意要偷她的果實。

「豪叔叔，我已經看到你了，別想偷我的果實。」蘇于晴說著快步跑開。

「被發現了就沒辦法，只好用搶的。」豪叔叔準備衝上前時，幾隻白狐和紅狐站在一旁瞪著他看。

「你跟新娘差了幾百歲，跟人家搶像話嗎？人家才出生不滿百，大欺小。」

豪叔叔聽見眾人的話，也不好意思搶蘇于晴的果實。

「就跟妳說，他們不敢欺負妳吧。」顏以傑走向蘇于晴笑著說，並偷拿了一袋紅果實給她。

「你一直幫我作弊沒關係嗎？」蘇于晴笑著看他。

「沒這麼簡單，當然我也要回報。」顏以傑指向自己的臉頰。

蘇于晴偷看四周，見沒人注意他們，才偷偷靠向前吻他的臉頰。

「阿傑堂哥，你怎麼可以偷幫新娘！」一隻年輕公狐對著他們大喊，讓他們嚇了一跳。

在倒數最後半小時，白紅狐與棕灰狐兩派已經不把重點放在狩獵和採集，而是互相搶奪。

「時間到！不准動。」顏宇泰大喊，偷吃果實的棕狐和偷偷將獵物放生的白狐瞬間停止動作，「辛苦各位，現在來結算成績。把籃子搬過來。」

蘇于晴和顏以傑站在顏宇泰身旁，同組的人將成果放在他們面前。

當方沛珊來回提著三大籃果實上前時，豪叔叔等人露出吃驚的表情。

「你們別小看我了，不把真正收集的果實藏起來，豈不是要曝露給敵人知情嗎？」方沛珊發出不屑的悶哼聲。

蘇于晴見了不禁慚愧，先前竟以為對方討厭自己。

在幾隻長老狐狸的計算下，兩小時後公布成績，最後蘇于晴的隊伍多出三十幾顆果實，取得勝利。

「耶！獲勝了。」顏媽媽握住蘇于晴的手向上高舉。蘇于晴望向顏以傑微笑，如果不是他幫助，哪有可能取勝？

豪叔叔得知沒能扳回一城，按住顏以帆的肩膀，語重心長地說道：「就剩你了，等你結婚，我們棕狐一定要贏！」

「知道了、知道了啦。」顏以帆趕緊安撫叔叔。

「現在，請各位將必須的食物留下，其餘物歸原主。」顏宇泰吩咐道，領著眾狐向天地鞠躬三拜。

「收集來的獵物和果實不會拿去儲藏嗎？」蘇于晴小聲問。

「我們只會保留婚禮需要的量，其他的會放回大地，讓獵物繼續存活，所以剛才妳看到的獵物大多都是被活捉的。果實也一樣，要保留給其他生物，如此一來食物才不會匱乏，森林萬物能夠永續生存。」顏以傑握著她的手，兩人一起將剛採集好的果實灑向四周。

蘇于晴牽著丈夫的手站在夕陽下，眾狐歡笑、跳舞，他們沐浴在陽光中身上的微光更加明顯，透著溫柔的光澤，漫天的果實透著紅光落下，看起來很美。然而四周是青蛙逃亡的鳴叫聲和青蛇四竄，一瞬間美景變得有些恐怖。小狐狸追著獵物東奔西跑，即使眼前看見老鼠當場被蛇吞入肚裡，歡樂的氣氛依舊不減。

蘇于晴望向丈夫又看向眾狐，她確信自己已經澈底喜歡上這群狐狸。

ღ ღ ღ

婚禮倒數第十一天，蘇于晴和顏以傑這晚又送走一批拜訪的婆婆媽媽。蘇于晴趴倒在沙發上，這幾天他們很少有兩人的時間。她伸手撥弄顏以傑的尾巴，奴著嘴面露不滿。

「再十天就結束了，到時候妳就完全屬於我，而我也屬於妳。」顏以傑把她抱起來，讓她躺在自己腿上。

「剩下十天也是像這樣一直有人來拜訪嗎？」

「明天算是最後一天拜訪的期限，因為是倒數第十天，第九、八兩天會留給我們休息，但最討厭的是倒數七天。」他摟著妻子的肩膀，眉頭微蹙。

「你是說最後一週？」蘇于晴笑著，伸手抹平對方眉間的皺紋。

「對，因為那週新郎新娘規定得分開住。」

「為什麼？」

顏以傑抬頭看向牆邊，脖子和耳朵發紅說道：「說好聽點是淨身養性，好獲得神明祝福，實際上這習俗是擔心新人婚前踰矩。」

「但我們現在不也是同居，這就不擔心？」蘇于晴捏捏丈夫一雙尖耳。

「我都幾歲了，還差這幾天嗎？當然那只是習俗，所以他們沒特別管，反正人類世界我們早就是夫妻了。」

「不過暫時分開七天我倒也不反對。」

「為什麼？」顏以傑露出不滿的表情。

「因為七天分離後再次見面時，我會比現在更想你。也許這個習俗是要教會每對新婚夫妻學會珍惜在一起的時光。」

「聽妳這麼說，這件事突然沒那麼討厭了。」顏以傑會心一笑，輕捏她的鼻尖。

隔天晚上，意想不到的訪客來了。

顏以傑的父親顏宇泰來到兩人的居處。他坐在沙發上表情不自然，或許是因為他之前百般為難蘇于晴，所以現在單獨出現在此使他感到難為情。

「爸，請喝。」蘇于晴泡了一杯溫茶放在對方面前，第一次親暱稱呼對方，讓她緊張不安。

顏宇泰對她微笑表示親近。相較之下，顏以傑只是呆坐在旁望著兩人的互動。

「婚禮前緊張嗎？」他父親問。

「比起緊張，應該說是期待。」蘇于晴笑著回答。

「我結婚時也很興奮。」顏宇泰搔搔下巴回想，「那時大概是六百多年前的事了，只記得揹妳婆婆回山上時，那天下雨，妳婆婆撐傘我則是要小心不要滑下山坡，回到家時，我已經累癱了。她的禮服泡到雨水，簡直像是揹了兩人份的體重。結果當天洗好澡，我們就直接睡了。」顏宇泰喝了口茶大笑。

「結果我不是受洞房夜祝福誕生的嗎？」顏以傑笑問。

「差一天沒什麼大不了，也沒人能準確證明自己是哪一天降臨吧。」顏宇泰揮揮手，表示沒什麼好介意。

蘇于晴笑著幫公公倒茶。

「也對，就算不是洞房夜降臨這世上，我還是得到我想要的生活了。」顏以傑看向妻子。

「當然，畢竟你其他兄弟也和你同天生日，現在哪一個過不好？」

「阿傑同天生日的還有另外四個兄弟，對吧？生日時肯定很熱鬧。」蘇于晴說。

「我們狐群生日都過到忘記了，那是人類在過的新鮮玩意兒，最近狐群間才流行起來，但兄弟太多，通常只是一起吃個大餐了事，不然父母哪養得起。」顏宇泰嘿嘿笑。

「我記得我五十還是六十歲那年，幾個兄弟一起到山上抓野山雞，結果被雞抓得全身是傷。」顏以傑微笑。

「結果被你母親罵了一頓，後來才知道都是你這做大哥的提議。」

「那時候家裡沒什麼錢，只能抓野山雞。」顏以傑苦笑，抓抓頭露出難為情的臉。

蘇于晴坐在一旁認真聽他們聊天，不時插入幾句話。她認真注視扮演兒子角色的丈夫，他笑得靦腆，感覺他們父子很少有機會這樣暢談。她思考，六百多年的父子之情，不是一般人所能想像。一出生除了血緣，彼此就是要相處好幾個世紀的家人。而他公公很早就沒了父親，因此對如何當個父親或許也曾有過很多迷惘吧。

蘇于晴想著，露出微笑。

「應該喝點酒小酌一下。」顏宇泰聊到一半開口說。

「那我去買好了。」蘇于晴正要站起身時，顏以傑馬上按住她的肩膀。

「我去買吧，現在晚了，不安全。妳陪爸聊聊，我去買。」

顏以傑抓了外套就出門。

「這孩子真的長大了，知道怎麼照顧人。」顏宇泰望著關上的大門，臉上浮現滿足的微笑。

「我本來以為阿傑只是比同年紀的男孩早熟，沒想到他是明朝時代的人。」蘇于晴笑著，「有時候我甚至忘記這件事，直到因為他身上的毛打噴嚏，才想起他是狐狸精。」

「最初我很擔心妳無法承受他是不同種族的人。我父親死得早，我不懂人類的愛情，怕妳會反悔。狐狸愛上了就會死心踏地，像小珊一樣。那孩子愛的人不夠堅強，無法支撐他們的愛情，最後分手了，小珊也忘不了他，過了幾十年依舊放不下那段沒結果的愛。妳不會質疑自己為什麼選擇了這麼與眾不同的人嗎？」

「反過來說，阿傑他也選擇了與狐群與眾不同的我，而我知道我愛他，不管他是什麼種族、什麼身分、性別，我都一樣會愛他。我愛他無關他的身分，那些都是附帶的價值，愛情和肉體外貌是分開的，就像他愛上我的靈魂一樣。」

顏宇泰點點頭，深呼吸道：「我明白為什麼阿傑願意捨棄剩下的六百年壽命也要跟妳在一起了。」

「捨棄六百年的壽命？」蘇于晴瞪大眼。她第一次聽說這件事。

「在狐群是沒有所謂的寡婦鰥夫，一旦另一半死去，留下來的會自我了斷生命，或是選擇在締結連理時，直接把多出對方的壽命獻給神明，為了和愛人可以同時死去。因此，我沒了父親時，連母親也喪失了。」顏宇泰伸手握住蘇于晴的手，「他為了妳，決定只保留和妳相同長度的生命。」

蘇于晴手微微發顫。這些天她不以為意的小疑惑突然被人解開，她從未想過那些徵兆和線索得出的竟是這樣的答案。

「妳沒事吧？」顏宇泰見她表情動搖，關心道。

「我沒事。」蘇于晴收起情緒，微笑以對。

不久顏以傑提了一瓶紅酒回家，三人一起喝酒聊天，但蘇于晴卻心不在焉。

晚上睡覺時，顏以傑因為酒喝得多，比平時早陷入熟睡。然而蘇于晴還醒著，她躺在丈夫懷裡，翻身望著他的臉，伸手輕撫過他的鬢角和額頭的髮際線。他睡得沉，胸口微微起伏，一隻手習慣性放在妻子頭上，溫柔輕撫。

蘇于晴抓住他的手，在他手背上深深一吻，進入夢鄉。

隔天一早，顏以傑醒來時，床上只剩下自己一人，而蘇于晴帶著重要的行李離開了。

# 第四章、逃跑新娘

當顏以傑發現蘇于晴不見的瞬間，他並沒有多想，也不太擔心。他心想這些天他們和以往一樣甜蜜，會發生什麼事嗎？

「你要記得我愛你。」蘇于晴是這麼對他說的。

顏以傑決定相信妻子，依舊照常前往餐廳上班。然而從上午的準備時間起，他一直心不在焉。雖然他認定自己和妻子之間不可能有任何問題，但一早妻子突然消失，也沒留下一封簡訊或字條，心中難免不安。

他站在料理檯前將鮭魚肉片一片片切下，交給助手擺盤。白色盤面放上三片肥美的鮭魚片，灑上海鹽並擺上羅勒裝點。顏以傑看著助手熟稔的動作，一邊發呆一邊思考。

「怎麼了？阿傑哥，表情這麼沉重。」他僅二十四歲的助手問。

「沒事，只是想我妻子一大早不見去了哪裡。」

「你們不是才新婚？」助手將盤子放上托盤交給服務生。助手驚訝的表情讓顏以傑更不安。

「所以我想應該沒事，小晴不是那種人。」他壓下各種壞想像，堅定回答。

「哪種人？恐婚症，還是逃婚、棄婚？」

助手沒腦的發言讓顏以傑眉頭深鎖咂舌道：「就說小晴不是那種人了！」

助手難得見他生氣，慌張拍拍他的肩安撫：「沒事就打電話給她吧。我女朋友有時候也會想一個人獨處，突然消失好幾天。」

「嗯，這裡先交給你，我去打通電話。」顏以傑扭開胸前的釦子，深吸氣要自己放鬆。

他從廚房後門走到外頭，難得台北天氣一片晴朗藍天，刺眼的陽光照射在臉頰上，沒幾秒熱度已經燒上來。他拿出手機撥了蘇于晴的號碼，但只聽見生硬的語音聲。妻子把手機關機了。

也許只是手機沒電，小晴很糊塗，常常忘記充電。他安撫自己繼續撥打電話到妻子的公司。

「請問蘇于晴在嗎？」顏以傑緊張詢問。

「她今天請病假喔，需要幫你留言嗎？」電話那頭這麼回答。

請病假……是生什麼病？我是她丈夫，怎麼不曉得？顏以傑直接掛斷電話，蹲坐在地，胡亂撥弄頭髮。

小晴，妳去哪裡了？妳發生什麼事，還是我做錯了什麼？顏以傑再次拿出手機，試圖打電話到蘇于晴娘家，但自己答應過要好好照顧人家的女兒，事到如今打過去好嗎？又或許妻子早就回娘家了。

「該怎麼辦才好……」顏以傑抹著臉，搓揉雙眼，腦海全是妻子的身影。

難道昨天他去買酒時，父親說了什麼為難小晴的話嗎？不可能，小晴當初一再被拒絕都沒有放棄，怎麼可能在這時間點突然怯場，更何況昨天父親並沒有面露嫌惡或不滿。父親也不是那種會暗箭傷人的人。

「阿傑、阿傑哥？」

顏以傑陷入恐慌，沒聽見助手的聲音。

「阿傑哥。」助手輕拍他的肩膀。他嚇了一跳，猛然轉過頭。

「我看你今天先休息吧。你現在的狀況也不適合工作，我會幫你向老闆請假。」

顏以傑點頭致謝，起身走回廚房，往更衣室走去。

他離開上班的餐廳，搭公車抵達蘇于晴承租的小公寓。蘇于晴在兩人同居後，把其中一把鑰匙給他。

他先按了門鈴，然而沒有半點回應。無奈之餘，他打開房門，陽光穿過窗戶，可見細微的塵埃在空中飄浮。房間陽光未及之處昏暗無光。蘇于晴租的是一間小套房，他只有來過幾次，坐在床邊的小茶几前喝茶。

從房間的狀況看來，蘇于晴已經有一段時間沒來了。她說過結婚儀式結束不久要退租，直接正式搬進他家。

顏以傑坐在床邊發呆，床頭上擺著他和妻子的合照，還有他們約定見他父母的筆記紙條。

「Point：鮮豔的服裝，增加好印象」蘇于晴在紙條上特別將這句話畫圈。

顏以傑拿起紙條仰躺在床上，用手指輕觸紙條上的字跡，伸手拿起一旁乾淨的紙條在上頭寫下：

「我想妳，拜託快回到我身邊」。

五點半下班時間，顏以傑來到蘇于晴的公司大樓下等待。電梯大門打開，一名打扮艷麗的女人正在和同事聊天，她見到顏以傑時面露吃驚，揮手和同事道別。

在顏以傑先和她說話前，對方已先開口：「你就是于晴的老公嗎？」

「對，請問是楊雅筑小姐嗎？」

「我是。」楊雅筑嘆了口氣，「我看今天于晴沒來公司八成跟你有關吧。走這裡，我們到咖啡廳聊。」

兩人到公司附近的咖啡廳，簡單點了兩杯美式咖啡。

「老實說，于晴結婚得很突然，我本來不看好你們，但是于晴自從和你結婚後，每天都很開心，我

也就放心了，沒想到問題這麼快出現。」

「我想妳已經猜到了，小晴早上突然消失不見，連一封訊息也沒留下。這幾天我們相處一直好好的，怎麼會這樣？她難道突然不想跟我結婚了嗎？」顏以傑露出一臉可憐相，就連楊雅筑也不禁同情。

「你們結婚時遇到什麼困難我不清楚。在短時間內就登記結婚，既沒有婚禮，也沒通知親友，我看就覺得有問題。可是于晴不是那種會隨便反悔的人，我看得出來她愛你，不然不會輕易和你結婚。她從不是那種會一頭熱的人。」

「那她發生了什麼事？」

「問這句話就是你的問題了。自己的妻子跑不見，而且才新婚不滿三個月，有沒有想過問題是出在你身上，你做了什麼讓于晴不想面對你的事嗎？」

「我一直和平常一樣，沒有做對不起她的事。」顏以傑誠懇回答。

楊雅筑喝了口咖啡，嘆氣道：「也許你確實沒有做對不起她的事，但在你所謂沒有改變的日常生活中，你可能就是『少做』了什麼，所以讓于晴不得逃避你。」

顏以傑沉默，猜到真正讓蘇于晴離家的原因，懊惱地按住額頭。

楊雅筑伸手輕壓他的手背說：「把于晴找出來，好好和她談談，別讓她受傷了。」

ღ ღ ღ

那天蘇于晴離家的早晨，凌晨五點，她就醒了。她望著顏以傑忍不住流淚，擔心吵醒丈夫，於是換好衣服，拿走必要的物品離開家。

五點的台北街道，天空還很暗，路上幾乎沒人。她茫然走在街上，望著四周熟悉的景物，在這世上，至今她不過只存在三十二年的歲月，而顏以傑歷經六百多年，看盡這裡的滄海桑田，關於六百年壽命的事，顏以傑沒有對她說謊，只是選擇不說。但她有什麼資格要對方放棄往後的六百年？她沒有要求也不希望。

我無法想像沒有你存在的世界。蘇于晴心想著，覺得這樣太不值得。這難道是他們結婚必然的結果嗎？她總算明白為什麼顏以傑的父親會這麼反對他們結婚了。

蘇于晴猜想早上顏以傑醒來，發現自己消失會有多慌張，可是現在她無力面對他，要是一開始知道顏以傑要犧牲六百年的歲月和自己在一起，她就不會答應結婚。

但假若一開始沒答應，顏以傑是不是會很難過？會不會像方沛珊一樣心痛幾十年都好不了？不管是哪一種結局，蘇于晴都不樂見。

「我該去哪裡？」她坐在路邊的咖啡座，店還沒開，冰涼的鐵椅讓她打寒顫。

她心想要是回家，顏以傑一定會來找她。她更不能去公司，這些地方都可能被丈夫找到。她還沒想好怎麼面對他。

在蘇于晴煩惱該何去何從時，迎面走來一個人，對方眼神略帶吃驚，看著她問：「妳怎麼自己坐在這裡？」

ღ ღ ღ

妻子離家出走的隔天，顏以傑開車前往蘇于晴雲林的老家，蘇家爸媽看到他只有一個人出現，不禁互看了一眼。

「爸媽，小晴有回來家裡嗎？」他一臉羞愧問道。

「沒有，發生了什麼事？」蘇爸爸問。

「先進來吧。」蘇媽媽輕拍顏以傑的肩膀勸說。

「之前小晴有打電話回家，說你們已經登記結婚了。」蘇爸爸說。

「對，但她今天早上突然離家，我找了她公司的朋友，也沒找到線索。」

「你們吵架了嗎？」蘇媽媽倒了杯茶放在桌上。

顏以傑搖頭：「對不起，我想是我做錯了，我有件事沒跟她好好談過，所以讓她難過了。我明明答應會好好照顧她，但是……」

蘇媽媽握住顏以傑的手，溫柔說：「你家人不答應你們的婚事，讓你和小晴吃了不少苦，對吧？」

顏以傑抬頭望向他們。

「雖然小晴沒說，但我們依稀感覺得出來你的身分與眾不同，所以小晴對於你們的婚事不大公開，也沒辦喜宴。她受委屈沒說，雖然聲音哽咽還是笑著提起關於你的事，就怕我們反對你和她在一起。也許有什麼苦衷讓你們不好跟我們談，但小晴既然已經選擇你，你就必須支持她，就像她當初無怨無悔支持你一樣。我們之所以不反對你們的婚事，是因為知道女兒很固執，所以不會插手她的決定。而我們也相信你愛她，就像她愛你一樣。」

「放心，我一定會把小晴找出來。」顏以傑起身九十度敬禮，茶也沒喝又衝出門外開車回台北。

蘇于晴坐在窗邊看著街道上來來往往的行人。紅、藍、黃……各色的傘在街上左右穿梭，她想起雨

天和顏以傑一起撐傘的回憶——

透明的傘面雨珠不斷往下滑落，顏以傑好奇注視著雨珠，看起來還像個小孩。她很喜歡看他這樣的側臉，勝過於欣賞雨景。那時兩人的關係還很單純，只是普通的男女朋友，她沒想過結婚後變得這麼複雜。她是人類，而顏以傑是狐狸精。彼此相愛，是什麼身分又如何？她本來是這麼想的，但兩人畢竟還是有差異。她竟忘了問顏以傑六百多歲為什麼依舊保持年輕？八成顏以傑已經幾百年都是這副長相，所以為了配合自己，才決定捨棄往後的六百年。

在蘇于晴沉思時，一杯溫熱的可可放在她面前。

「妳離家已經第二天了，還不回去嗎？」和她說話的人是這間套房的主人，顏以傑的表妹——方沛珊。那天蘇于晴不知道該往哪兒去時，方沛珊正巧出現，讓她躲在自己家。畢竟誰會猜到，口口聲聲說討厭人類的方沛珊竟會收留顏以傑的人類妻子。

「小珊，對不起，打攪妳了。但現在我還想再冷靜一下。」蘇于晴拿起熱可可嘆氣。

「不回去，打算離婚嗎？」

「離婚？」蘇于晴轉頭看向對方，雙眼圓睜。

「開玩笑的。要是妳打算和他離婚也不會來我家住吧。」

「我現在很生他的氣。又生氣又難過。我生氣他沒告訴我他要犧牲六百年壽命的事，卻又難過知道了這件事，這個婚還要不要結。」

「為什麼妳要為了他犧牲六百年壽命的事生氣？」方沛珊皺眉，面露困惑。

「我覺得他應該跟我說清楚。」

方沛珊深呼吸，在她面前蹲下，握住她的手：「我愛妳，請妳跟我結婚。喔，對了，我們結婚我會折壽六百年。妳要聽的是這樣的話嗎？」

「當然不是……」蘇于晴猛力搖頭。

「不然妳希望他說什麼？他說了，妳就會沒事和他好好結婚嗎？」方沛珊對著她嘆氣。

「我不知道結婚會這麼沉重，需要付出六百年的生命。」蘇于晴一臉哀愁，「我不覺得我值得六百年。」

「我相信就算他在一百歲時認識妳，他也會甘願犧牲千年的歲月。」

「如果是妳，妳也願意這麼做嗎？」蘇于晴反問。

方沛珊轉身背對窗戶：「我小時候，鄰居姊姊跟我說，不結婚就可以永生不死，那時候我不明白她的意思，後來她和人類私奔後我才明白她當時想說什麼。其實不僅是人類，如果八百歲的狐狸和一百歲的狐狸結婚，一百歲的也會為了對方犧牲七百年的壽命。」

「大家都甘願這麼做嗎？」蘇于晴捧著熱可可，露出不可思議的表情。

「應該說是習慣了，我們生來就了解生命的重要不在長度，因為我們已經夠長壽了，在孤獨裡活那麼長的時間，還不如有人作伴，活得短些卻來得快活。」方沛珊對她露出微笑。

蘇于晴低頭看著熱可可冒出的白煙，不曉得該怎麼回應。

「我猜昨晚表哥一定是哭著入睡。那個木頭找到愛人根本是奇蹟了，我們都看出來，他真的很愛妳。」

方沛珊拍拍她的肩出門上班去。

「我知道，因為我時時刻刻記得你愛我。」蘇于晴望著窗戶彷彿看見顏以傑的倒影，喃喃自語。

ღ ღ ღ

顏以傑從床上驚醒，他一度夢見蘇于晴開門走進家裡。他拿起手機，再次試著打電話給她，可是對方手機仍舊處在關機狀態。

他的右手發麻，因為抱著裝有祈福樹枝的相框睡了。他昨晚回家沒見到蘇于晴，心情跌落谷底。他們相戀至今，就算爭執，也不曾對彼此避而不見。他對著祈福樹枝告解，祈求神靈幫助他找到妻子。

他已經聯絡擔任交通警察、郵差、快遞、計程車司機的狐群同伴，但沒人找到她，楊雅筑那裡也沒有消息。

「我該怎麼辦？」顏以傑抱著樹枝，一雙耳朵垂了下來，失去朝氣。

這件事他還不敢跟父母說，好不容易獲得父親同意，如今怎麼能讓他們擔心？然而他和弟弟顏以帆求助時，對方卻說：「該不會小晴姊想和你離婚吧？」

「胡說！聽你胡說八道。」顏以傑一想起這段回憶，忍不住心急大罵。

「記得我愛你。」蘇于晴總是這麼說。

「那妳呢？還有記得我也愛妳嗎？」顏以傑蜷曲在床上，低聲哭泣。

凌晨，蘇于晴夢見顏以傑哭泣，立刻被嚇醒。一旁方沛珊還在熟睡，她和顏以傑不同，睡相正常，不會隨便任由尾巴騷擾枕邊人。

蘇于晴擦擦眼角，發現自己在落淚。她從沒看過顏以傑哭泣，但夢裡他哭得很真實，好傷心、好難

過，而她看得好不捨。

「妳真是個怪人，妳愛他，他愛妳，有什麼好猶豫的？有任何人阻撓你們嗎？」方沛珊醒來，塞了包衛生紙給她。

「對不起，吵醒妳了。」蘇于晴抱著衛生紙大哭。

方沛珊坐起身把臉靠在雙膝上，望著蘇于晴的臉：「我明白表哥為什麼喜歡妳了。大部分的愛情都希望對方為自己犧牲，但妳沒有。不過愛情是互相的，付出也是一種快樂。而為妳付出，也是他的快樂和自由，難道有錯嗎？」

蘇于晴用力擤了鼻涕抱著自己的膝蓋，低聲回答：「沒有錯，但我值得他這麼做嗎？」

方沛珊摸摸她的頭說：「傻女孩，妳愛他，對嗎？」

「對。」

「非常愛嗎？」

蘇于晴點點頭。

「那不就值得了？」方沛珊對她露出微笑。

ɞ ɞ ɞ

蘇于晴消失第三天，顏以傑站在飲料販賣機前發呆，那台機器經過了五年邊緣已經脫漆，在第四年的時候，被一名國中生騎腳踏車衝撞，右下角凹陷，留下一個坑。

他像是拜訪老朋友一般，蹲下身輕觸販賣機被撞傷的地方。

「老傢伙，你這些天見過小晴嗎？」他望向販賣機發光的玻璃櫥窗問，「如果遇到她幫我跟她說我在找她，而且很想、很想念她。」

顏以傑說完買了一罐熱奶茶，沒喝只是捧著。距離婚禮只剩一週，要是依舊沒找到新娘，那麼他們之間會怎麼樣？他父親肯定會大發雷霆。他不敢想像那些事，蹲在路邊面露無助。

「這是一個要結婚的人該有的表情嗎？」

顏以傑聽到熟悉的聲音抬頭看，表妹方沛珊就站在他眼前。

「妳想說什麼？我現在心情很糟，沒辦法接受妳的調侃。」

「我想買熱飲喝，可是沒零錢，你願意把手上那罐飲料給我嗎？」方沛珊朝他伸出手。

「給妳我有好處嗎？」顏以傑挑眉問，但還是把熱奶茶遞上前。

「聽過用麥梗交換東西的故事吧？為了報答你，來我家吧。會有你想要的東西。」方沛珊說著將他一把拉起，抓著他的袖口往回家的方向走。

「什麼東西，酒嗎？那我可能會喝垮妳。」顏以傑像個殭屍一樣，被對方拖著走。

兩人搭上電梯，顏以傑看著她不經意問：「妳為什麼會出現在那裡，那和妳工作地點不順路。」

「我有內線消息啊。」方沛珊聳肩一笑，走出電梯打開家門，順手一推，將顏以傑推進房內，自己卻在外頭把門關上。

「方沛珊，妳幹嘛啊？」顏以傑轉身敲著門問，但只聽見對方的腳步聲愈漸遠離。

「小珊，妳回來了？」從另一頭的房間傳來蘇于晴的聲音。

顏以傑呆愣半晌走到房門邊，輕敲門：「小晴，是我。妳在裡面對吧？」

「你怎麼會來這裡？」蘇于晴本來要開門，但聽見他的聲音又將門關上。

「是小珊帶我來的。」

蘇于晴停頓幾秒後說：「對不起，我擅自離開。」

「妳生氣了？」顏以傑靠在門邊坐下。

「沒有。」她回答，但聲音沙啞。

「我是不是害妳哭了？」

這次蘇于晴沒回應。

「對不起，我想我知道妳難過的原因，但妳可以親口告訴我嗎？」顏以傑望著門，想像妻子現在的表情。

「為什麼不告訴我你和我在一起必須折去六百年的壽命？」蘇于晴聲音哽咽，聽在顏以傑的耳裡，一顆心更加酸澀難受。

「我怕說了妳會有壓力，不願意和我在一起。」他把頭埋進膝蓋。他明白那是自己自私的想法。

「阿傑，我真的值六百年嗎？我是說，我無法想像這個世界沒有你，你在這世界上待了好幾世紀，怎麼捨得捨棄六百年？」

「我也一樣，我已經無法想像沒有妳要怎麼度過往後的六百年，沒有妳那六百年對我來說只是多餘。我從沒見過我奶奶，以前不懂為什麼奶奶願意和身為人類的爺爺在一起，那樣所剩的時間不是很短嗎？過去我不懂愛、不會愛，所以一直保持單身，直到遇見妳。」

「可是過去六百多年，你經歷過這麼多事、看過多少朝代轉換，我不能理解你為什麼可以輕易割捨未來的六百年？」

「妳聽過關於美人魚的故事吧？結局美人魚沒有和王子在一起，變成了一團泡沫。妳不覺得很可憐嗎？」

「當然，我聽見這版本的故事，聽過的人都希望王子最後能發現美人魚才是他心愛的人，得到完美的結局。」

「但妳想過美人魚其實可能很長壽嗎？在改編版本裡，美人魚和王子結婚，正式成為人類，那麼她的壽命不也減短了？但總比變成泡沫來得好。而我也是，我是人魚和妳相戀，所以我希望可以變成人類。小晴，妳不必把六百年看得這麼重，我只不過是想和妳在一起，和妳的時間同步、和妳處在同一頻率裡。我和美人魚的心願一樣。只不過這次是公主拯救了人魚。」顏以傑微微一笑。

「告訴我更多關於你過去的事，好嗎？」蘇于晴把手貼在門板上，隔著門感受顏以傑的存在。

「之前說過我家是偷渡鄭成功的船來台灣的吧。過去的記憶我記得不多，六百多年間發生太多事了，我經歷過大小戰爭，看過太多生死，也失去過人類朋友，有些人的臉我都記不得了。好長一段時間，我放棄和人類交際相處，他們的壽命太短，而我討厭分離。」

顏以傑停頓，長嘆了口氣繼續說：「活得愈久很多記憶變得不重要，直到遇見妳。只有和妳相處的日子特別清晰，重新喚醒我人的一面。或許我活了這麼多年只是為了等妳出現。所以不要問我妳值不值得六百年，對我來說，妳比那還有價值。妳就是我存在的意義。」

「對不起，我知道你會難過，卻還是跑開了。我很怕，不想要你為我犧牲。」

「那不是犧牲，我只不過是拿六百年和巫婆交換了愛情，這樣不行嗎？」顏以傑轉過身，對著門說。

「我想見你，離開你之後，我每一刻都在想你。」蘇于晴老實承認。

顏以傑雙眼圓睜，站起身轉開門把，但又馬上關上。

「怎麼了?」蘇于晴站在門後,納悶為什麼顏以傑不開門。

「今天是婚禮倒數第七天,我不想打破習俗。我想獲得神明的祝福。」顏以傑一臉懊惱,用手掌掩住自己的臉。

「嗯,我也是,我會等你。」蘇于晴吸吸鼻子,總算破涕為笑。

ε ε ε

婚禮當日,一大早顏媽媽就領著一群女將到蘇于晴家前按門鈴。

蘇于晴打開門一看,五名女人手提大包小包跑進家裡。

「媽,您帶這麼多東西是準備要做什麼?」她接過袋子,發現裡面裝著一罐罐蜂蜜,袋子提起來少說也有十公斤,不愧是曾經受過訓練的女人。

顏媽媽拍拍她的肩膀說:「妳今天可以不必穿背心了,留點體力晚上還要換上禮服呢。」

蘇于晴聽見可以脫掉背心,面露欣喜,又問:「那這些蜂蜜呢?」

「是給妳淨身用的。」

「蛤,用蜂蜜嗎?」蘇于晴手持蜂蜜睜大眼,後退三步。

「很甜、很香,泡上兩三個鐘頭,皮膚會很水嫩,加上妳沒有毛,所以不怕脫毛的危險。」

蘇于晴聽到顏媽媽說的話,不禁聯想滿滿漂浮著狐狸毛的畫面。

「于晴,妳什麼都還沒吃,對吧?」顏以傑的弟媳小香問。

「還沒。」

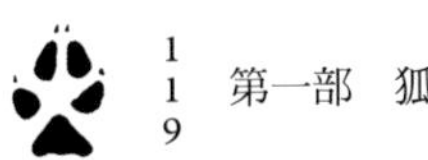



「那正好，因為婚禮前吃的三餐也有規定，我想妳大概不曉得，所以乾脆由我們準備。」她說著，拿出熱水壺，倒了一杯滿滿薑味的黑糖茶給蘇于晴。

「三餐……包含晚餐嗎？晚餐不是在婚宴上吃？」蘇于晴捏著鼻子，把濃濃薑味的黑糖茶灌進肚裡。

「我們的婚宴和人類世界不同，新娘不參加婚宴，參加婚宴、負責應酬的只有新郎。而新娘只要做好洞房前的準備就行。」顏媽媽回答。

「所以我在家吃飽飯，等阿傑來接我，儀式是這樣？」

「對，凌晨兩、三點沒人的時候，阿傑會乘著轎子來接妳，到時候可熱鬧的。」

「轎子？我沒聽錯吧。是那種要轎夫在底下抬的轎子？」蘇于晴面露吃驚。

「當然。所以才要熬到凌晨舉行，不然被人看見怎麼辦？要是在我那年代，月亮升起的時候就可以進行了。」公公的姊姊阿蘭說道。

「以前沒法子，還借了貨車運送轎子，真沒意思。」阿祥的妻子琳琳搖了搖頭。

「聽起來很容易曝光。」蘇于晴苦笑。

「放心，我們狐群就是很團結，會有人幫你們把風的。」顏媽媽伸手輕拍她的臉頰，「妳只需要好好放鬆心情，準備當個美麗新娘就好。」

「媽，洗澡水放好了。」小香在浴室裡大喊。

顏媽媽提著蜂蜜走進浴室，轉開瓶蓋將蜂蜜倒進浴缸裡，一罐罐黃澄澄的蜂蜜在水中溶解，動作相當豪邁，絲毫不手軟。

蘇于晴望著浴缸漸漸染成黃色，不禁心想之後該怎麼清洗才好。這時她婆婆輕拍她的肩說：「來，快把衣服換下。」

「換下？要換什麼。」

「就是脫掉啊。這一缸滿滿的蜂蜜水是要給妳泡澡的，剛才不是說過了嘛。」顏媽媽皺眉，動作熟捻地開始解開她的睡衣釦子。

「媽，我來就好了。」蘇于晴尷尬一笑，新婚當日竟然先被婆婆扒光衣服，未免太奇怪。

「真是的，害臊什麼，我十個兒子，前面八個媳婦，哪一個不是先被我看過身體的，都女人，怕什麼。」顏媽媽露出一臉何必見外的表情。

蘇于晴把頭髮盤起，用毛巾蓋在身上，將全身浸在蜂蜜水裡。黏稠蜂蜜水的濃濃甜味竄入鼻腔，她舉起手蜂蜜水如泥濘般緩緩往下滴。她覺得自己就像是醃漬食品。

姨婆跟著進來，在浴缸裡灑了乾燥菊花、玫瑰花和羅勒等，蜂蜜配上花草香，讓蘇于晴此刻看起來更像要被煮來吃。

泡完蜂蜜是要獻祭給神明嗎？蘇于晴心想。

「于晴，來，把這個吃了。」顏媽媽端來一個刈包。

蘇于晴沒多想，當作早餐吃下肚，裡面放了某種軟軟、像橡皮一樣的東西，咬下去很有嚼勁，卻不曉得是什麼肉。

「裡面放了什麼嗎？」她滿心好奇，正想掀開刈包時，琳琳趕緊阻止。

「于晴，我建議妳還是不要打開來看比較好，人類不太會吃這種東西……」

蘇于晴聽話乖乖把刈包闔上，但隱約看見疑似蜥蜴腳的東西露出來，只好假裝沒看見塞進嘴裡，一口氣嚥下。

早、中、晚，蘇于晴就這樣來來回回泡了三次，每次泡兩小時，手指皮膚開始發皺，顏媽媽才讓她起來。

泡完蜂蜜澡，她的皮膚確實變得比較光滑，似乎真的有滋潤的效果。她沒想到狐狸精這麼早就有美容湯的觀念。

「真不錯，于晴的手腳沒有毛，真好。」幾個婆婆媽媽抓著她的手臂，認真幫她擦上乳液。她完全是被眾人服侍的狀態。

「媽，我可以自己來就好。」蘇于晴讓一群大長輩服務自己，不免感到羞愧。

「傻孩子，妳今天可是新娘，是主角，當然要由我們好好打理，不用見外。」顏媽媽話說到一半，表情沉了下來，「委屈妳了，為了保護狐群，沒辦法讓妳家人參加，也不能讓他們知道阿傑的身分。」

「沒關係。我也不敢冒險，要是阿傑的身分傳出去，就怕他遇到危險。我只要能和他平安生活，沒有什麼好要求的。」蘇于晴微笑回答。

阿姨姊姊們露出心疼的表情，擁上前抱住她。

「妳會很幸福的，阿傑一定會好好照顧妳。」顏媽媽溫柔說道。

夜晚月亮斜掛高空，顏以傑新莊的老家在山腳下擺設宴席，宴席四周高掛紅燈籠，燈籠上用毛筆寫著斗大的雙囍字。

顏以傑坐在主桌，身穿傳統禮服，賓客一個個向他敬酒，他才喝了一杯，剩下的都只是敬禮答謝。桌上擺滿三牲五果，看起來和傳統婚禮沒太大的差異，然而他們的三牲很不同，是蜥蜴、老鼠、青蛙。上回狩獵的獵物養肥後全端上桌，而果實則是釀造成酒或做沾醬。

「為什麼主角不能喝酒？」顏以傑皺眉問。

「傻小子，你要是一杯杯全喝了，晚上醉攤怎麼揹新娘上山。」他父親顏宇泰笑著，臉頰微紅，已經帶有醉意。新郎喝不了的酒通常就由父親或兄弟擋下。

顏以傑望著天上的月亮，心情焦急，現在才不過晚上九點，距離迎親還有五個小時，現下又無法喝酒，已經快耐不住性子。

「婚禮前的等待很重要，不過五小時，新娘不會跑掉啦。」顏以帆笑著拍拍顏以傑的肩膀。

聽見跑掉二字，顏以傑不安地跳了起來。

「好了，你別嚇你哥，沒看他多緊張。」阿祥輕拍顏以帆的頭，「我太太傳了照片來，你看看。」

阿祥把手機推到顏以傑面前，照片上是蘇于晴的手，指甲擦上淺粉紅的指甲油，且被整齊修剪過。

「怎麼只有手？」顏以傑皺眉。只拍手不就像是警匪片裡被綁架的肉票嗎？他心想。

「當然，又還不能讓你看到臉。小晴好好待在家裡準備，你就別著急了。信任她吧。」阿祥安撫道。

蘇于晴房內狹小的茶几上擺滿了各式菜餚，桌面不夠擺的則被放到地上。

「每一道都要吃一點。」顏媽媽說著，夾了一口龍鬚菜放在她碗裡。

蘇于晴聽話夾起菜開始吃，但卻發現龍鬚菜裡有很像蟲足的渣，心想該不會又是什麼奇怪料理，忍不住問菜色名。

「這盤菜色叫螽斯衍慶，很吉利吧。吃了補充蛋白質，對皮膚很好的。」姨婆說著又多夾一口放入蘇于晴碗裡，「多生幾頭寶寶，添子旺族。」

「螽斯？我記得好像是某種昆蟲……」蘇于晴皺眉，筷子不禁停了下來。

「來，這裡還有紅棗雞。」琳琳發覺蘇于晴臉色大變，趕緊夾了正常的菜給她，轉移注意力。

「于晴，這道也吃點，飯沒吃完沒關係，但每種菜都得吃。歷來新娘從沒把白飯吃完的。」顏媽媽也夾了幾道菜，將蘇于晴的飯碗堆滿。

「大家胃口都這麼小嗎？」蘇于晴心想自己可是餓到能吃下整碗飯。

「不是，因為只能吃到六分飽啊，要是新娘吃太多，晚上嗜睡怎麼辦？」姨婆搖頭露出一臉怎麼連這也不懂的表情，輕摸蘇于晴的頭，隨後把剩下的菜各夾一口放進她碗裡。

飯碗堆滿各種菜，呈現大雜燴的狀態，已經看不出來自己吃的是什麼了。

也好，知道了可能會吃不下。蘇于晴苦笑。她還沒忘記中午吃了一鍋疑似放了青蛙和蜥蜴的雞湯。每次只要問及材料，琳琳總是會搶話，轉向別的話題，像是刻意模糊焦點。

雖然不知道食材的真相，但每道料理鹹淡適中、肉的嚼勁也恰到好處。當她正想再多吃幾口時，馬上桌上的菜被一盤盤端走。

「晚餐已經結束了？」蘇于晴眨了眨眼，呆愣問道。

「想吃以後媽再煮給妳，現在已經吃了差不多六分飽，乖乖聽話。」顏媽媽輕拍她的臉頰。

「可是今天不是得捱到凌晨兩三點嗎？要是晚上餓了怎麼辦？」

「這點媽已經幫妳想好了，不用擔心。」

「休息一下，等等準備換禮服。對了，想去廁所最好趁現在，不然換好禮服想解放可沒那麼容易。」小香說。

「換禮服？可是現在才九點半耶。」蘇于晴面露疑惑。

「小晴，妳不知道那禮服有多複雜，十五公斤有多少布料，可是要一件件套上去。所以大家都喜歡在冬天辦婚禮，免得中暑。」琳琳打開帶來的皮箱，裡面是一塊繡著鴛鴦的傳統禮服，繡工十分精細，布料還傳來花香。

「這件禮服是屬於妳的，上面的一針一線是族裡所有女人一起協助縫製，帶有滿滿的祝福。」顏媽媽微笑道。

「為了我縫的？」蘇于晴眼眶濕潤，伸手碰觸禮服上的刺繡，心裡充滿感激。而她注意到衣襬有一顆和禮服造型不大相襯的小愛心。

「那是小花縫的。那孩子硬是要幫伯母縫刺繡。」小香笑著說。

她們將衣服放在床上平鋪，床馬上就被放滿了，而箱子裡還有好幾塊紅紗布，以及絲質的內襯。

「全部穿上去會看起來沒腰身吧。」蘇于晴眉頭微蹙。

「這妳就不懂了，遲早都要脫掉的東西，第一眼看起來如何不重要。」顏媽媽笑得別有意味。

「那一開始為什麼需要穿這麼多？」

顏媽媽沒理會她的問題，只是做出一副故弄玄虛的表情：「這是一種情趣，妳會懂的。」

幾個女人開始手忙腳亂，要把幾十層布料包裹在蘇于晴身上。蘇于晴穿了厚厚一疊布料，開始慶幸當初有接受重力訓練，不然她現在只要稍微被輕推一下，就會馬上往前栽。就連現在想舉起手來也很吃力，好幾層袖子的重量加在一起，舉手變成像在鍛鍊臂力。

從九點半開始穿，蘇于晴將禮服全部換上時，已經過了將近兩小時。衣服太多層，她已經開始冒汗，甚至吹起電風扇。

琳琳著手幫她盤好頭髮，而顏媽媽則幫她上妝。睫毛膏、眼線、粉底樣樣沒少，唯獨雙頰被抹上兩圈鮮豔的大腮紅和鮮紅色唇膏，和時下流行的妝很不一樣。

「媽，腮紅一定得這麼重嗎？」蘇于晴望著鏡裡的自己，擔心丈夫看見自己會被嚇一跳。

「紅一點才會帶來吉利，放心，于晴年輕有本錢，怎樣都好看。」顏媽媽拍拍她的肩，將裝飾滿滿串珠的披肩披在她身上，而這披肩一放，她的肩膀瞬間往兩邊下垂。

顏媽媽沒注意到她雙肩無力，抓起她的手，又在裡面塞東西。

「這是飯糰，給妳當消夜用的，有兩個，如果阿傑餓了，你們可以分著吃，他現在八成也著急得吃不下飯吧。」顏媽媽笑著輕拍蘇于晴的手臂，雖然顏媽媽打得不重，但她卻覺得手臂像受到劇烈撞擊般前後擺盪。

此時門鈴聲響起，小香打開門，三個小孩衝進房內。他們穿紅衣、頭戴兜帽，但頭頂上尖尖的耳朵藏不起來，使帽子看起來鼓鼓的。

「新娘好漂亮。」兩個孩子跳到沙發上，左右圍繞著蘇于晴，一雙靈活的眼珠盯著披肩上的串珠，男孩手一伸，一條串珠掉了下來。

「哎呀，小瓜，你在幹嘛，那串珠少一個就不是九十九了。」小瓜的母親上前把他抱下來。

「于晴，別擔心，媽這就幫妳縫回去。」顏媽媽笑著撿起串珠，重新縫上。

不過就只是一個串珠，沒什麼大不了。「久久」和「久吧」都是久的意思，別多想啊……蘇于晴暗自安慰自己，努力不要胡思亂想。

「你們三個花童，別搗蛋，剛換好的衣服都要皺了。」姨婆拍拍他們的頭。

「別擔心，花童大概一點就會想睡覺，到時候只是在花轎裡睡，不會吵鬧。」琳琳笑著，站在一旁壓低聲音說。

相較之下，阿呆只是乖乖坐在蘇于晴身旁，握著她手。現在阿呆已經不會怕她了，這讓她很欣慰。

蘇于晴一邊顧及不要被小孩扯掉禮服的裝飾，一邊聽幾個婆婆阿姨說起自己結婚的往事，一下子就到了凌晨一點。三個花童果真睡著了，兩個還歪倒躺在她的膝蓋上。

寧靜的夜裡，傳來銅鑼清脆的聲響。

「聽見沒，那是花轎的聲音。」顏媽媽臉上浮現滿面笑意，輕拍蘇于晴的肩膀。

蘇于晴趕緊提振精神，以免被發現她剛才因為睡意而恍神。

「不過銅鑼聲不會驚醒其他住戶嗎？」她問。

「這點別擔心，我們自有辦法。活了這麼多世紀，可以不被人類發現，自然有我們的厲害之處。好了，快點準備吧。」顏媽媽說著把她的頭紗罩上。

小香拍拍花童的肩，將他們叫醒。

等了整整一天，蘇于晴意識到婚禮的重頭戲將至，不禁開始緊張。

「不用怕，伯母很美，大伯會好好照顧妳。」阿呆捏了捏她的手心，悄悄靠在她耳邊說話，說完才從沙發上跳下來。

蘇于晴心想這孩子長大後不得了了，不曉得會讓多少少女醉心。

她在顏媽媽的攙扶下站起身，重新用全身感受禮服的重量，不禁腳步變得又緩又沉。

「步伐踏穩了，小心別被裙襬絆倒。」琳琳說著，要花童幫忙拉過長的裙襬。

銅鑼聲愈來愈靠近，和蘇于晴想像的不同，狐狸的婚禮不像廟會那樣熱鬧喧嘩，銅鑼聲節奏緩慢低沉，有種莊嚴肅穆的氛圍。

門外傳來門鈴聲，姨婆打開門，銅鑼聲直接傳入蘇于晴耳裡，不再像之前隔著窗，聲音更顯嘹亮。

顏媽媽牽著她的手往前移動，並把手轉交給另一人。

蘇于晴雖然因為頭紗看不清楚前方，但手被握住的瞬間，她的臉上隨即漾起笑容。

「小晴，我來接妳了。」顏以傑語帶幸福笑意，對著她說。

蘇于晴在顏以傑的引導下，走出家門跨過火坑，踩破屋瓦。

出門後，他們站在電梯前等候下樓。

「這空間不夠，先讓奏樂的上去。」一名男性親戚說道。

不久，蘇于晴聽見電梯的叮咚聲。雖然說是延續幾世紀的儀式，但很多方面仍舊順應了時代變遷。不管怎麼說，一行人浩浩蕩蕩從十層樓爬下樓也不方便，更何況新娘的衣服有十五公斤重，新娘淨重就快和新郎打平了。

「下一班，可以讓我單獨和新娘搭嗎？」顏以傑在樂團搭下樓時，對眾人說。

「也是可以啦，並沒有禁止這類事。」顏媽媽回應。

畢竟古代哪來的電梯，自然沒有相關的規定。

電梯上樓後，顏以傑牽著蘇于晴走進電梯。電梯門關上，他笑著說：「等很久了吧。」

「當然，我可是今天特地洗了三次澡，還吃了很多奇怪的東西。」蘇于晴鼓起臉頰。

顏以傑猜到她此刻的表情，伸手輕戳她的臉。

「可惜現在還不能掀開頭紗。」

「掀開你只會看到一個畫了大濃妝的女人。」蘇于晴喃喃抱怨。

「那是習俗，沒辦法。」顏以傑笑著，站在她面前，雙手放在她肩上，彎下腰隔著頭紗吻了她的唇，「暫時先這樣，我等妳可是等很久了。」

蘇于晴紅著臉，心想對方是多老練，隔著紗也可以準確找到嘴巴長在哪裡。

走出電梯後，顏以傑揹著她上花轎。花轎很大，兩人在花轎內並肩而坐，花童也跟著坐進去。二十幾名男丁一齊將他們抬起。

花轎隊伍前後左右分別有兩人提著大紅燈籠，此外前後還各有兩人高舉綁上絲帶的紅色彩球。

「我們會一路被抬到新莊去嗎？」蘇于晴悄悄問。

「是啊。雖然之前有新人偷吃步，把轎子用貨車載去，但我還是希望能遵守傳統。」

「那要走多久？」

「大概兩小時內，很快吧。狐群的腳程和人類不同，速度快多了。」顏以傑笑出聲。

「兩小時……貨車不也挺好的嗎？」蘇于晴喃喃自語。

但對狐群來說，一小時不過是眨眼一秒的時間。

轎子一晃，某個重物壓在蘇于晴腿上，嚇了她一跳。低頭偷看，是花童小瓜睡倒在她腳上。

「這些孩子還小，辛苦他們了。」顏以傑笑著輕拍小瓜的肩膀。

蘇于晴不忍心把小孩叫醒，導致她的腳開始發麻。幸好等等上山有人揹，不然她再怎麼不捨，也會硬把小孩挖起床。

過了約兩個鐘頭，果真和顏以傑說的一樣，一行人已經抵達山腳。爬坡時，花轎東搖西晃，好在上轎前顏媽媽分別給兩人吃了暈車藥，所以他們才沒事，不然蘇于晴就會看到自己今天到底吃了什麼奇異的生物。

抬轎的男丁們把轎子往下放，先將睡死的花童抱出去，掀開簾子，讓顏以傑將蘇于晴牽出轎外。

顏以傑蹲下身，而她在旁人的牽引下，靠在丈夫背後，讓對方揹起。顏以傑站起身，轉頭望向隊伍，他的父母站在隊伍最前頭對他們露出微笑。接連的鞭炮聲響起。

三名睡昏的花童依舊睡眼惺忪，提著花籃漫不經心地撒著白藍交雜的百子蓮花瓣。顏以帆抱起小瓜，小瓜手中的花瓣落在兩人身上。

「老哥，未來的姪子姪女就靠你努力了。」顏以帆癡癡笑。

「爸媽，從今天起，我會築起自己的家，請您倆放心。」顏以傑向父母點頭敬禮。

顏家兩老點點頭，臉上滿是歡喜。

顏以傑再次敬禮後，轉身開始往山上爬。

「我很重嗎？」蘇于晴在他耳邊輕聲問。

「沒有，比我想像中還輕。」

「上次不是還要我減肥。」蘇于晴小聲抱怨。

「都要把妳帶回家了，哪會抱怨，再重都要說輕。」顏以傑笑出聲。

山腳下，銅鑼聲依舊，像是在後方看顧著他們一樣。顏以傑小心翼翼爬上山，總算抵達顏家大門前。大門前方撒了鹽，並在大門上掛了結成草環的艾草避邪。

「小晴，我現在沒手，妳可以幫我伸手推開門嗎？」

蘇于晴點點頭，伸手碰觸門板將門推開一道縫隙，顏以傑跨過門檻，將新娘揹進屋內，兩人往主臥房移動。

顏以傑走進主臥房，將蘇于晴放在床上，轉身把木門關上。房門外，銅鑼聲漸弱，四下只剩周遭的蟲鳴聲。

他們所在的是特別布置給新人洞房的房間，房間裡除了一張大床和擺放茶水的小茶几外，沒什麼家具。紙剪的雙囍字貼在四面牆上，就像時代劇裡的場景。一旁擺放了迷迭香和香草，香味瀰漫房間，而

先前顏以傑摘下的樹枝也被帶來這裡，高掛在牆上。

只有床是不是太露骨了。蘇于晴隔著面紗張望四周，心臟撲通撲通急速跳動。

「他們走了，洞房夜會把整棟房子留給我們。」顏以傑微笑，掀開她的頭紗。

「熱死我了，這衣服又重又厚。」蘇于晴抱怨，伸手擦拭額頭的汗水。

「沒辦法，是習俗。這衣服是仿造漢代的禮服啊。」顏以傑說著，忍不住撥弄她肩膀上的串珠，臉上露出饒富興致的表情。

「珠珠有九十九串，但有一串被小瓜玩耍時弄掉了。幸好媽趕緊幫我縫上。」蘇于晴嘟嘴。

「才一串還好啦。妳不知道前面幾個新娘掉了多少串，要我們不受誘惑太難了。」

蘇于晴聽了苦笑，比起狗，他們這種壞習慣更像貓。

顏以傑拿起桌上的酒壺，倒了兩杯酒，一杯交給蘇于晴，兩人雙臂交叉交杯飲盡。

「不需要行跪拜禮之類的事嗎？」蘇于晴雙頰因為酒而發紅，加上胭紅看起來活像顆蘋果。

「狐群沒那些規矩，一個月的準備期已經和父母見過面，親友也來慶賀了，神明的賜福也拿到手，因此洞房夜除了得揹新娘上山外，沒什麼特殊的儀式。更何況，最早狐群根本沒提親這回事，只要男女情意互通，當天晚上把女方揹回家就算完成成親，是到後來被人類習俗同化，所以才有這些規矩。」顏以傑笑著，接過妻子手中的空杯。

「我的妝很濃嗎？」蘇于晴見丈夫直盯著自己的臉看，不由得感到擔心。

「很濃，但是我很喜歡。妳哪種妝我都愛。」顏以傑抬起她的下巴，靠向前親吻。

「過了這麼多天，總算可以像現在這樣碰觸你。」她摸著丈夫的臉頰，面帶幸福微笑。

「妳離家的時候，我可是嚇傻了。」顏以傑苦笑，「但現在一切都值得了。」

顏以傑說著靠向蘇于晴，將她壓坐在床上。他膝蓋靠在她兩腿之間，捧著她的臉頰深深一吻。這個吻太深，和以往不同，深到在他的唇舌離開後，蘇于晴還能感受到他的氣息。

蘇于晴陶醉地望著他，只見他身上一直以來有的奇特微光變弱，漸漸消失不見，好像螢火蟲的光突然被關掉一樣。

「發生了什麼事？」她摸摸丈夫的臉頰。

「現在起，我們的時間就會同步了。」顏以傑不多做解釋，脫去新郎裝，開始伸手將蘇于晴身上的紅色嫁衣一件件剝去。突然從蘇于晴的袖子裡滾出兩顆圓圓的東西。

「啊，是飯糰。」蘇于晴赫然想起被自己遺忘的食物，不禁叫出聲。

「哈哈哈，是我媽準備的吧。」顏以傑大笑，將用保鮮膜包好的飯糰放在一旁的茶几上，繼續將蘇于晴身上的禮服一層層剝下。

「好多層，好像在拆禮物一樣。」顏以傑微笑，深吻蘇于晴的脖子，舌頭從耳後一直舔至她的鎖骨。被舔過的地方冰冰涼涼的，整個人腰部的神經連帶被挑起，微微顫抖。紅色嫁衣一件件擱置在地，已經堆疊成一座小山，蘇于晴身上只剩紅色半透明的襯衣。

「你知道穿這禮服花了我多少時間嗎？」她望著丈夫，面露羞怯。少了十五公斤的禮服，她覺得有些冷。

「不然我再幫妳套回去。」顏以傑雙頰漲紅輕聲一笑，溫柔地拉起她的肩帶，將襯衣也脫去，望著全身赤裸的蘇于晴。他和她十指交扣，輕輕將她推倒在床上，俯視著她，露出滿意的笑容。

蘇于晴回望他的雙眼，感覺對方的指尖滑過腹部，慢慢往下滑。她倒抽了一口氣，對方又再次吻上前。她面露紅暈，呆望著他，不知道自己該怎麼回應。

「放鬆，我會帶領妳。」顏以傑看穿她的想法，微笑道。

山腳下，顏宇泰遠遠注視著顏家的方向。一瞬間，房子發出白色微光，如雪、如羽毛般的白色物體從房子飄出，漸漸融入空氣中。

「爺爺，那是什麼？」小瓜抓著他的褲管問。

「那是時間消失的瞬間。」他回答，又搖了搖頭說：「或者該說是誓言的形狀，發誓一生只愛一人的承諾。」

顏宇泰嘆了口氣，想起他的父母親，不由得會心一笑。

夜深，顏以傑摟著蘇于晴入睡。她緊抱著對方的手臂，兩人的心跳和呼吸頻率一致而沉穩，和四周蟲鳴聲形成一首和諧的小夜曲。

這樣平凡的幸福就足夠了，平凡中又帶點異常，但是和最喜歡的人在一起，一些異常又算得了什麼。

蘇于晴才這麼想著，顏以傑一條毛茸茸的狐狸尾巴繞到前方，輕輕拍打著她的手臂，弄得她手刺刺癢癢的，不好入睡。她心想還是有一些小地方需要習慣吧。

她微笑，索性抱住丈夫的尾巴一起墜入夢鄉。

# 第二部

## 狐狸之子

# 第五章、毛孩子

婚禮結束後，蘇于晴搬出小套房，正式住進顏以傑的公寓。早上，顏以傑餐廳還沒營業，總是會先開車送妻子上班。

蘇于晴下車向丈夫道別，轉身露出滿面春風的笑臉走向公司大樓，楊雅筑見到她這副模樣忍不住嘲弄她一番。

「上個月逃婚的傢伙，現在倒是過得很幸福嘛。什麼時候辦婚宴了，都沒告訴我。」楊雅筑對她蹙眉，露出不滿。

「只是小小的儀式，所以沒讓太多人知道，只有親戚參加。」蘇于晴苦笑。她也希望能讓朋友參與，但總不能讓人發現她的丈夫是隻狐狸。

「算了，反正只要你們恩愛，我就不擔心了。別再讓妳老公哭著找我求救就好。」楊雅筑聳肩一笑。

兩人走進電梯裡，楊雅筑拿出路上買的早餐先偷吃了幾口，油條的氣味在狹窄的電梯裡擴散，蘇于晴忍不住感到反胃，悶咳了一聲。

「怎麼了？」楊雅筑注意到她的異狀，拍拍她的背。

「沒事，大概是昨晚沒睡飽，早餐也沒怎麼吃就出門了，所以身體有點不舒服。」

「昨晚沒睡飽……看來最近有喜事了？」楊雅筑笑出聲。

「少三八。」蘇于晴用手肘輕撞對方的手臂。

走進辦公室裡，不曉得是不是因為星期一的緣故，很多人賴床索性把早餐帶進公司裡，各種氣味瀰漫，讓她反胃的症狀加重。

「雅筑，幫我放一下包包。」她不等對方回應，把包包推給楊雅筑，快步往廁所跑去。衝進隔間裡，她隨即把早上吃的吐司吐出來。食物的餘味和胃酸殘留在嘴裡很難受，她的臉色瞬間白了一層，走到洗手台前漱口。

「小晴，妳沒事吧？」楊雅筑擔心她，走進廁所裡，輕拍她的肩膀。

「我沒事，只是最近胃口不大好，早上特別不舒服。」她支手撐腰搖了搖頭。

「需不需要請假？還是要我幫妳打電話給妳老公？」

「沒關係，我喝點水就好了。」蘇于晴笑著搖搖頭。

「不舒服就不要硬撐，知道了嗎？」楊雅筑再三叮嚀。

蘇于晴走回辦公室，戴上口罩以免自己要是生病了傳染給別人，同時杜絕空氣裡食物的氣味，反胃的狀況才舒緩了許多。

到了中午，她身體的情況好一些，但依舊不敢吃味道太重或太油的東西，只買了碗粥填腹。她坐在辦公室裡，手機突然震動，打開來是顏以傑的電話。

「小晴，妳還好吧，我聽雅筑說妳身體不舒服，需不需要提前回家休息？」

從另一頭可以聽到廚房烤箱的聲音和服務生的催促聲。

「我現在好多了，撐到下午應該沒問題。雅筑聯絡你了？」她面露疲態，趴在桌上小聲回應。

「對，上次找妳的時候，跟她互留了聯絡方式。妳昨天也沒怎麼吃，是不是生病了？」

「有點沒胃口，早上還反胃嘔吐，症狀很像中暑，但現在是冬天了耶。」

「下班要不要我帶妳去看醫生？我很擔心妳。」

「可是你們店不是分店剛開，需要你去支援嗎？」她能在上班時聽見丈夫的聲音，忍不住對丈夫撒嬌，「你最近好忙，有時間來接我？」

「我跟店長說一下，他會通融的。他們都知道我最近結婚了啊。」顏以傑發出得意的笑聲。

「好，那我下班後等你唷。」她對著手機另一頭發出幸福的傻笑，對面的同事忍不住瞥她一眼，才趕緊改用正常的語氣說話。

下班時間，蘇于晴收拾好個人物品離開公司，顏以傑已經把車停好等她。看到她出現馬上小跑步迎接。

「沒有發燒。」他把手貼在妻子的額頭上，「現在還很不舒服嗎？」

「還好，但一整天都沒什麼胃口，現在也不太餓。」

「先上車吧。」顏以傑拍拍她的肩膀，送她坐進車內，自己才回到駕駛座。

兩人抵達一間家醫科小診所。下車時，顏以傑悄聲說：「我從醫生的父親在執業時就來過了，他們父子很厲害。」

「原來你是世代常客。」蘇于晴苦笑。

「也沒有，畢竟要是一百年來都在這裡出沒，肯定會被發現身分詭異。」顏以傑笑著，摟住妻子的肩膀，一起走進診所。

叫號輪到蘇于晴，顏以傑牽著她的手走進診療室。

「兩位新婚？」醫生笑著看向他們的手，並勸蘇于晴先坐下。

「結婚還不到半年。」顏以傑負責回答。

「不錯呢，現在姊弟戀很流行。」

醫生直白的話讓蘇于晴皺眉，因為顏以傑年紀明明就大自己好幾世紀，忍不住瞪向顏以傑，但對方只是傻笑。

「好了，妳有哪裡不舒服嗎？」

「最近一週胃口很差，尤其是早上，幾乎食不下嚥，還會想吐。」

「讓我聽一下心跳。」醫生戴上聽診器，聽了一下，「妳心跳挺快的。想吐是因為聞到什麼氣味嗎？」

「好像是食物的味道。聞了胃就不舒服，尤其是味道很油的。」

醫生測了一下蘇于晴的血壓，接著問：「最近一次經期是什麼時候？」

「最近？好像有點久，應該是上上個月。」蘇于晴尷尬一笑。她向來沒在紀錄時間。

醫生看向顏以傑露出燦爛的笑容：「我想你妻子應該是有喜了。恭喜兩位，不過不放心的話，可以去婦產科檢查。」

「有喜了？」顏以傑露出驚喜的表情，用手抹了抹臉。

「對，就我的經驗夫人的病況應該就是懷孕害喜。這樣好了，我推薦認識的婦產科醫生，你們可以去看看。」說著，醫生拿出一張名片交給蘇于晴。

兩人離開診所時，顏以傑將蘇于晴整個人抱起來，貼心地送進車裡。

「又還沒確定，你那麼誇張幹嘛。」她紅著臉說。剛才診所裡的人都盯著他們瞧。

「因為我很開心啊。這醫生很厲害，從沒診斷錯。」顏以傑笑到嘴巴快裂開。

「那我們現在是要去他介紹的診所嗎？」

顏以傑搖搖頭說：「我有一個遠親在做婦產科的，大家都是給她看，而且如果照超音波發現孩子長了對大尖耳和尾巴就麻煩了。」

抵達顏以傑遠親家的婦產科診所，醫生是一個中年的婦人，和往常一樣，蘇于晴完全認不出對方是狐狸。

「阿傑，我一直在等你什麼時候帶老婆來我這裡。過了這麼久，你總算結婚了啊。」醫生笑著說。

「隨緣嘛，遇到了就結囉。」顏以傑笑嘻嘻回應，臉上的喜悅完全藏不住。

蘇于晴不禁心想丈夫光棍在狐群裡很出名嗎？

「看來我也不必多問了，來吧，顏太太請躺在床上。」

她躺下掀開上衣，醫生在她的肚皮抹上膠質物，開始照超音波。

「喔，有了，在這裡，有一個黑黑的，看樣子大概有五週了。」醫生指向螢幕。

「就是那個黑黑的？」蘇于晴問，實際上她根本看不出所以然。

「不過目前還不會長出耳朵和尾巴，等到第四個月才會比較明顯。」醫生說著瞪向顏以傑。

「怎麼了嗎？」顏以傑苦笑。

「我看寶寶只有一胞胎，你老婆是人類吧。懷上狐狸寶寶可是很辛苦的，竟然拖到第五週才發現。以前你叔公可是第三週就來找我了。」

「是，對不起，我知道錯了。」顏以傑分別向兩人鞠躬謝罪。

「真是的。不過那也是七百多年前的事了，現在他的後代也早就生小孩，不曉得生到第幾代囉。」

醫生說著搔了搔頭。

蘇于晴聽著心想果然狐群和人類結婚的例子很少。

離開診所後，顏以傑露出慚愧的臉，握住蘇于晴的雙手：「對不起，我沒想這麼多，竟然沒注意到妳的變化。」

「別在意，應該說是我老是糊塗，自己沒注意吧。」她捏捏丈夫的臉頰。

顏以傑微笑，親吻她的額頭：「我很開心，以後我們家要有新成員了。」

「但我可是還有十二個月得熬呢。」她摸摸扁平的肚子，想到裡面住著小狐狸不禁感到不可思議。一般女性遇到這種情況肯定也很詫異，但她裡面住的還不是普通的孩子，是人類和狐狸精的混血兒，這感覺更加奇妙。

但現在她更擔心的是不能太早告訴別人自己懷孕，免得超過九個月還沒生出來，肯定會被起疑。畢竟她又不是哪吒的媽，哪有懷孕這麼久的道理。

「我小時候想過，狸貓換太子的故事，會不會一開始就是狸貓跟皇后生了孩子？例如狸貓是皇后的地下情人。」當蘇于晴正在煩惱時，顏以傑說了個無腦的問題。

她笑出聲，輕拍丈夫的脖子：「虧你想得到，我要生的可是狐狸，不是狸貓。」

「我知道。」顏以傑吻了她的臉頰，滿心歡喜地抱著妻子，「我會想辦法多湊出時間陪妳，妳只要好好照顧身體，不用擔心其他的事。我也會把這件事告訴爸媽，他們會很高興。」

「看到你這麼高興，沒有什麼比這更值得了。」蘇于晴墊起腳尖主動親吻顏以傑的雙唇，兩人微笑搭上車返家。

蘇于晴得知懷孕後，害喜的狀況更嚴重，四周的人都猜想她是不是懷孕了，但她為了不要被懷疑，努力假裝沒事，但身體反應並沒有這麼容易隱藏。出門在外食物的氣味讓她很難受。

要是被提前知道懷孕的事，他們可能會以為我懷了什麼妖怪吧。蘇于晴暗自心道，不由得苦笑。就連她回老家也只能說自己是吃胖了，無論如何，都得捱到第七個月才能說，到時候還得假裝是懷了三個月而已。

「如果真的很難受的話，要不要乾脆停職休息？」顏以傑摸摸蘇于晴的頭。她側身躺在丈夫腿上，手裡拿著上回超音波的照片，盯著照片發呆。她第一次看到超音波畫面時心情很複雜，不曉得到時候要怎麼給她在雲林的父母看。但實際上她也看不出什麼所以然，心想大概不會有事吧，也沒再多想。

「公司哪會讓我休息這麼久，我還有十個月要熬，生完就不用工作了。」

「我養妳不就好了？」顏以傑勾著她的手。

「我才不想待在家裡每天只是帶小孩，到時候變成黃臉婆怎麼辦？」

「我怎麼會在乎這種事？如果受不了了，不要自己忍。」顏以傑撥開她的瀏海，心疼地望著她。

「我知道了。再幾個月後就可以告訴大家寶寶的事。」蘇于晴摸摸微凸的肚子。狐狸精寶寶長得比較慢，因此她的肚子現在還不算明顯。

「我很期待再過十個月就能看到孩子了。」顏以傑彎腰靠在妻子的肚子上，「不過上次醫生跟我聊了，關於妳懷孕的事，可能先別跟妳父母說比較好。」

「為什麼？」蘇于晴仰頭看他。

「因為像小花他們一出生就長得跟人類的嬰兒不像，基、基本上會偏向狐狸的樣子……直接說，狐狸精一誕生時，長相就跟普通狐狸一樣。」顏以傑戰戰兢兢地回答。

「這件事你爸也跟我說過了，不過就算是小狐狸精，還是能變成人類的模樣吧。」

「妳說的沒錯，只不過他們並非一生下來就有能力變成人樣。」

「所以要什麼時候才能說？」她表情瞬間轉為陰沉。

「必須等到他們會控制自己，學得快的大概一歲，慢的三歲也有可能。」

「那不是等於得把孩子一直藏起來嗎？」蘇于晴面露不滿，翻身坐起。

「生氣了？」顏以傑謹慎窺看她的表情。

她嘆了口氣說：「我怎麼能生氣呢？這些可能性也不是沒想過。」

顏以傑抱住妻子的肩膀：「對不起，又讓妳委屈了。」

她搖搖頭說：「沒有，我也想好好保護我身邊重要的人。」說著，靠向顏以傑在他臉上輕輕一吻。

顏以傑見她害喜嚴重，找了母親商量，幾天後一位家族的長老在顏媽媽的陪同下來到兩人的家拜訪。

「阿嬤，妳來了啊。」顏以傑向長老打招呼，在狐群中，這位長老已經千餘歲，正確的輩分稱呼沒人清楚，一率稱作阿嬤。

阿嬤年紀很大，聽力不好，把手撐在耳邊，瞇著眼睛望向顏以傑和蘇于晴，似乎沒聽清楚他說了什麼。

「阿嬤，這是阿傑和他的妻子于晴。」顏媽媽抓住兩人的手讓阿嬤握住。

阿嬤點點頭，輕輕捏著他們的手。在顏媽媽的攙扶下坐在沙發上休息。

「人類生小狐狸不輕鬆。」阿嬤說著搖搖頭，但手卻是摸著顏以傑的肚子。

「阿嬤，妳摸到我的肚子了。」顏以傑尷尬一笑，捉住阿嬤的手放在蘇于晴的肚子上。

「嗯，辛苦呢，是雙胞胎。」阿嬤閉眼點了點頭。

「可是醫生說是一胞胎。」蘇于晴面露困惑望向顏以傑。

「不是、不是，我不會錯，確實是雙胞胎。」阿嬤的手輕柔地摸著蘇于晴的肚皮，表情肯定。

「阿嬤不會說錯，族裡每個人給她看過，每次都很準。」顏媽媽附和道。

「多吃點果乾。」阿嬤說著從皮包裡拿出一罐玻璃瓶，從中倒出一點曬乾的果實放在蘇于晴手上，「這是珊瑚樹的果實，酸酸的，可以擋住孕吐的噁心感。」

蘇于晴聽話把果實放進嘴裡，果實有點酸，但是久了吃起來有股甜味，確實讓她身體比較舒服。但對她來說更重要的是，幸好阿嬤不是拿蜥蜴乾給自己吃。

「于晴，喜歡吃果乾嗎？喜歡的話，媽下次多帶一些給妳。」顏媽媽微笑。

「這個就給妳先帶著。」阿嬤說著，把玻璃瓶放在蘇于晴手上，隨後握住她的手：「不用害怕，要生的時候蹲下用點力自然就會生出來了，像上大號一樣。」

蘇于晴苦笑，只希望真的那麼容易。

「要注意懷孕期間不要拿尖銳的物品，有必要都交給阿傑處理就好。」顏媽媽叮嚀道，隨後拿出一條棕色毛毯交給蘇于晴。毛毯上面繡了六隻小狐狸，牠們或追蝴蝶、或玩藤球，模樣十分可愛。

「這是我縫給妳的禮物，每一個媳婦當媽時，我就會縫一條送給她們。天氣冷可以披著保暖。」顏媽媽對蘇于晴露出滿是關愛的笑容。

蘇于晴抱著毛毯，上頭還有一股淡淡的果香。她微笑答謝。

顏以傑和蘇于晴送兩人離開時，阿嬤拉住顏以傑，悄悄放了一包中藥在他手中，並悄聲說：「在于晴的飯裡加一點這個，別讓她發現是什麼。」

顏以傑面露疑惑，在母親和阿嬤回家後，他偷偷躲在廚房打開中藥包一看，裡面是幾十隻蜥蜴乾，才明白阿嬤說不要讓蘇于晴知曉的原因。

當他走出廚房時，卻不見蘇于晴，打開房門一看，發現妻子裹著毛毯正在和娘家講電話。

「媽，我沒事，只是最近有點忙，我也想見妳。」她說著，伸手摸摸微凸的肚子，「媽以前懷孕時，會害喜得很嚴重嗎？……還沒啦，沒這麼快有小孩。」

顏以傑躲在一旁聆聽，知道妻子不方便告訴娘家自己有喜，心裡對她感到愧疚。

「告訴爸我很好，婆家人很親切，不用替我擔心。阿傑對我很照顧，沒有任何問題。」她說著，發現丈夫從後方出現，坐在自己身後抱著自己。

「我知道了，你們也要好好保重自己。」蘇于晴和母親結束通話，轉頭看向丈夫。

「也許我們該跟妳父母坦承關於我的事，這樣妳就能讓妳父母分享妳的喜悅。」顏以傑把頭靠在她肩上。

蘇于晴搖搖頭：「我相信他們不會在意你是什麼身分，但我還是不想讓你冒險，而且這隻尾巴是屬於我一人的。」她笑著抱住丈夫毛茸茸的尾巴。

顏以傑從口袋裡拿出一隻小狐狸的吊飾，放在妻子手上。

「這是羊毛氈嗎？」蘇于晴望著手掌上小巧可愛的狐狸。

「是小花做的，她很高興狐群有新的夥伴加入。不過材料很原始，是用她自己身上的毛，所以嚴格來說是狐狸氈。」

蘇于晴梳著丈夫的尾巴，從中抽出一搓毛，忍不住笑著說：「也許可以用你的毛再做一隻，這樣他們就有伴了。」

「沒想到竟然是雙胞胎。」顏以傑抱著她的肚子說。

「表示我要多照顧兩隻毛孩子。」蘇于晴伸長手臂，搓揉他的耳朵。

顏以傑拿起床頭櫃上的超音波照片，「我想這兩個陰影應該是他們的耳朵。可愛吧？」

「當然，因為耳朵像你啊。」蘇于晴笑出聲。

八個月後，蘇于晴請產假待在家裡待產。在她孕期剛滿十二個月時，某天顏以傑突然在上班時接到母親的電話，匆匆忙忙穿著廚師制服跑出餐廳外，急忙趕到診所。

一踏進診所，顏家兩老和幾個弟媳已經在現場待命。

「真是的，怎麼現在才來？她已經陣痛了半小時。」顏媽媽用力推著他的肩膀，面露著急。

「預產期不是還有一個月嗎？」他慌張問道。

「畢竟小晴是人類，產期可沒這麼穩定，快換衣服進去。」顏媽媽催促。

顏以傑換好衣服跑進產房，趕緊握住蘇于晴的手。

「再用力一點，加油！」醫生拚命鼓勵，而蘇于晴已經痛到叫不出聲，只是瞪了丈夫一眼，緊掐住對方的手，把疼痛的怨恨傳給對方。

他瞬間覺得自己的骨頭快被捏碎，但不敢抱怨，只是柔聲安撫妻子。

蘇于晴折騰了快一個鐘頭才把老大生出來，但因為是雙胞胎，還有一個留在肚子裡。

「加油！還有一個。」醫生繼續鼓勵她。

「為什麼還有一個？生一個就快要人命了，還兩個！」蘇于晴痛得大罵，又用力捏了顏以傑的手。

「小晴，老大很健康，妳再好好加油，我就在妳旁邊。」顏以傑努力擠出微笑，即使他的手已經被妻子掐到失去血色。

蘇于晴怒瞪著他，臉上寫著「說得這麼容易，你來生啊」的表情。

「顏以傑，我絕對不會再生第二次了！」她大吼使勁全力，總算把老二擠出產道外。

「太好了，兩個孩子都出來了。」醫生和護士各抱起一個孩子，走向兩人身旁。

他們輕拍孩子的屁股，讓孩子哭出聲，確定健康與否。孩子的哭聲又尖又細，像是小狗般的微弱鳴叫聲。蘇于晴望著他們一對尖耳和身上滿布的棕色細毛，呆愣了一會兒。

這就是我辛辛苦苦生出來的孩子？全身都是毛。她望著孩子，露出不敢置信的臉。

「小晴，妳辛苦了。快看看，兩個兒子都很健康。」顏以傑微笑從醫生手中接過最先出來的大兒子。

蘇于晴望著顏以傑開心的笑容，從困惑中回過神，自丈夫手中抱起懷了一年多的孩子，笑著伸手搓搓孩子的耳朵：「果然長得跟你一樣，是我們的孩子。」

ʚ ʚ ʚ

夕陽斜掛在西天，蘇于晴站在熟悉的街道上，望著來往的人潮。在她眼前，一位年約十八歲的少年背對夕陽，向著她露出微笑。直覺告訴她，那是她寶貝的雙胞胎兒子，老二顏月笙。

「媽，我遇到喜歡的人，我希望可以跟她在一起。」顏月笙抓抓臉頰，露出一臉害臊的表情。那表情和她的丈夫幾乎是同個模樣。

她沒想過兒子這麼快就找到喜歡的人，而且還是她那個性最害羞的二兒子。她心想說不定只是一時沖昏頭。知道兒子有了自己喜歡的人還是很令她不捨，畢竟是自己懷了一年多的寶貝。

「阿笙，你先告訴我，你喜歡的是怎樣的人？」蘇于晴不安問道。

「放心，我帶她來了。」顏月笙背對她蹲下，再次起身轉向她時，手上卻抱著一隻蝴蝶犬，「媽，她就是我喜歡的人。」

半夜兩點，房門外傳來碰撞聲，床頭對講機發出各種破壞的聲響。蘇于晴從睡夢中驚醒，翻身輕拍顏以傑的肩膀。

「雙胞胎在吵了，你快起來。阿傑、顏以傑！」她猛拍丈夫的肩。

顏以傑向來睡得很熟，很難吵醒，這次也不例外。她沒辦法只好拉扯丈夫的尾巴叫他起床。小孩滿一歲，她已經找到訣竅怎麼叫醒丈夫。

「啊，我、我醒來了啦。」顏以傑摸摸發疼的尾巴走下床往嬰兒房走去。

蘇于晴生完雙胞胎不久，他們搬進一間整層小公寓。雖然顏以傑本來就有這個打算，但主要原因是因為先前的小套房完全不夠小孩跑跳，他們剛滿三個月時，就已經充分展現絕佳的精力，也咬壞不少東西，包括顏以傑的手機充電器和各種電器電線。最後，他只好下狠心，把幾百年的積蓄拿出來闊手買了整層公寓，供給小孩足夠的空間。

他打開嬰兒房，裡面的布置和一般人類的嬰兒房不同，雖然放置了一座雙層床，但床上放了兩個像是給寵物用的軟床，裡面的玩具也和寵物玩具一樣。

「你們兩個，這麼晚還不睡覺。」他打開房門彎下腰左右手各攔截一隻小狐狸，差一點他們又要逃出房外搗蛋。

「睡不著，我們想玩嘛。」老大顏日汐學習得快，已經會說完整的話，個性也活潑。

「爸比，玩。」老二顏月笙反而比較安靜，總是跟著哥哥跑。

「噓——小聲點，現在很晚了，會吵到鄰居。而且你媽肚子裡有寶寶，需要好好睡覺。」顏以傑小聲說著，而顏日汐已經轉了個圈，爬到他肩上。

雖然蘇于晴當初拒絕再生，但看丈夫想要家裡熱鬧些，順其自然幾個月後就又懷上了。

「爸比，為什麼我們不能出去玩？」顏日汐爬到父親肩上，咬著父親的耳朵。

「因為你們還小啊。」

「可是我已經滿一歲了。」顏日汐抱怨。

顏以傑輕嘆了口氣，把兒子抓下來，將他們緊緊抱住。

「爸爸說過你們很特別，對吧？和電視上的人不同，所以如果太早出去會不安全。」

「為什麼不安全？小花、小瓜不是也在上學了。」

「上學……」雙胞胎在他懷裡磨蹭撒嬌，他的睡衣不一會兒已經沾滿毛。

「他們年紀比較大，你們還小啊。等到你們長出細長的手指就可以出去玩了。」顏以傑捏捏兩個兒子的手，他們黃棕色的瞳孔盯著他，骨碌碌地靈活轉動。

「可是我看到電視上也有像我們一樣的人，他們也沒有細長的手指，卻可以在外面玩。」顏日汐用頭頂著父親的肚子，表示不滿。

顏以傑猜到兒子講的不是人是狗，忍不住笑出聲。

「爸比在笑什麼？」顏日汐抓著父親的尾巴，面露不滿。老大這一招完全是模仿他母親。

「沒事，小傻瓜，你看到他們開口說話了嗎？你們會說話，跟那些只會汪汪叫的動物不同。」

「那我們不說話就能出門了嗎？」顏日汐把腳搭在他胸前，一臉哀求。

「出門……」顏月笙喃喃跟著哥哥附和，但已經蜷曲在父親懷裡漸漸陷入半夢半醒的狀態。

「呃，這要跟你們媽媽討論。不過開車的話或許可以，只是不能讓你們下車。」顏以傑搔搔兒子的頭，露出滿足的笑容。

顏日汐舉起毛茸茸的手掌喃喃道：「好想趕快長出手指，就可以正常出門了。跟媽咪一起。」

「會長出來的，只是需要一點時間。我相信你們媽咪也很期待這一天。」

「外公、外婆……」顏月笙說。

「對，還可以見外公外婆。」顏以傑拍拍老二的頭。

顏以傑努力安撫雙胞胎入睡後折返房間，縮回床上，蘇于晴轉身抱住他。

「怎麼了，我弄醒妳了嗎？」

她搖搖頭：「我剛剛做了奇怪的夢，夢見月笙長大了，雖然臉看不清楚，但已經有人類的型態。」

「那不是很好嗎？」顏以傑親吻她的肩膀。

「但是他抱著一隻蝴蝶犬，跟我說那是他女朋友。」她摟住丈夫的腰，把臉埋進他胸口，「我跟他說要找也要找狐狸，而且要找狐狸精啊。我無法接受狗媳婦。」

顏以傑噗哧一笑：「小晴，妳想多了。人類跟猩猩長得像，但也沒有人和猩猩交往啊。」

「也對。」蘇于晴跟著笑出聲，習慣性抱住丈夫的尾巴準備再入睡。

「那兩隻說期待跟妳一起出門，去見妳爸媽。」顏以傑柔聲在她耳邊說。

「我也是。」

「也許哪天睡醒，打開孩子的房門，妳就會發現房間裡兩隻毛孩子變成人類了。我小時候也是，睡到半夜突然開竅變成人。狐狸精長大都是在夜晚一瞬間發生。」

「那個瞬間錄影得了嗎？我想親眼看他們長大的模樣。」她好奇問道。

顏以傑聽了她的問題笑出聲說：「我媽說她看過，結果好幾週吃不下飯，實際情況不像妳想像得那麼奇幻可愛。一瞬間會長得像怪獸電影裡的地精。」

「好吧，那就不看了。」她皺眉，立刻放棄奇想。

「寶寶這次如果是雙胞胎女孩就好了。」顏以傑一臉疼愛地親吻妻子的鼻尖。

「那兩隻就顧不了了，還雙胞胎。」她緊掐丈夫的尾巴洩恨。

「啊，小晴，我的尾巴要沒知覺了。」顏以傑哀號，她才滿意鬆手睡覺。

隔天早上，蘇于晴起床第一件事就是去看雙胞胎，打開門果真一片狼藉。被咬壞的皮球、撒出棉花的枕頭、滿是爪痕的門板。每次看到這瞬間，她都必須努力說服自己，那兩個小魔頭是自己生的孩子，沒被人調包。

「你們還在睡啊。」蘇于晴坐在床上，輕拍雙胞胎的頭。

「媽咪要去上班了？」顏日汐把頭靠在她大腿上。

「對啊，早餐叫你們爸爸煮。你們昨天沒把玩具吞進肚裡吧？」她摸摸他們的肚子。

「當然沒有。」

蘇于晴微笑在兩人頭上輕輕一吻。如果生出來的真的只是狐狸怎麼辦？她剛生產完時，因為這個煩惱而有些憂鬱。幸好他們很早就學會說話，不然她老是擔心自己無法跟孩子溝通。

她記得剛生完雙胞胎時，她婆婆來幫她帶孩子。關於養兒，顏媽媽第一句話就問：「妳有沒有養過狗啊？」

她大感困惑，但還是點頭回應。

「那就沒問題了，他們就跟養狗是一樣的。」顏媽媽拍拍她的肩膀要她安心，彷彿在說妳有育兒經驗了，不用怕。

她本來對將自己的小孩比喻成狗感到很不滿，但事實證明她那對雙胞胎就是對狗兒子。

雖然很快就學會自己吃飯、走路，但是破壞力卻遠高於一般嬰兒，又很喜歡亂跑亂跳。有時候找不到人就得往上看，因為他們可能已經跳到櫃子上。而有育兒經驗的親戚，乾脆送他們給貓攀爬用的玩具，對狐群來說，似乎不甚在乎買給小孩的玩具真正製造的目的是什麼。因此當方沛珊拿狗零食給小孩時，他們的父母也不生氣。更別提她習慣隨身攜帶來餵流浪狗的零嘴，常常一半都是被顏以傑吃掉的。

久了蘇于晴也漸漸習慣，所有事物的標籤都是人自訂的，除去標籤單看它們的使用意義，心裡會比較舒服。

「小晴，妳快遲到了，趕快換衣服吧。」顏以傑站在門邊看著他們。

她抱著雙胞胎看向丈夫一雙大耳和毛茸茸的尾巴，鬆了一口氣。每當她擔憂孩子一輩子都是毛孩子的模樣時，看向她丈夫就能稍稍安撫心情。

「趕快長大，像爸比……」顏月笙望向母親說。他的話彷彿是看穿了母親的心情。她彎下腰親吻他們的額頭起身準備出門。

顏以傑從背後摟住她的腰，輕撫她的肚子，靠在她耳邊：「放心，再給他們一些時間，會變成人樣的。」

蘇于晴輕嘆了口氣，拍拍丈夫的手。她生產完至今，還沒讓任何一個朋友或娘家家人見過自己的孩子，當然也包括相片。

雖然說是自己生的，不管怎樣都疼，但是和一般母親不同，她對自己的孩子總是得遮遮掩掩，就連娘家也不知道女兒生孩子了。當肚子變大藏不住，她總是推拖不和父母見面。雖然感覺父母隱約曉得什麼，卻也不敢冒險透漏。她很擔心孩子長大不會變成人，那就成了兩隻會說話的狐狸，更糟的是大家還可能把他們誤認成狗。如此還能在人類世界正常生活嗎？

「那兩隻都還沒長好，肚子裡又有一隻……」蘇于晴喃喃抱怨，抓住顏以傑的尾巴用力拉了兩下。顏以傑沒聽見她的抱怨，當她是害喜在拿自己出氣，只能摸摸她的頭安撫。

他們結婚近兩年，回顏家時，小瓜和小花已經學會控制自己，不會輕易以狐狸的模樣現身，而年紀更大的阿呆則是學會把耳朵和尾巴藏起來，三人也早就進幼稚園讀書了。

小瓜和小花是同胎的兄妹現在三歲，而阿呆是五歲，但阿呆還沒一歲時就已經會變身人樣。蘇于晴特別問了他們的父母，但關於怎樣能讓小孩早點學會變成人，狐狸父母們都沒有頭緒，因為他們並不擔心小孩無法變成人，反倒是順其自然。

「爸媽出門後，你們要乖乖聽姨婆的話喔。」蘇于晴叮嚀後離家上班。

兩夫妻都在工作，於是請經常幫狐群夫妻帶孩子的姨婆來幫忙平日照顧小孩。

「爸比，上次姨婆說可以帶我們出去玩耶。但我跟媽咪說了媽咪就生氣。」顏日汐看母親離開後悄悄說。

「為什麼你們媽會生氣？」顏以傑搔搔兒子的頭。顏日汐跳下床，鑽進床底下，從中叼出一個項圈。

「姨婆說要用這個就能出去。」

顏以傑撿起項圈，嘆了口氣。他明白姨婆的想法，對方只是順應時代，沒人知道狐狸精的事，索性偽裝起來也沒什麼問題。但看在身為母親的蘇于晴眼裡，項圈是給狗戴的，不是戴在寶貝兒子身上。

「這件事別再跟你媽提起，不然她會難過。」顏以傑壓低聲音叮嚀。

「為什麼？」顏日汐歪頭，表情單純可愛。

「因為她很寶貝你們，為了她多忍耐一陣子好嗎？」

雙胞胎點點頭。

「為什麼媽咪沒有？」顏月笙抓抓父親的尾巴問。

「媽媽跟我是不同種族的人呀。等你們長大也能把耳朵和尾巴藏起來。像這樣。」顏以傑扭動耳朵，耳朵瞬間藏進頭髮裡，尾巴也藏起來了。雙胞胎像在看魔術一樣，興奮搖尾巴。

「這個等你們長大後就會了。」他抱起雙胞胎，親吻他們的臉頰。

「希望、趕快到……」顏月笙蹭蹭父親的脖子說。

「會，那天一定會到。」他柔聲安撫他們。

星期五晚上，蘇于晴回到家，打開房門只見兩個孩子圍在姨婆身旁安靜聽故事。

「小晴，妳回來了啊。」姨婆面露微笑。

「今天比較早下班，加上阿傑今天有晚班，所以我就趕快回來準備煮飯。」她伸手摸摸靠向前的孩子。雙胞胎還不會用兩腳站立，只是將雙腳搭在她腿上。

「媽咪，今天吃什麼？」

「吃、吃……」兩個小孩露出一臉嘴饞。

「吃咖哩喔。」她微笑抱起兩人。

姨婆起身走向前輕拍她的肩：「小晴，我聽孩子說了，他們除了到診所檢查外，沒有出門過。我知道妳是擔心他們受傷，但是一直把他們悶在家裡，悶久了心裡會生病。」

「沒關係，在家好……」顏月笙想起父親說過的話，拍拍母親的手臂。

蘇于晴見才一歲多的孩子竟然反過來體貼自己，不禁感到心疼。

「這樣好了，明天放假，叫你們爸爸開車全家出去兜風。」她輕拍孩子的頭，雙胞胎開心歡呼，把頭緊靠在她肩上。

姨婆露出欣慰的表情，穿上外套準備離開。蘇于晴望著她微笑，表示感謝。

星期六一早，蘇于晴和顏以傑還在熟睡，突然被毛茸茸的腳掌襲擊。

「媽咪、爸比，出去玩。」顏日汐鑽進兩人之間，用頭磨蹭。

「阿汐，冷靜一下，爸爸吃到你的毛了。」顏以傑坐起身抱住兒子，把嘴裡的毛拿出來。

「先吃完早餐再出門。」蘇于晴摸摸顏月笙的頭，見雙胞胎聽到可以出門的興奮模樣不由得感到內疚。

一家人簡單吃過早餐，蘇于晴替他們穿上衣服。說是衣服，但其實是寵物用的服裝，她儘量忽視這件事。在家時，因為雙胞胎穿不慣，加上他們本身就有毛，所以也不強迫。但畢竟以後得接觸社會，至少要讓他們知道出門一定要穿衣服。

「癢癢的。」顏日汐用嘴巴咬了咬衣服的邊緣。

「乖，出門就是要穿衣服，你看爸爸不是也穿了。」顏以傑拍拍他的頭。

兩人抱著兒子搭電梯下樓，並用衣服的兜帽罩住他們的耳朵。電梯在五樓停了下來，一對中年夫妻走進電梯裡。

「早安！」中年夫妻的丈夫先打了招呼。

「早安。」顏以傑回答，同時偷偷捏了蘇于晴的手背，要她放鬆。

「你們是住在八樓的住戶？」那人的妻子問。

「對，今天休假就帶孩子出來玩。」蘇于晴下意識回答。

雙胞胎第一次看到陌生人，反倒很安靜。

「喔，真是可愛的孩子。」那對夫妻笑了笑，似乎把他們當成不生小孩只養寵物的頂客族。

到了地下停車場，中年夫妻先走出電梯外。蘇于晴不禁鬆了一口氣。

「嚇死我了，竟然有人。」顏日汐小聲說。

「你們很乖沒說話，所以沒事。」顏以傑笑著輕拍兒子的背。

蘇于晴用眼神示意，詢問丈夫話中的意思。

「我跟他們說還沒長成人之前，不能被人家發現，不然會被抓去解剖。」顏以傑小聲在她耳邊說。

蘇于晴苦笑。因為丈夫說的話不算謊言，這樣的情況很有可能發生。要是這件事真的發生，她就會被說成是生出妖怪的妖女吧。

蘇于晴將雙胞胎安置在後座的安全座椅上，並用安全帶綁緊。和一般嬰兒相比，他們的身形略顯瘦長，無法完全固定在椅子上，還得塞小枕頭填充空間。

「會太緊嗎？」她柔聲問。雙胞胎很乖，只是搖頭。

蘇于晴關上後座的門，顏以傑看著她微笑：「放心，他們待在車子裡不會有事。」

「好吧，你說的算。」蘇于晴聳肩坐進車內。

顏以傑就座後，一家人開車出發。

「爸比，現在要去哪裡？」顏日汐問。

「就隨處繞繞吧。」顏以傑笑著把車開出去。

對雙胞胎來說到哪裡都很新鮮。蘇于晴轉頭看向兩人，他們目不轉睛盯著車窗外。

「想去公園看看。」顏日汐看到路邊的小公園，對著父母說。

「但只能在四周繞繞。」顏以傑開車繞著公園一圈。

兩兄弟直盯著窗外，尾巴不停搖晃，看見溜滑梯、鞦韆、蹺蹺板……每樣東西都讓他們感到好奇。

當車子繞離公園後，雙胞胎馬上露出失落的表情。

「你們很想去玩嗎？」蘇于晴輕聲嘆氣。

「下去瞄一眼就好，我們不會吵。」

「不吵。」兩兄弟用淚汪汪的眼神哀求。

「只是小公園，應該沒問題。這麼早，大概也沒什麼人。」顏以傑看向妻子。

「好吧，但我先下車查看，確認沒事再讓他們下來。」

蘇于晴等丈夫停好車後，走出車外當先鋒探查。公園很小，約一間教室的大小，但該有的遊樂設備皆全。她繞了一圈後，確定沒有人也沒有流浪漢，這才上前打開車門將兒子抱出來。她抱大兒子，老二則是給丈夫抱下車。

「是公園耶。」顏日汐大叫。

「不過你們還太小不能玩，等大一點就可以了。」蘇于晴摸摸他的頭。

「大一點是幾歲？」

「大概三歲吧。」她回答，真心希望雙胞胎三歲已經能變成人樣。

夫妻倆抱著雙胞胎坐在一旁的長椅上，雙胞胎則是好奇望著飛舞的蝴蝶。

「看就好，不可以吃喔。」蘇于晴無奈提醒。她可不希望同樣的恐怖經歷再次發生。

老大顏日汐特別活潑，她常常在整理房間時，發現床上窩藏數餘隻壁虎屍體，八成是狐狸野生的本性驅使，所以顏日汐也有冬藏的本能。她望著兒子興奮追著蝴蝶的目光，想起之前顏日汐在家發現大蜘蛛，興奮跑去向自己報告的事。

「媽咪，房間裡有大蜘蛛。」顏日汐衝出房間找母親，在她腳邊繞圈。

「大蜘蛛？」她驚慌跑進小孩房，只見老二緊盯著牆角看，表情充滿期待。在牆角出現了一隻毛茸茸的八腳怪物，大小約有一個手掌大。

「不用怕，我去叫你們爸爸來。」蘇于晴說著趕緊拉了丈夫來殺蟲，然而回到房間，卻見大兒子已經一腳踩在蜘蛛身上，把嘴塞向前。

她吃驚大叫，雙胞胎面露困惑轉頭看向母親。

顏以傑見狀，快步上前從兒子手中抓起蜘蛛，直接扔出窗外。

「阿汐，不可以吃那些昆蟲。」

「為什麼？」顏日汐歪頭，露出天真的可愛表情，但他剛才的行為實在無法讓蘇于晴感到可愛。

「你如果吃了，你媽就不會再跟你親親喔。」

「咦！為什麼吃了就不親親？」顏日汐一對大耳垂了下來。

「因為很不乾淨啊。」

「洗乾淨……」顏月笙呼應。

「不是洗不洗乾淨的問題，只是現在大家不太吃了。」顏以傑拍拍大兒子的頭。

「所以以前會吃囉。那現在怎麼不吃？」顏日汐鼓著臉頰問。

「因為現在發現吃了會肚子痛。」他苦笑。實際上他小的時候都不知道吃了幾百遍也不曾鬧肚子。

蘇于晴回想嚇人的經歷時，顏以傑突然輕拍她的肩，使她瞬間回神。

「有人來了。」顏以傑低聲提醒。

一名老婦人來這裡運動，緩緩走進公園內。

「早安，出來遛狗嗎？」老婦人和善問候。

蘇于晴的臉色變得難看。寶貝兒子被講成是狗，雖然事實上外表確實和狗沒太大差別。

「對，我們帶『小犬』出來晃晃。」顏以傑握住妻子的手安撫。

「差不多該回家囉。」蘇于晴擠出微笑站起身。

「已經要回家了？」顏日汐忘記跟父親的約定，不小心開口講話。

蘇于晴情急之下，連婦人的臉也不敢看，快步抱著孩子躲進車裡。

「媽咪，怎麼了？我是不是說錯話。」顏日汐淚汪汪望著母親。

「沒有，我們去別的地方晃晃吧。」她深吸一口氣，捏了捏兒子的臉安撫。

「放心，沒人會想到小孩才一歲就這麼會說話，所以她似乎也沒注意到。」顏以傑坐進車內，柔聲安撫。她了解丈夫言下之意是說：沒人會想到世上有可以說話的狗。

「為什麼爸比剛才說我們是狗？小犬是小狗的意思吧。」顏日汐問。

「狗狗……」顏月笙聽了跟著面露疑惑。

「犬是狗的意思沒錯，但小犬是兒子的意思。」顏以傑搔搔兒子的頭安撫。

蘇于晴聽了笑出聲，靠向丈夫，手搭在對方脖子上，親吻他的臉頰。

「呃！肉麻。」雙胞胎遮住臉大叫。

兩夫妻帶雙胞胎出門兜了一圈，下午返回家，雙胞胎已經在車上睡著了。

「第一次出門這麼久，他們累了吧。」蘇于晴露出安心的表情。

「妳果然在擔心他們。」

「說沒擔心那一定是假的。有時候在路邊看見有媽媽抱著孩子，忍不住會想為什麼我不能和她們一樣抱著孩子出門。我爸媽和朋友送的嬰兒服還收在盒子裡，沒辦法穿，更不能帶他們去見人。為了這些煩惱，我困擾了很久。但不管怎麼說，他們都是我的孩子，如果這些是必經的過程，我也要和他們一起承受、一起成長。」蘇于晴輕嘆了口氣。

「我也是。不過妳可以放心，我祖父也是人類，最後我父親和叔叔阿姨也順利變成狐狸精，融入人類社會裡生存。更何況狐狸精本來就算是半個人類，一切都會沒事。」顏以傑摟著她的肩膀，親吻她的額頭。

雖然帶雙胞胎出遊一事平安度過小危機，但回家後，雙胞胎身上出現跳蚤，花了三週才全部清除，當然顏以傑也同樣遭殃。即使蘇于晴百般不願意，但還是拿了給寵物除蟲用的藥劑幫孩子跟丈夫洗澡。關於這件事，也讓顏以傑的自尊心留下一抹男兒淚。

ఌ ఌ ఌ

蘇于晴預產期當週，顏以傑有了先前的經驗，很早便請好假陪妻子待產。

「媽咪的肚子好大，弟弟快出來了？」顏月笙靠在母親身旁問。過了幾個月，他說話愈來愈流利，雖然他和哥哥一樣還是張狐狸臉。

「對呀，寶寶快出生了。」蘇于晴拍拍兒子的頭。這次不是第一次生產，她沒先前緊張，更何況這次只是一胞胎，而且早已看過剛出生的狐狸精寶寶長怎樣，也沒什麼好讓她擔心。

「媽媽去生產的時候，會請爺爺奶奶照顧你們。」顏以傑拍拍兩個兒子的頭叮嚀。

「耶！爺爺會準備好多好吃的點心。」雙胞胎蹦蹦跳跳，相互擊掌。他們現在兩歲，雖然主要還是以四足行走，但開始學習父母，偶而會以兩腳站立。

「可不能玩到晚上不讓爺爺奶奶休息喔。」蘇于晴好聲叮嚀。

顏宇泰雖然向來嚴肅，但對兩個孫子相當溺愛。

「知道。」兩兄弟拚命點頭。

「爸媽大概下午會來，到時候就可以先去診所產房準備。」顏以傑輕撫妻子鼓脹的肚皮。

「寶寶出生後，我們可以去看嗎？」顏日汐問。

「看情況囉，如果狀況允許，爸爸就帶你們去看，不管怎樣，第一時間我會傳照片給爺爺，他會很樂意分享給你們。」

蘇于晴聽到顏以傑說傳照片，她還沒見過公公拿智慧手機的模樣，有點難以聯想。

不久蘇于晴的公婆來到家裡接棒照顧雙胞胎，顏以傑便護送她去診所待產。

「你們好像長大了不少呢。」顏宇泰彎下腰抱住雙胞胎。

「那是不是快要長出手指了？」顏日汐蹭著爺爺的手問。

「不用急，每隻狐狸精都可以變成人類，只是需要耐心等待。」

「是呀，某天睡醒就會變成人了，你們的父親也是如此。」奶奶笑著，變出大尖耳和狐狸尾巴，瞬間又收起來，逗他們笑。

「快點長出手指，就可以出門了。」顏日汐說。雙胞胎同時低頭看向自己毛茸茸的獸足，期待能瞬間變出手指。

「變化的瞬間可沒那麼美好，第一次變形骨頭可是很痛的。」顏宇泰輕拍他們的頭。

「但我還是想快點變成人，就可以跟媽咪手牽手走在街上。」

「想上街玩。」顏月笙跟著呼應哥哥的話。

兩老相互對望，輕嘆了口氣。

「這樣好了，今天叫你們阿呆堂哥來陪你們玩，剛好是星期五，他學校離這裡也不遠，你們說好不好？」顏宇泰笑著說。

「好耶，阿呆堂哥快來。」

他們見到雙胞胎興奮的模樣，露出欣慰的表情。

蘇于晴住進待產房兩天後，順利生下老三。夜裡顏以傑坐在產婦休息室裡陪伴她，他將老三的照片傳給父親，不久便得到回應。他父親拍了一張照片回傳給他，照片中有兩個帶有大尖耳的男孩躺在一起，而中間夾著一隻小狐狸。

他一眼就看出來了，兩個男孩一個是姪子阿呆，而另一個則是老二顏月笙，唯獨顏日汐還沒變成人類。

「是爸爸的訊息嗎？」蘇于晴睡眼惺忪，轉頭望向丈夫。

「對。」顏以傑將手機放在蘇于晴面前。她一看到照片突然瞪大眼睛，對著螢幕又哭又笑。

「阿笙原來已經這麼大了。」蘇于晴感動地擦去眼淚。狐狸的姿態會比一般人類小一些，兒子變成人形後，她才深刻感覺到孩子年齡的變化。

「我說過了，他們都會長大。」

「你看，他的鼻子像你。」蘇于晴笑出聲，捧著丈夫的臉頰，深深一吻，「不久阿汐也會變成人類吧。」

「會，當然會。」顏以傑摟著妻子的肩膀，笑容卻有些勉強。

他知道顏日汐很期待變成人樣，弟弟顏月笙早了他一步，同為雙胞胎，發育速度卻不同。通常狐群一歲半七成以上的小狐狸都能變成人，而他的孩子到現在兩歲半才變成人形。他總是說服自己，因為孩子出生早了一個月，所以發育得慢，但要是顏日汐到了三歲還沒變形，會不會產生什麼後遺症？然而不管怎樣，對他心裡肯定會造成壓力和不安。他想到此，只希望這些揣想都只是一時多慮。

蘇于晴出院返家休息。雙胞胎見到母親帶著小寶寶回家，興奮圍在她身旁。

「你們有乖乖聽爺爺奶奶的話嗎？」

「有。」顏日汐點點頭，踮起腳尖窺看小嬰兒的臉。

「媽咪，快看我！」一旁顏月笙用兩隻毛茸茸的手掩住鼻子，身上發出一陣強光，隨著「啵」的一聲，瞬間變成長了大尖耳的小男孩。

「哎呀，好厲害。」蘇于晴滿心歡喜摟住老二的肩，他也伸出潔白稚嫩的手抱住母親脖子。

顏日汐見狀向後退了一步，表情失落。

「阿汐怎麼了？過來啊。」蘇于晴注意到兒子的異樣，對他揮揮手。

顏日汐一反往常，緩步走向母親，只是抱著她沒說話。

「放心，阿汐也會變成了不起的狐狸精，不用擔心。」她知道兒子難過，好聲安撫。

顏以傑站在母子身後望向他的父母，他們正低頭看著顏日汐，似乎跟他有一樣的擔憂。

顏以傑擔心的問題，一直到老么顏宥昕長到一歲時才暫時卸下，老么和老大分別發育成熟，變成人形。

然而老大那時已經三歲半，就正常的狐狸來說，顏日汐遲緩了半年才成為真正的狐狸精。

# 第六章、太陽與月亮

星期一早晨房間內鬧鐘鈴聲大作，顏日汐躺在上鋪，翻身繼續睡，絲毫不理會鬧鐘。

「阿汐、顏日汐，別賴床了，今天開學耶。」顏月笙站在雙層床的樓梯上，輕拍哥哥的臉。

「那你幫我跟老師請假。」顏日汐口齒含糊回應。

「媽說小宥都起床了，叫我一定要把你挖起來。」顏月笙不放棄，繼續拍對方的臉，但對方依舊無動於衷。顏月笙拿哥哥沒辦法，乾脆抓起對方的尾巴，在臉上不停搔癢。

顏日汐眉頭一皺，用力打了噴嚏，瞬間清醒緩緩爬起身。

「快點下樓吃早餐，快一點的話，爸可以順便載我們去學校。」顏月笙把制服扔在床鋪上，要哥哥趕快更衣，隨後走出房間。

顏日汐打著呵欠，把睡衣換下。不曉得從何時開始，雙胞胎兄弟角色對調，老二顏月笙扮演起照顧兄長和弟弟的角色。

顏日汐提著放沒幾本書的書包走到餐廳，全家人已坐定位。

「阿汐、阿笙，今天會重新分班吧？」蘇于晴望著雙胞胎問。

「對。要是能跟阿汐分一起就方便了。」顏月笙回答。

「和你分在同一班跟方便有關嗎？」顏日汐皺眉把豆漿灌進肚裡。

「當然有囉，例如說翹課。」

「同班才不方便吧。又不是會分身術。」他聽了苦笑。

「哥哥真好，我今年可是要考會考了。哪能像你們又是賴床又是翹課的。」顏宥昕嘆了口氣，將三明治狼吞虎嚥吃進肚裡。

「雙胞胎，快把早餐吃了，你媽還要趕著上班。」顏以傑催促，以眼神示意要他們少閒聊。

蘇于晴洗好盤子，走到丈夫身後，從他頭頂拔下一根白頭髮，放在他面前。

「哎呀，一下子就老這麼多了嗎？」顏以傑接過頭髮。自從他們結婚後，顏以傑的年齡也開始逐年產生變化，和一般人相同。

「不過一兩根而已，你還很年輕。」蘇于晴低頭親吻丈夫的頭，三兄弟一齊用手遮住視線。他們已經習慣在爸媽做出肉麻行為時，趕緊掩護。

「你們遮什麼？爸媽感情好應該要高興，不然你們以為自己是送子鳥叼來的嗎！」顏以傑面露不滿，用報紙敲了三個孩子的頭。

「好了，你們四個大孩子，快遲到了。」蘇于晴穿上外套，出聲叮嚀。顏家四名男性不敢不聽她的話，趕緊動身。

顏以傑開車載著一家五口出門，雙胞胎分別坐在後座兩側，而老么則夾在他們之間。途中先經過雙胞胎的學校，放他們下車。

「在學校要乖乖上課啊。」蘇于晴拉下車窗叮嚀。顏月笙點頭，而顏日汐卻只是一臉羞赧，快步離開。

「阿汐，你走這麼快幹嘛？」弟弟隨後跟上。

「因為四周有同學在，不想被看到。」顏日汐小聲回答。

「你害臊了？小時候不是還會讓媽『啾』一下，才肯去上學嗎？」顏月笙笑出聲。

「走了啦，趕快找到教室進去。太陽好大。」顏日汐紅著臉轉移話題，快步往前走。

兩人走到學校玄關前的布告欄，那裡已經聚集滿滿人潮，全部都是剛升二年級的學生，大家都在分班表上找尋自己的名字。

「喔，阿笙，你來了。」一名男同學見到弟弟，伸出拳頭輕敲他的肩膀。顏月笙也舉拳回應，反倒哥哥默默站在後方迴避。

「你在哪一班？」顏月笙問對方。

「我在六班，剛好跟你一樣。」

「哈，又同班了。」顏月笙見哥哥不在身旁，轉頭找到人後大喊：「阿汐，看看你在哪一班。」

「喔。」顏日汐簡短回應，小心閃避人群，縮著肩膀往前靠向布告欄。幾個同學看到他，刻意做出厭惡的表情向左右退開，就像是不想被他碰到。顏月笙靜靜站在一旁觀望，臉上的笑容瞬間收起。

顏日汐感覺四周異樣的氛圍，輕聲嘆氣，直盯著眼前密密麻麻的名單。當他找到自己名字時，突然一名學生往後一跌撞向他，害他沒站穩跌坐在地。

「好痛。」壓在他身上的人發出哀號。

「妳沒事吧？」顏日汐趕緊將對方扶起來，仔細一看，是一名長髮的女學生。

女學生什麼話也沒說，趕緊撿起地上沾滿塵土的書包，抱著書包逃跑。

「哈哈哈，鄒妤芊活該。」幾名站在前方的男同學朝著女學生大笑。顏日汐轉頭望著鄒妤芊的背影，他本來以為對方是因為自己才被推倒好讓他出糗，結果那女孩也只不過是跟自己一樣的可憐蟲。

顏日汐拍拍身上的塵土，撿起書包站起身。

「老哥，我幫你找到名字了，你在九班。」顏月笙見幾個人對著被連累的哥哥竊笑，伸出手臂勾住他的脖子以示親暱。譏笑顏日汐的人見狀，趕緊收起笑容，擔心惹顏月笙不高興。

顏日汐聳肩甩開弟弟的手，他不喜歡弟弟幫他，這讓他更抬不起頭。

「之後就不同班了，真寂寞。」顏月笙的好意被婉拒，扭扭臂膀尷尬一笑。

「你還有很多朋友啊，有差嗎？」顏日汐低頭，雙肩不自覺聳起，以他的身高做出這樣的動作，看起來有些畏畏縮縮。

「當然，因為我喜歡你啊，你是我哥耶。」顏月笙開玩笑，發出爽朗的笑聲。顏日汐每次聽到弟弟發出這樣的笑聲，總是不禁懷疑他們怎麼會是雙胞胎。

「阿笙，要上課了，快來！」剛才搭話的男同學對弟弟揮手。

「你快去吧。」顏日汐瞥了一眼前方等候弟弟的人，五六個人聚在一起，朝他揮手。

顏月笙和哥哥不同，在學校人緣很好，不論男女都很喜歡他，而顏日汐則和他完全相反，總是獨來獨往。

「好吧，祝你新學期愉快。」顏月笙不安揮手道別，轉身跑向朋友們。

顏日汐深吸一口氣，揹著書包往前走，背後聽見其他人的交談聲：「你是九班？九班也太慘，有會詛咒人的鄒妤芊跟個性陰沉的顏日汐耶。」

「超背的，這樣全班會被帶賽。」

顏日汐已經聽慣這些對話了，裝作沒聽見轉身走開。他明白，即使沒招惹誰，那些愛說閒話的人還是會把自己掛在嘴邊，當作茶餘飯後的話題。但這已經算是好的狀態，剛升上高中時，他常常帶傷回家，總是得遮遮掩掩的，不要讓父母或弟弟們發現。

自從顏日汐有一次被人打傷，差點失明，那件事他不敢告訴爸媽，還特地叮嚀弟弟不准說，假裝是自己不小心傷到的。即便如此仍引起了校方和老師高度關注，在那之後肢體霸凌減少了，然而言語暴力和各種惡作劇反而加劇。雖然日子並沒有比較好過，但至少不會受傷，爸媽就不會發現，也不會擔心了。這樣就好，他心想。

他並不是一開始就和弟弟過著迥異的學校生活，一切都是自從小學三年級的一場意外，才導致現在的狀態——

意外當天，他和弟弟同班的班級上，同學生日大手筆買了咖啡蛋糕來請全班同學一起慶生。

「來，這個蛋糕給你。」生日的女同學把蛋糕切下一小塊交給顏日汐。

顏日汐道謝後，捧著蛋糕回到座位上。

「啊，小玲給你好大一塊，真好。」坐在隔壁的弟弟露出羨慕的眼神。

那時班上同學都知道生日的女同學對顏日汐有好感，顏日汐聽了弟弟的話，笑而不答，開心吃起蛋糕，然而吃了三口突然感到一陣心悸，向側邊一倒，蜷曲身體不斷咳嗽，胃部劇烈翻攪，把剛吃下的蛋糕全數吐了出來。所有人不禁將視線灌注在他身上。

「哥哥，你怎麼了？」顏月笙最先上前查看，突然發現哥哥的髮間一對尖耳緩緩彈出，背後毛茸茸的尾巴跑出來，弄得褲子鼓鼓的。

顏月笙大吃一驚，趕緊拿起自己的外套蓋在哥哥頭上。

「哥哥，快點離開教室，不然會被發現你是狐狸。」他悄悄在哥哥耳邊說。

顏日汐大吃一驚，大叫：「不要看我！」緊抓著外套逃出教室外。

顏日汐躲躲藏藏，偷偷用公共電話打給母親，哭哭啼啼說道：「媽，快來學校救我。」

蘇于晴聽到兒子有麻煩，趕緊聯絡丈夫先後前往學校。

兩人找了許久，發現兒子變成狐狸的模樣，從校內樹叢中竄出，急忙把他帶回家。後來才知道，顏日汐因為發育遲緩，導致過敏體質對咖啡因過敏，吃了就會打回原狀，相較之下，正常發育的顏月笙吃了卻沒有出現任何異常現象。

他休息幾天，回到學校後，班上出現奇怪的傳言，說那天顏日汐是因為大便在褲子上，所以才倉皇逃出教室外。

「我才沒有拉在褲子上。」他極力反駁。

「那為什麼你當天褲子鼓鼓的，而且還衝出教室沒回來，一定是叫你媽咪幫你回家擦屎了。」同學們大笑。

「一定是這樣，我那天聞到臭臭的味道，肯定是他拉在褲子上。」其他同學甚至說謊助陣。

顏日汐羞赧得說不出理由，不能告訴同學自己是狐狸精的事，使他百口莫辯。雖然只不過是幼稚的小口角和誤會，但他還小、自尊心強，聽在耳裡不免感到委屈。而小孩子不懂事，覺得欺負顏日汐很好玩，大家開始刻意嘲笑他。

顏日汐對於同學的霸凌總是悶不吭聲，反而弟弟顏月笙在一旁聽不下去，和同學打了起來。

「阿笙，不要打了。」他慌忙阻止，但弟弟已經打傷同學，結果老師只好把他們的母親叫來。

蘇于晴不斷向老師和同學的家長鞠躬道歉，看在他眼裡，身為長子卻讓媽媽受責難，內心很自責。

經過這件事之後，顏日汐在班上開始被同學疏離，而他也變得孤僻，不敢和同學有過多來往。所幸弟弟並沒有受到太大的影響，但當兩人升上高年級，班級被錯開後，顏日汐被排擠的狀況愈加嚴重，而他怕母親又被叫來學校，所以總是忍著不說，也不敢讓弟弟知道。

當顏月笙注意到這件事時，顏日汐和同學間已經構成一種穩定的異常關係，大家早已習慣藉由譏笑顏日汐當作上學的樂趣。這狀況就連中學兩人同班也依舊沒有改善，顏月笙仍是受同學喜愛的中心人物，而顏日汐則是被大家反感的排擠對象。即便顏月笙試圖想將哥哥拉進圈子裡，還是無法改變，甚至一度讓顏月笙和朋友的關係變得緊繃。

「夠了，我沒事，你不要管我！我會顧好自己。」顏日汐對弟弟表明自己的想法後，弟弟也不再做過多的干涉，只是默默在一旁關注。

顏日汐踏著沉重的步伐，走進自己所屬的班級教室。

「哇，真的來了，如果來的是弟弟就好了。」幾名無聊的男同學看到顏日汐走進教室，開始大聲起鬨。

「是、是，真抱歉來的是我。」顏日汐喃喃自語，走到角落的位置坐下，轉頭看向窗外。

教室裡充斥著同學們的吵鬧聲，只有他一人安靜坐在座位上不發一語。

如果可以和爺爺奶奶住在新莊，不必接觸人群該有多好。我是一隻狐狸，沒辦法融入人類世界，但小花小瓜也都像正常人一樣生活，現在已經很少有狐狸可以完全不靠人類生活，要是跟媽說了，她一定會難過。他盯著窗外的雲朵發呆。他在這裡找不到歸屬，只想回到狐群身邊。

「上課了，大家安靜。」導師走進教室，四散的學生們才乖乖坐回原位。

導師一一點名，確認新班級的學生是否全數到齊。

「鄒妤芊、鄒妤芊……嗯，沒來學校嗎？」導師叫了好幾聲，始終不見回應。

「老師，鄒妤芊有來學校，早上有看到她。」一名女同學回答。

顏日汐轉頭看向四周，確實留了一個空位。他心想，鄒妤芊是早上被同學欺負的女生吧。

「有同學跟她要好嗎？」導師詢問，但台下鴉雀無聲。

一名男同學舉手：「老師，我以前跟她同班，她常常私自離開學校不上課。」

導師皺眉，搔搔額頭：「該不會開學第一天就回家了吧？怎麼有這種學生。」

顏日汐當下感到一陣心悸，突然站起身高聲說：「老師，抱歉，請讓我去一下廁所。」

「他再不去又要拉在褲子上了。」幾個同學低聲譏笑。

他走出教室，心悸的感覺才漸漸舒緩。他站在廁所洗手台前洗了把臉，自從小學時發生了那件事之後，只要有類似霸凌的情況出現，不管是發生在自己身上、或是別人身上，他總會感到身體不適。

正當他想折返教室時，突然聽見女生廁所傳來哭聲。他向來不喜歡接近人，可是聽到哭聲，卻直覺走進廁所裡，輕敲廁所隔間，隔間內的女生像是擔心被人發現，突然停止哭泣。

「妳是鄒妤芊嗎？」他輕聲問。

「誰？」隔了幾秒，對方才回應，顯然已經默認自己的身分。

「我是妳的同班同學，早上跟妳有說過話。」顏日汐將語氣放輕。

鄒妤芊吸了吸鼻子不回答。顏日汐沒得到回應，赫然想起早上那些找她碴的人，又趕緊說：「放心，我不是來找妳麻煩的，我不認識妳，又怎麼會害妳？啊，該怎麼說，我比較像是和妳同類的人，所以我不會害人。」

「你是誰？」鄒妤芊話中帶著鼻音。

「我是顏日汐，一年級的時候我在一班，妳大概不知道我。」

「你知道這裡是女生廁所嗎？」

「知道。我跟廁所很熟，不過我是指男生廁所。」顏日汐笑著說。每當他心悸、擔心耳朵跑出來時，他也喜歡躲在廁所裡，狹小的隔間讓他有安全感。

「你好奇怪。」

「某種意義上來說，我的確很奇怪。」顏日汐笑出聲。他第一次可以和人正常說話。聽見他的笑聲，鄒妤芊跟著大笑。這也是他隔了這麼多年，第一次在校內聽見這樣發自內心愉快的笑聲，而不是諷刺譏笑。

「老師在點名了，妳怎麼躲在這裡？又有人欺負妳嗎？」顏日汐又問。

「沒有。我本來跑掉，想等人少的時候再去看分班表，可是當我回到玄關時，已經被工友收起來。我不知道該找誰幫忙，忍不住哭了，最後就躲在這裡。」

「還真剛好，我們是同班同學，妳跟我都在九班，跟我一起回教室吧。」

隔間內隱約聽見鄒妤芊深吸氣的聲音，隔了幾秒鐘，廁所門被打開。和先前鄒妤芊慌張逃難的情況不同，顏日汐此刻可以仔細看清楚對方的長相。她留著一頭及肩的柔順長髮，旁分的瀏海掩住左半邊的臉。

「讓你特地來找我，真不好意思。」鄒妤芊彎腰行禮，直接聽到她的聲音，和本來躲在隔間時相比，是相當乾淨溫柔的聲音。

鄒妤芊站直身體的瞬間，瀏海向後擺盪，露出左半邊褐色的大胎記。她的皮膚很細白，五官立體，但唯獨那道胎記顯得十分顯眼，佔據她臉蛋的四分之一。

顏日汐盯著她，露出目瞪口呆的表情。鄒妤芊注意到對方的異狀，趕緊用瀏海遮住臉。

「對不起，我的臉嚇到你了吧。」她低頭問。

「啊，沒有，怎麼會？」顏日汐說的是實話，因為他吃驚的原因並非對方的臉。而且鄒好芊臉上的胎記雖然明顯，但沒有到嚇人的程度。

「真的嗎？大家都說我長得很醜、很可怕。」

顏日汐趕忙揮手：「沒有，絕對沒有這種事。反過來說，我覺得妳很漂亮。啊，我沒有什麼特別的意思，我是說妳的頭髮看起來很柔順、很好看。」

顏日汐不敢說他剛才直盯著對方的靈魂看。鄒好芊的靈魂是橙黃色的柔光，就像是午後的夕陽。他第一次見到這樣溫暖、乾淨的靈魂。

「我不是很懂你在說什麼？」鄒好芊勉強擠出笑容。

「我也不清楚自己在講什麼。」顏日汐抓抓脖子，「總之先回教室吧。」

鄒好芊點點頭，跟在他身後。

顏日汐心想，今天大概是他這些年來第一次和弟弟以外的同學講這麼多話。

抵達教室前，鄒好芊突然停下腳步，顏日汐疑惑地轉頭看向她。

「你先進教室，我隨後進去。要是讓其他人看見我們一起進去，會害你被連累。」

「好，那妳先進教室吧。老師以為妳缺席了，正在不高興，我晚點進去。」顏日汐明白她的想法，兩個被排擠的人湊在一起並不會有好事。

「可是……」鄒好芊面露不安，抬頭望著他。

「好了，沒什麼可是，我也不想這麼早進去，妳快進去吧。」顏日汐對她揮揮手。

他目送鄒好芊進教室後，在走廊上等了五分鐘才回教室。

「顏日汐，你到哪裡的廁所去了？」導師皺眉看他，全班聽了哄堂大笑。

「抱歉，因為肚子很痛，花了比較長的時間。」顏日汐道歉，緩步走回座位上坐好。

他瞥向原先教室裡的空位，鄒妤芊正好看向他，點頭道謝。他見了臉頰不自覺泛紅。

放學時間，顏日汐揹著書包走出校門，發現顏月笙站在一旁對自己招手。

「你不用和朋友一起回家嗎？」他問。

「幹嘛這麼生疏？我們住同一個家，我當然是等你一起回去。」顏月笙笑著，伸手勾住哥哥的肩膀。但顏日汐沒答話，只是默默往公車站前進。

「新班級如何？」顏月笙跟在哥哥身後上車，兩人並肩而坐。

「和以前一樣。」顏日汐平淡回應。結束一天的課，他總算能放鬆心情。與其說新班級和以前一樣，實際上是變本加厲。通常若是和弟弟同班，班上同學多少會看在弟弟的面子，不會刻意鬧他，但一離開弟弟視線，他們又開始拿他當小丑取笑。更何況好巧不巧，高一打傷他的人又跟自己同班了。

回家不久，蘇于晴買了便當回來。

「今天老爸上晚班嗎？」顏月笙問。

「是啊，所以我買了便當回家。你們小弟去補習，家裡就我們三個。」蘇于晴在玄關口脫去高跟鞋，顏日汐上前幫她提便當。

「今天開學還好嗎？」蘇于晴順手搔搔老大的一雙尖耳。

「媽，妳好歹洗過手再摸我。」顏日汐皺眉。

「這麼嫌棄你媽，大不了我幫你洗頭。」她揉揉兒子的尖耳，露出微笑。

「我分到六班，顏日汐在九班。」顏月笙搶先回答。

「這樣啊，你們沒在同一班？」她臉上瞬間浮現憂色。

「沒在同一班也好，不然老是會被人認錯。」顏日汐把便當擺好，倒了杯水給他母親。

他之所以會這麼說，是因為先前曾經有人把弟弟誤認成是他，把拖地的水潑在弟弟的褲子上。這也是他開始減少在學校與弟弟接觸的原因之一。自己的問題，自己解決，不要連累其他人。從小爺爺總是把這句話掛在嘴邊。在狐群的世界，雖然多是大家族，但為了生存與適應現今環境，自古這樣的準則在狐群已相當普遍。

「如果有什麼困擾，隨時跟我說。」蘇于晴微笑看向兩個兒子。

「好。」顏月笙回答，而哥哥只是安靜吃飯。

這時外頭傳來門鈴聲，蘇于晴站起身走向門邊。

「這時間是誰啊？」她帶著疑問打開門，只見顏以帆站在門邊對她招手。

「小晴姊，我來拜訪你們了。」顏以帆揹著大登山包、提著伴手禮，臉上鬍子從下巴沿著臉頰和耳垂相連，活像是從《魯賓遜漂流記》跳出來的主角。

「真不巧，阿傑今天上晚班。」她開門讓對方進來。

「沒關係，我主要是想看看我的姪兒。」

「是帆叔叔！」顏日汐看到滿面鬍子的顏以帆，露出驚喜的表情。

「看起來像是換了個人，叔叔這段時間去哪裡了？」顏月笙則是愣了幾秒才認出人。

「我這次從南美洲旅行回來，帶了紀念品給你們。」顏以帆將登山包放在地上，將裡面的物品一一掏出來，地面已經被他包包內的雜物淹沒。

「來，這些是給你們的紀念品。」他笑著拿出五個不同造型的木製土人雕塑。

「這是什麼雕像嗎？」顏日汐拿起雕刻品，聞了聞，上頭有股濃烈的薰香。

「在馬丘比丘當地印第安人的藝術品，但因為我聽不懂他說什麼，所以不知道是什麼雕刻。」他笑著說。

「你衣服很久沒洗了吧？」蘇于晴捏起鼻子。

「本來最後一天想洗，但旅費已經所剩不多，所以只好把洗衣錢省下來。」顏以帆苦笑。

「我看你連洗澡也省了，看看你的尾巴，毛都打結了。你先去洗澡，我拿阿傑的衣服給你穿。」蘇于晴撿起地上的衣物準備拿去洗。

「那就麻煩嫂嫂了。」他尷尬搔搔頭往浴室走去。

顏以帆洗好澡出來，連鬍子也剃了，恢復乾淨的模樣。

「阿帆，你這一趟去了兩年吧，看你曬得多黑。」蘇于晴替他簡單煮了碗麵放在餐桌上，「怎麼突然丟下工作出國流浪了？」

「這個嘛……」顏以帆搔搔耳朵苦笑。

「我聽阿呆堂哥說，帆叔叔是失戀才遠行的。」顏月笙偷偷爆料。

「咦，對象是誰？」蘇于晴驚嘆。她以前就聽說顏以傑的么弟很多情，一直換女友，沒想到竟然會失戀。

「啊，我知道了，是小珊阿……」顏日汐話還沒講完就被顏以帆摀住嘴。

「小兔崽子，沒事別亂說。」顏以帆慌張掩蓋事實。

「你怎麼向她告白的，有好好談過了嗎？」蘇于晴露出一臉「別隱瞞了」的表情。

「你們也知道她和那個教授分手已經過了五十多年，前陣子我們常常會相約吃飯，我對她很有好感，所以問她要是不介意乾脆跟我結婚，然後就被賞巴掌了。」他說著，把臉埋進膝蓋裡，耳朵下垂。

「連交往也沒提，直接想抵達本壘，當然會被打槍。」蘇于晴嘆了口氣。

「她恐怕還沒忘記那個教授吧。」顏以帆喃喃唸道。

「五十年對狐群來說只不過是很短的時間。你是真的喜歡小珊嗎？」蘇于晴問。

「對，如果不喜歡，我就不會回來了。」

「傻瓜。好好再跟她談話吧。」她拍拍他的背。

當晚顏以帆留在他們家過夜，睡在客廳裡。半夜，顏日汐起床倒水喝，見到叔叔獨自一人坐在客廳看著手機發呆。

「你在做什麼？」他偷偷站在沙發後，窺看手機上的畫面。顏以帆的手機看起來摔了不少次，螢幕左上角有個蜘蛛網狀的裂痕，而螢幕出現了方沛珊的照片。

「小兔崽子，沒事別嚇叔叔。」顏以帆露出做虧心事被抓包的表情。

「沒想到叔叔是認真的。」

「嗯，我旅行到不同國家，都是看著你阿姨的照片，雖然被拒絕，但兩年間還是寄了好幾張明信片給她。真奇怪，以前覺得理所當然相處的人，突然興起一股強烈的慾望想跟對方在一起……這種話跟你提，你大概也不懂。」他望著照片會心一笑。

「你聯絡小珊阿姨了嗎？」顏日汐在他身旁坐下。

「還沒。」他嘆氣，「你呢，現在過得如何？還記得你以前問過我要怎樣才可以成為真正的人類吧。」

「那都是很久以前的事了。」顏日汐嘟囔道，從叔叔手中接過手機翻看照片。

「我到世界各地旅行，也遇到不少同族的人。雖然語言不通，但比手畫腳下也略知對方的意思。在智利，我遇到一個極力想變成人類的狐狸，他有障礙，人形狀態無法穩定，結果親手割除了自己的耳朵和尾巴。幾百年前，我們族裡也曾出現過這樣的人，但是大家避而不談，最後那個人像是神話一般消失無蹤，沒人知道是真是假。而我遇到的那個旅人，卻是切切實實存在的。他外表是變成人了沒錯，但他也被狐群驅趕，所以才在南美洲流浪跟我相遇。」

顏日汐聽了抓著自己的尾巴，表情凝重。

顏以帆摸摸姪子的頭接著說：「得到什麼的同時，勢必也會失去什麼。人生很長，這段期間，你可能會遇到不只一次的困難，需要你謹慎選擇該怎麼應對，畢竟有些選擇一旦做出決定就回不了頭。想改變環境，就要學著改變自己，但不能失去自我。你不能什麼都不變，但也不能什麼都變。我想告訴你的就是這些。」

顏以帆一直以來給人玩世不恭的印象，但這趟旅行讓他成長了不少。

「除了我媽和我媽的家人以外，我不喜歡其他人類，可是卻想變成他們，我是不是很奇怪？」顏日汐望著叔叔問。

「不奇怪，一點也不。你只是需要時間找到自己而已。總有一天，你會遇到願意理解你、接受你的人。」顏以帆拍拍姪子的頭，「記得不管你的選擇是什麼，我們都會永遠愛你。」

他點點頭，放下手機，轉身說：「我回房間睡覺了，晚安。帆叔叔，祝你好運！」

「嗯，我也祝你好運。」顏以帆沒頭沒尾地回應，突然手機收到訊息，發出震動。他低頭一看發現

姪子偷偷對手機動了手腳，傳了簡訊給方沛珊——

「帆叔叔回台灣了，說想見妳」

「我考慮看看」方沛珊只留了這麼一句話。

「我真的想妳」顏以帆打了幾個字傳回去就睡覺了。

ღ ღ ღ

隔天一早，兩兄弟抵達學校。顏日汐瞥見班上那群喜歡嘲弄自己的人，隨即快步繞過校門，從側門溜進去。

「阿汐！」顏月笙對著哥哥的背影呼喚，但對方沒有回應。

那群學生發現來的人是弟弟，摸摸鼻子離開。

「這些人又來了，為什麼老愛做這些無聊的事？」顏月笙瞪了那群人一眼，繼續往前走。

正當他在自言自語時，突然有人從背後輕拍他的肩膀，他轉身一看，一名身材纖瘦的女同學對他彎腰敬禮。

「昨天真的很謝謝你。」女同學的聲音十分細柔，神情緊張地抬起頭，紅著臉快步跑開。

「她是誰？我不記得有見過她，但像陽光一樣的靈魂還真是第一次見到。」顏月笙望著女同學的背影，目不轉睛。

「啊，阿笙，你惹上陰森小魔女了喔。」他朋友從背後走向前，發出竊笑聲。

「什麼陰森小魔女？」顏月笙皺眉問。

「以前十二班的同學都這樣叫她啊，聽說她還會扎草人詛咒討厭的人，以前罵過她的同學幾天後就得了盲腸炎住院呢。」

「聽起來就是無聊的傳言。」顏月笙聽到這樣荒誕的話，不禁苦笑。

「誰曉得是真是假，常有人見到她上課時間匆匆忙忙從女廁衝出來，大家都在猜她是不是在廁所裡作法。」

「有的話早就被打掃廁所的工友發現了吧。」

「也對啦，但她總是一臉陰沉，不是很像鬼片裡的女鬼嗎？」朋友將兩隻手垂在胸前，做出假扮鬼的動作。

「女鬼嗎？我覺得她挺正常的。」

「阿笙，你人真是太善良了。」朋友大笑幾聲。

「所以你認識那女生？我第一次見到她。」顏月笙試圖打探對方的消息。

「那是當然，她是廁所裡的花子小姐。現在跟你哥同班，叫鄒妤芊。」

原來如此，她把我誤認成哥哥了。老哥平常不喜歡和人打交道，怎麼會和她接近呢？顏月笙暗自心想。

此時，顏日汐繞了一大圈總算抵達自己的教室，他不懂這樣的日子還要持續多久。

「為什麼一定要來上學？反正我的壽命比他們長，等個幾十年、一百年這些人入土的時候再來讀書就好了嘛。」他喃喃嘀咕。

這時他瞥見鄒妤芊走進教室，對方看見他突然露出吃驚的表情。顏日汐不明白發生什麼事，只是禮貌點頭示意。

第一堂課正巧是導師的課，導師走進九班教室輕咳一聲暗示全班同學安靜。

「今天必須選出班級幹部，現在先從班長選起。大家開始提名。」導師望向台下，但沒有半個人出聲。

「沒人要提名嗎？那就用抽籤的。」導師說著翻開課本，「21號，誰是21號？」

鄒妤芊坐在位子上，肩膀顫抖，緊張舉起手。導師不禁皺眉，顏日汐見了這狀況也跟著面露吃驚。導師籤運太好，一下子抽到大獎。想也知道不會有人投給鄒妤芊，最後只會讓她丟臉。

導師回神面露苦笑，轉身在黑板上寫下鄒妤芊的名字。

「那我再翻一個，剩下的你們提名兩個人出來。」導師翻開課本，叫了一名男同學的座號。

鄒妤芊一直低頭不敢看向前方。顏日汐偷偷望著她，對她感到同情。

最後在導師的逼迫下，班上同學勉強又提了兩個人的名字。

「好，現在四選一。」導師拍拍黑板，「一人一票，選鄒妤芊的舉手。」

顏日汐單手捧著臉頰，望向四周，如他所料沒有半個人舉手，對他來說誰當班長都無所謂，自己的票更是可有可無，不自覺舉起手幫鄒妤芊投下一票。

「咦？」導師一臉吃驚盯著他看，八成是沒預料會有人舉手。全班同學包括鄒妤芊一齊順著導師的視線看向他。

台下竊竊私語，甚至聽得到笑聲。顏日汐被眾人凝視，臉頰漲紅，不舒服的反嘔感一湧而上，正當他打算衝出教室時，眼前的景象轉移了他的注意力——

一個個同學舉起手，如雨後春筍般，舉手的人漸漸超過半數。

「大家一人一票，知道嗎？」導師面露質疑搔搔頭，但同學並沒有因此放下手。

鄒妤芊望著眼前的景象，從她的表情感覺不到開心，而是困惑和恐懼。顏日汐開始懷疑是不是因為自己草率的舉動而害到對方了，不禁默默把手放下。

「總共24人，過半數。你們是認真的吧？」導師皺眉望向台下，顯然很不放心，畢竟班級事務大都必須透過班長傳遞，如果同學不聽鄒妤芊指示，那麼學校交代的事項將會難以執行。

班上沒人出言表示異議。導師雖然不大願意但還是同意了，並把剩下的幹部一個個選出來。

「班長，中午學務處要集合，記得去啊。」導師嘆了口氣，開始上課。

顏日汐雙手握拳，內心充滿懊悔，要是當時自己沒這麼自以為是，投什麼同情票，也許就不會有人這樣惡整鄒妤芊了。

中午午睡時間，全校各班級班長聚集在學務處外的玄關前集合。鄒妤芊畏畏縮縮蹲在人群之中，四周同學看著她竊竊私語，讓她十分不自在，很想立刻站起身跑去廁所把自己藏起來。

「阿笙，你看，那女的不是『魔女』嗎？」在她身後的同學低聲交談。

「咦，她也來了？」顏月笙看著她會心一笑。

「她當上班長，一定是被整了吧。」

「我過去找她一下。」顏月笙說著，也不顧朋友吃驚的表情，逕自悄悄向鄒妤芊的方向移動，伸手輕拍對方的肩膀。

鄒妤芊嚇了一跳，身體向後傾。

「妳好，又見面了。」顏月笙笑著看她。

「你怎麼會來……你是顏日汐嗎？」鄒妤芊語氣疑惑，明顯已經知道對方不是口中所問的人。

「我不是，我和阿汐是雙胞胎，所以妳早上認錯人了。」

「啊，對不起。」鄒妤芊慌張點頭道歉。

「沒關係，常有人認錯，這已經不是第一次。」顏月笙眼睛跟著笑彎，神情溫和。

「台下安靜，我有事要報告。」學務主任站在前方大喝一聲。

「我可以在這裡一起聽嗎？」顏月笙做出拜託的動作。

「當、當然可以。」鄒妤芊不了解為什麼對方需要得到她的允許，向來大家從不在乎她的想法。

集合結束後，顏月笙對她揮手道別：「下次再聊，啊，對了，我的名字是顏月笙，下次不要認錯喔。」

鄒妤芊很少有人對自己這麼友善，不知所措地揮手回應。

「怎麼覺得兩兄弟名字應該對調……」她喃喃自語，發現四周的人用疑惑的眼神看向自己，嚇得趕緊低下頭。

從她看來，顏日汐和自己一樣，是處在沒有陽光照射的那一角，而顏月笙卻是受到太陽庇護的人，讓人不禁感到欣羨。

放學時間，顏日汐收到弟弟的簡訊，說是幫籃球社充人數打球去了，要他別等自己，回家幫忙跟爸爸說可以少準備一人的晚餐。顏月笙在學校相當受歡迎，各個社團都喜歡找他，這類的簡訊不是第一次收到。

「本來就沒有說非得一起回家。」顏日汐抓抓脖子，往校門外走。今天弟弟沒跟在身旁，最好還是不要搭公車，以免在車上又要被同學嘲弄，索性走路前往比較遠的捷運站。

沿途經過附近的小公園，他還記得這裡，小時候母親第一次願意帶還是毛孩子的他們出門時，就是來這座公園。以他現在的年齡，根本不會有人願意在這樣寒酸的小公園逗留。

他帶著懷念的心情走進公園裡，坐在鞦韆上望著不到一間教室大小的公園，小時候只覺得公園好大，長大後公園卻像是縮水了。

「好懷念，以前是這麼盼望來到外面的世界，現在出來了，卻一點也不期待。」顏日汐握著鞦韆的繩索，低頭嘆了口氣。正當他一人喃喃自語時，突然一隻白色帶斑點的狗衝向他，他來不及反應，整個人向後跌，被狗撲倒在地。

「小斑，不可以！」前方一名女學生跑向他，「啊，是你啊……」

顏日汐單手抱著狗，一手撐起上半身，望向前方發現來的人是鄒妤芊，不禁吃驚眨眨眼。

「抱歉，不曉得為什麼牠會自己衝出去。」鄒妤芊從他手上接過狗抱在胸前。

「牠是妳養的狗嗎？」顏日汐看著叫小斑的狗脖子戴著項圈，猜想應該是鄒妤芊的寵物，但對方卻搖搖頭。

「不是，牠只是流浪狗，總是在這裡徘徊。我幫牠綁上項圈，以防捕狗大隊捉走牠。」鄒妤芊抱著小斑，完全不在乎被狗毛沾髒，「抱歉，我不曉得牠怎麼會突然暴衝。」

顏日汐只能苦笑，因為他太晚才發育成正常的狐狸精，所以他身上有一股狐騷味，人類嗅不到，但狗可以，所以總是誤把他當成同伴。

他搔搔頭問：「為什麼不養在家裡呢？」

「爺爺奶奶不喜歡狗。」

「妳跟爺爺奶奶住？」

「對，我爸媽都在外地工作。」鄒妤芊露出寂寞的神情。

「真好，我也想跟我爺爺奶奶住，他們家在新莊山區，離這裡很遠。」

言下之意，就是住在爺爺家便可以逃離這裡。

「我可以理解你為什麼這麼說。」鄒妤芊抱著小斑，露出辛酸的微笑，「因為我也有一樣的想法。」

「妳喜歡狗嗎？」顏日汐轉移話題。

「喜歡，牠們很容易親近人，而且很友善。你呢，喜歡狗嗎？我看小斑很喜歡你，喜歡狗的人，狗也會喜歡他。」

顏日汐見她笑得天真，內心不禁心跳加快，因臉頰發燙趕緊低下頭，緩緩回答：「我也喜歡狗。小時候沒什麼朋友，所以總是跟流浪狗玩。有一次被我媽看到，她就威脅我說：『如果老是跟流浪狗玩，小心被捕狗大隊捉走』。」

「被捕狗大隊捉走？哈哈，你是人，怎麼會被捉走？你媽媽說話真有趣。」鄒妤芊難得在同學面前發出笑聲。

顏日汐苦笑，因為實際情況是他小時候以狐狸的姿態和狗玩耍，所以母親才這麼告誡自己。他搔搔頭，抬頭一看，發現小斑和鄒妤芊一樣，左眼的地方都有一大塊斑。

「真可愛。」他不自覺笑出聲。

「你、你在笑什麼？」鄒妤芊茫然看著他。

顏日汐發現自己不小心把心裡的話說出口，急忙解釋：「我是說小斑跟妳一樣，剛好臉上……」

他說到一半停了下來，因為聽起來像拐彎罵對方是狗，擔心惹她生氣，趕忙說：「對不起，我沒有惡意。」

鄒妤芊面帶微笑：「牠看起來就跟我一樣，對吧？可是牠看起來就可愛多了。真好，如果我不是人類，是不是美醜就不會被人放大檢視。要是我能變成狗，那該有多好。」

「為什麼要變成狗？妳保持人類的模樣不是挺好的。」顏日汐反駁，但不敢說自己原本那句話是想稱讚鄒妤芊可愛。

「沒關係，我自己知道。大家怎麼說我，我也聽了很多。」鄒妤芊收起笑容，低頭摸摸小斑的頭，「我也知道你沒有惡意，我聽了很高興。」

顏日汐望著她輕聲嘆氣。

「對了，我今天中午在班長集合時遇到你哥。」鄒妤芊抬起頭說。

「我哥？」

「顏月笙是你哥吧。你們長得好像，但又好像是不同人。」

「本來就是不同人，他跟我完全相反吧。而且其實我才是哥哥。」顏日汐尷尬傻笑。

「我還以為你是弟弟。」鄒妤芊面露尷尬。

「大家常認錯，畢竟大家習慣認為比較活潑外向的才是哥哥，不過聽我媽說，小時候我才是活潑的那一方。」

「你們長得真的好像，我早上還認錯人，真是丟臉。」鄒妤芊把臉靠在小斑的脖子上。

「長得很像，但個性不同。」顏日汐發出苦悶的笑聲。

「我很好奇，為什麼你會被排擠，你明明沒有什麼缺點，又有一個受歡迎的弟弟，你們是雙胞胎，照理來說你們的處境不該有這麼大的差異。」

「理由很複雜，我也不是一開始就被大家討厭。」顏日汐搔搔頭苦笑。

「等你哪一天想說了再告訴我吧。」鄒妤芊笑著回答。

「比起我，我更不懂為什麼妳會被欺負。早上選班長時，要不是我多事，妳就不會被惡整選成班長了。對不起。」他鄭重道歉。

「那不是你的錯，其實看到你舉手的時候我很高興，雖然知道是同情票。而且如果我回家告訴爺爺奶奶，他們會很高興吧。」鄒妤芊故作輕鬆聳了聳肩。

然而顏日汐沒有忘記當天下午上課前，鄒妤芊站在台上報告學務處交代的事項時，台下同學的差勁態度，幾個態度特別頑劣的同學竟然當眾噓她。好在擔任副班長的女同學上台協助，她才能好好完成工作。那時候她眼角泛紅的表情，依舊殘留在顏日汐的腦海裡揮之不去。

「妳為什麼不生氣？如果是我，一定早就發脾氣。」

「我不在意，如果生氣也換不來什麼好處，要是我天生不是長這樣，或許他們都會願意把我當朋友，在平行世界裡，我想我過得很好，這樣想心情就會好一點。」鄒妤芊摸摸小斑的頭，小斑親暱地舔著她的臉頰。

「沒想到原來妳這麼樂觀。」

「我沒有樂觀，我只是想好好生活，儘量讓自己開心點。」鄒妤芊對著他露出開朗的笑容。

看在顏日汐眼裡，那笑容好寂寞。

顏日汐回到家，父親已經站在廚房前煮飯，母親則在一旁幫忙洗菜。

「我回來了。」顏日汐走向廚房。

「喔，我已經炒好一盤菜，你們餓的話先吃吧。」顏以傑轉頭望向兒子，「你弟弟沒跟你回來啊？」

「他朋友找他打球，叫我先回來跟你們說不用準備他的晚餐。」

「今天你小弟晚自習，就我們三人一起吃囉。」蘇于晴輕拍兒子的頭，一雙大耳馬上彈出，「媽就喜歡你這副模樣，真不愧是我可愛的兒子。」

「我已經是高中生了耶。」顏日汐耳朵微微晃動，一臉難為情。

「小晴，別逗他了。留一點男性自尊給他吧。」顏以傑笑著，用尾巴搔搔妻子的手臂。

「老狐狸已經玩膩了，玩玩我家小狐狸不行嗎？」蘇于晴不滿地噘嘴，拍拍兒子的頭說：「你也該出去走走，別老是窩在家裡，會錯過很多有趣的事。」

像什麼，被人霸凌嗎？顏日汐想著，臉上浮現苦澀的表情。

「我想成為獨當一面的人，不需要和太多不必要的人接觸。」顏日汐回答，不敢明言自己害怕和人來往。

「獨當一面不代表孤獨一人。狐群也是靠著和許多人接觸，才能適應這個社會。」顏以傑動作敏捷將熱騰騰的炒飯倒入碗盤後，轉身看向兒子。

「為什麼不能像千年前的狐群隱居在山裡就好，或是像爺爺奶奶一樣？」

「因為現在時代不同了，人類數量太龐大，我們不可能不依靠人類而活，事實上你祖父母也相同，他們在不同時期也有自己的人類朋友。小瓜、小花、阿呆，他們在人類世界裡也各自有自己的生活。你有一天也會找到屬於自己的同伴，不要這麼早放棄。」

「對呀，你小學一二年級時，也有很多朋友。以後也會有的。」蘇于晴跟著鼓勵。

「那都是過去的事了，現在已經不可能。我不是普通的狐狸精，我有殘缺！像我這樣，怎麼可能在人類世界找到自己的圈子？」顏日汐忍不住反駁。

蘇于晴和顏以傑聽了，面露擔憂望著他。

「阿汐，沒有這回事，你……」蘇于晴靠向前握住兒子的手。

「我、我先回房間。」顏日汐撥開母親的手，跑回房間躲起來。

他關上門，躺在床上抱著自己的尾巴。

不小心說過頭了。必須跟老爸老媽道歉……他在心裡喃喃自語，但卻不知道該怎麼開口，只是把自己悶在被窩裡，蜷曲著身體，光滑的皮膚長出褐棕色的毛，變成一隻毛茸茸的狐狸暗自流淚。

「要是我能變成狗，那該有多好。」

為什麼鄒妤芊能輕易說出這種話？身為人不是件很幸福的事嗎？至少不必像我一樣遮遮掩掩……

「在智利，我遇到一個極力想變成人類的狐狸，他有障礙，人形狀態無法穩定，結果親手割除了自己的耳朵和尾巴。」他叔叔說過的話，最近一直不停在腦海中倒帶播放。

顏日汐討厭身為狐狸，可是變成狐狸的時候，卻讓他感到安心。他伸出毛茸茸的狐狸腳掌，伸縮爪子喃喃自語：「為什麼一樣是雙胞胎，我卻無法像弟弟那樣呢？」

顏以傑把裝盤好的炒飯放在桌上。夫妻倆從剛才兒子衝進房間後便沉默不語。

「妳很擔心嗎？」顏以傑說著，蘇于晴從背後抱住他。

「當然擔心。他小時候，本來是那麼活潑的孩子，可是他現在過得不快樂。我們可以為他做什麼？」蘇于晴把頭埋在他的背後。

「不管是人類或是狐狸的孩子，都有可能遇到一樣的問題。在過去，也是有無法融入人類世界的狐狸，最後只能自生自滅。」

「什麼自生自滅？」她狠狠拉扯丈夫的尾巴。

「小晴，別拉了，很痛。我說的是以前，但現在時代不同了。」顏以傑轉身捏捏妻子的臉頰，「日汐是我期待已久的孩子，我父親還特地為他取名，三個孩子都是我的寶貝，我不會放棄他們任何一個。再給他一點時間吧，如果他真的到了需要幫助的時候，那時我們再插手。現在這麼做，恐怕只會傷了他的自尊心。」

「好吧，就聽你的。」蘇于晴抱住顏以傑，讓對方摸摸自己的頭安撫。

ღ ღ ღ

期中考前一週的午休時間，各班班長再次集合聽候主任宣布事項。

「集合結束，大家可以回班上了。」主任宣布集會結束。

鄒妤芊捧著資料轉身準備回教室，突然背後被人用力一撞，跌了一跤，手中的資料撒了一地。正當她彎腰想去撿時，身後的人往前走腳直接踩在紙面上，紙張不只印上了腳印，還出現皺褶。

「活該。」撞倒她的同學發出嘲弄的笑聲後離開。

「啊，怎麼辦？」鄒妤芊趕緊把紙張撿起。損壞的紙張有五張，就算自己拿了一張，還是有四張髒掉了。

突然有人在前方蹲下，拿出一小疊紙放在她面前。

「這個妳拿去，剛好五張。」顏月笙對她露出微笑，伸出另一隻手，「髒掉的就給我吧。」

「阿笙。」顏月笙的朋友站在一旁，雖然沒明說，但臉上明顯寫著「幹嘛理她」的表情。

「我不能拿。」鄒妤芊慌張站起身。

「妳拿去吧。我和妳交換，我跟同學說是我不小心弄髒的就不會有事。」

「沒關係，我也會跟班上解釋。」鄒妤芊明白對方是好意，但不自覺賭氣說道。因為從顏月笙的話聽來，彷彿在說因為自己很受歡迎，大家會諒解他。即便知道顏月笙並沒有惡意，但鄒妤芊討厭被同情。

「但如果妳這麼說會被同學罵吧。沒關係，我不會有事。」顏月笙硬是拿走鄒妤芊手中髒掉的紙，把自己的塞進對方手中，燦爛一笑轉身離開。

「顏、顏月笙！」鄒妤芊在他背後大喊。

「感謝我的話，改天請我喝飲料吧。」顏月笙轉頭對她露出微笑。

「完全不懂他在想什麼。」她鬆了一口氣往教室走去。

下午上課前鄒妤芊抱著資料站在台上，低頭宣布事項：「我現在把資料發下去，請回去給家長簽名後交給我，最慢下星期一交。」

台下幾名無聊的同學對她發出噓聲，但她卻面無表情，不做任何回應。

「嗚哇，鄒妤芊碰過了。」坐在前排的男同學從她手中接過資料，刻意露出作噁的表情。

為什麼有些人徒長身高，腦袋卻不會一起進化呢？顏日汐看了男同學的反應，在心中喃喃自語。坐在前排的人直接用扔的把資料丟給顏日汐。他摸摸鼻子，彎腰撿起滑落的資料，上頭用粗體字寫著：流感疫苗接種同意書。

「怎麼又有這種麻煩事？」顏日汐皺眉。

在他還是小學生時，有一次在學校接種疫苗，結果全身過敏，回家後身上的獸毛從皮膚竄出，整個人變得像原始人一樣毛茸茸的，在家休息一週過敏症狀才退去。

「這次疫苗果然還是別打得好。」他說著，把紙摺好塞進書包裡。

放學時間，顏日汐走出教室，突然有人從後方攬住他的脖子。他吃驚轉過頭一看，發現是顏月笙才鬆了一口氣。

「原來是你，嚇我一跳。」

「哥也收到疫苗同意書了嗎？」顏月笙問。

「收到了。我會叫媽幫我填不同意。你要打嗎？」

「當然，我沒有過敏，既然有免費疫苗就打囉。雖然我不太喜歡打針。」顏月笙聳肩。

此時鄒妤芊從教室走出來，瞥見兩人，慌張點頭道別。顏日汐發覺鄒妤芊的眼神一度飄到弟弟身上，忍不住問：「你們互相認識了？」

「對，之前她誤認我是你，後來又因為同樣是班長，所以交談過幾次。她很漂亮，對吧？」顏月笙笑嘻嘻地反問。

「嗯。」他望著鄒妤芊的背影，小聲回應。

即使被人欺負，鄒妤芊的靈魂依舊清澈明亮。身為狐狸精，可以看見萬物的靈魂，但唯獨自己的看不見。

在他人眼裡，我的靈魂看起來是什麼模樣？顏日汐默想。

兩兄弟回家後，將通知書交給母親。

「接種疫苗通知？」蘇于晴接過兩兄弟的同意書，喃喃自語，「阿笙，你的同意書怎麼皺巴巴的，有人對你惡作劇嗎？」

「沒有，塞進書包裡時，不小心壓到。」他吐舌撒了個小謊。

「那腳印呢？」蘇于晴皺眉問，但顏月笙只是聳肩沒回答。

「好吧，簽好了。」她習慣性在老二的同意書上寫上同意，而在老大的寫上不參與。

「老媽，我也收到了。」老么顏宥昕走出房間拿出一樣的同意書，瞥見大哥不用打疫苗嘟著嘴說：「真好，我也不想打針。」

他話剛說完馬上被二哥拍了腦袋。相較之下，顏日汐什麼也沒說，自己回房間。

「老哥。」顏月笙進房間關心，只見顏日汐坐在書桌前，拿出一面小鏡子在看自己的狐狸耳朵。他正摸著耳朵，思考叔叔說過關於智利旅人的故事。

顏月笙搔搔頭，一對耳朵跟著彈出。他把頭湊到一旁，拉拉自己的耳朵，笑著說：「你看看，我們是一樣的。臉也是同個模子。」

「是嗎？和你比，我像哭臉、你像笑臉。」

「才沒這種事，我們是雙胞胎啊。」顏月笙伸手捏著對方的臉頰。

顏宥昕衝進房間從背後抱住兩人，大叫：「哥，對不起。」

顏日汐受到撞擊，差點額頭撞上書桌，不禁皺眉問：「為什麼小宥要道歉？」

「我、那個……就是想說嘛！」顏宥昕把頭埋進兩個哥哥背後，不停磨蹭，但卻不好意思承認自己剛才的無心之過。

「好了啦，我知道了。」顏日汐大聲求饒，弟弟才放過他。

「哥是不是有什麼煩惱？有的話，可以跟我們說。」顏宥昕拍拍他的肩膀。

「煩惱？沒有啊。」他故作平靜。

「真的沒有？」

顏日汐沉默了半晌：「稱不上是煩惱，應該說是困惑。」

「什麼困惑？」顏月笙坐在床上望著他問。

「你們有沒有想過，如果自己是正常人類，或是普通狐狸，那該有多好。」他回想叔叔對他說過的話，把耳朵切掉、把尾巴割掉，捨棄自己原來的面貌。這種事，他做得來嗎？

「老哥這麼想嗎？」顏宥昕問。

「有時候。」

「但是身為狐狸精，兩種兼具不是挺好的？」顏宥昕抓著自己的尾巴，梳理脫落的毛。

「可是這樣感覺自己好像不倫不類，既不是人，也不是狐狸。」

顏月笙和顏宥昕的反應不同，深吸了一口氣問：「我們沒辦法選擇成為哪一方，但如果可以選擇，你希望成為哪一邊？人類，還是狐狸？」

顏日汐聽了低下頭沉默。他沒想過這個問題，如果做出選擇，是否可能得像叔叔說的那個流浪者一樣，被狐群驅逐。

「你無法回答，對吧？」顏月笙又問，「無法回答，表示你沒辦法捨棄現在的生活，不管是人類或

是狐狸你都無法放棄，所以煩惱這些事沒有用。」

「是你問我，我才思考這個問題。」顏日汐皺眉。

「好像真是這樣。」顏月笙大笑幾聲，「老哥一定會成為傑出的狐狸精，因為我們是雙胞胎啊。」

「你只是想拐彎稱讚自己吧。」顏日汐笑著拉拉弟弟的耳朵。

「最近班上同學也有人問到你們，大概是他們的姊姊或哥哥跟你們同校。你們在學校很出名嗎？」顏宥昕抓了抓頭，眼神游移。

「出名？」顏日汐苦笑。要是說出名也沒有錯，在學校裡有個受歡迎的雙胞胎弟弟，而自己則相反，最多只能說被霸凌出名。

「畢竟小宥的學校就在我們高中附近，我們又是那裡的畢業生。你同學說了什麼嗎？」顏月笙一臉好奇問道。

「嗯？只是問我是不是有對雙胞胎哥哥，就這樣而已。」顏宥昕笑了笑，把袖子往下拉，遮住左手臂上的紗布。

隔天一早，鄒妤芊向班上同學回收流感疫苗同意書。

「麻煩大家把同意書交給我。」鄒妤芊站在台上指示。

顏日汐打開書包拿出同意書，表情猶豫。

「喔，顏日汐怕打針，又要媽咪幫你取消疫苗接種了？」坐在前座的男同學搶走他的同意書仔細一看，「咦，你這次要打？真無趣。」

男同學說著，把同意書扔到地上。

顏日汐心虛撿起同意書，走到鄒妤芊面前，將同意書交給她。

「謝謝。」鄒妤芊看著他微笑，但他一臉緊張，完全沒做出半點回應。

鄒妤芊低頭看了一眼顏日汐的同意書，發現上面「不同意」的位置被立可白塗過，而改在同意的地方打勾。

「你……」她正想問話時，顏日汐已經轉身往座位方向走去。

原本不同意改成同意不會有事嗎？鄒妤芊看著顏日汐心想。

下午放學時間，因為下雨而天空昏暗，雨自中午起到現在一直沒停歇。

「真討厭，下雨鞋子都會濕掉。」

「就是啊，車子開過去，馬上水就濺上來了。」幾名女同學揹著書包，拿起晾在外頭的傘，一邊聊天一邊往樓梯口走去。

鄒妤芊走到走廊上，拿起自己的傘，下樓前往一樓玄關。

玄關外大雨滂沱，地面積了兩公分高的水，水滴降至地面，濺起小水花。鄒妤芊望著雨景嘆氣，打開傘往外走時，雨水卻穿過傘面打濕了她的頭髮，她趕忙撤回玄關。一旁經過的男同學們對她大笑，她知道他們又對她惡作劇了，望向傘面，發現傘頂被人用美工刀戳了三個大洞。

顏日汐走到一旁正打算開傘時，發現她愣在原地不動，眼眶泛紅，頭髮被雨水沾濕。他目光移動到對方手中的傘，發現紅底白點的傘面破了大洞，隨即明白發生了什麼事，輕咳一聲：「如果妳不介意，可以跟我一起撐傘。」

鄒妤芊聽了抬起頭，望向他。顏日汐摸摸脖子，一臉害臊：「我本來想說把傘借妳，去找我弟跟他

一起撐，妳就不會尷尬了。但突然想起他今天要練球，所以就、就請妳忍耐一下。」

「我真的可以跟你一起撐傘嗎？」鄒妤芊驚訝眨了眨眼睛。

「妳不討厭的話……」

「不會，完全不討厭。」

顏日汐見她猛力搖頭的模樣，忍不住笑出聲，拿出自己的傘撐開來一看，卻發現傘面也出現了洞，一樣被人割破了。

「啊！」他發現自己的傘也遭遇窘境不由得苦笑，「我現在是不是看起來有點遜？」

本來是想耍帥的，現在好丟臉。顏日汐心想。

「不會，完全不會。」鄒妤芊望著同樣破了洞的傘輕聲一笑，「不過現在該怎麼辦？」

「嗯……該怎麼辦才好呢？」顏日汐看著傘面的破洞，又看向鄒妤芊的傘，「這樣好了，用兩傘共乘。」

「兩傘共乘是什麼意思？」

「就像這樣。」顏日汐高舉自己的傘覆蓋在鄒妤芊的傘上，兩支傘重疊，「這樣子就可以減少被雨淋濕的機會了。」

鄒妤芊露出微笑靠向他，一齊撐傘走出校門外。兩人並肩而行，雙肩之間只相隔不到一公分，時近時遠。幾滴雨水穿過兩層傘面落在他們肩上，冰涼的雨滴讓他們忍不住聳肩，肩膀不小心撞在一起。

「你手臂不會痠吧？」鄒妤芊抬起頭問，瞥見顏日汐左肩膀濕了一半，趕緊把自己的傘往左邊傾，結果雨水自傘頂落下，淋濕兩人的瀏海。

他們忍不住相視而笑。突然雨勢加大，兩人加快腳步躲進一旁的騎樓下。

「結果我們都變成落湯雞了。」顏日汐笑著說。

鄒妤芊撥開濕漉漉的瀏海，突然又哭又笑。顏日汐見她哭了，趕緊拿出被雨沾濕一半的面紙遞給她。

鄒妤芊停止哭泣道：「這隻傘是我國中朋友送我的禮物。我從小朋友不多，這把傘對我來說很重要，本來想哭的，但是聽到你說兩傘共乘，覺得好笑，突然又哭不出來。」

「原來是這麼重要的傘。我也是從小沒什麼朋友。每次以為升學、換環境就可以重新來過，可是不管到哪裡都有認識我的人，最後還是被人疏遠。」

「我和你一樣，就只有那個國中朋友願意親近我，不怕因為我被排擠。可惜到了高中，我們讀了不同學校。」

「妳朋友人真好。我也希望能夠有這樣的朋友。」

「她雖然和我一樣，長相不怎樣，可是對人很友善。你讓我想起我的朋友。為什麼你會被人排擠，我現在還是覺得很不可思議。」鄒妤芊望著他的臉說。

「我沒妳想得那麼好。原因很複雜，以後有機會再告訴妳。」顏日汐傻笑，抓了抓頭。

「是這樣嗎？難道不是你把自己看扁了。我覺得如果能和你做朋友一定很好。」

「謝謝妳的安慰。」

「我不是在同情你。」鄒妤芊搖頭看著屋簷落下的雨滴，沉默了幾秒，「如果你願意，我們可以做朋友嗎？」

「嗯？」顏日汐露出一臉呆愣，望向她。

「我、我只是隨口問問，如果你不想也沒關係。」鄒妤芊急忙揮了揮手。

顏日汐見她慌張的模樣笑出聲：「好啊，我也想當妳的朋友。」

晚上顏日汐坐在書桌前看書，另一旁小弟顏宥昕趴在桌上睡著了，手中還握著鉛筆。窗外雨聲不斷，斗大的雨珠落在窗台的遮雨棚，發出清脆聲響。

「朋友……」顏日汐想起鄒妤芊的笑容，不禁傻笑。

「我回來了，雨好大喔。」顏月笙走進房門，瀏海因雨水沾濕緊貼在額頭上，白色制服也吸水，呈現半透明。

「你沒帶傘嗎？」顏日汐轉身問。

「忘在教室沒拿。」

「你要是感冒，媽肯定會生氣。」

「剛才已經被臭罵一頓。」顏月笙苦笑。

「忘在教室回去拿不就好了？」顏日汐打開身後的衣櫃，拿出換洗衣物給弟弟。

「因為教室已經被鎖起來了呀。」顏月笙接過衣服，轉身離開，突然又停了一秒，回頭問：「哥，你和鄒妤芊很熟嗎？」

「說過幾次話，怎麼了？」他臉紅面露心虛。

「我放學時間看到你和她一起撐傘，所以好奇問問。」顏月笙露出微笑，看著脖子漸漸漲紅的哥哥，「我也好希望可以和她做朋友。」

顏日汐抓抓臉頰，目送弟弟離開。

# 第七章、交換身分

週末清晨，顏日汐還沒睡醒，叔叔顏以帆就跑進他家叫醒他，硬將他推進紅色小轎車內。

「帆叔叔，你叫我出來幹嘛？」顏日汐搔搔一對大耳，耳朵瞬間消失藏在髮間。

「沒辦法，她把你當談判條件。」顏以帆面露焦躁。

「她？」

顏以帆緊握著方向盤，神情緊張：「當然是小珊。上次多虧你傳的簡訊，她說可以見面，但她想看她的姪子，指名要我帶你去。」

「我去不就只是當電燈泡？」顏日汐無奈地搔頭。

「你也這麼覺得吧。你小時候她最寵你，帶你去到底想幹嘛？」顏以帆轉頭看他，臉上露出醋意。畢竟狐群對交往對象的年齡不甚在意，使顏以帆不得不擔心方沛珊看上姪子。

「好好看前面開車！別多想，我看小珊阿姨只是想整你。」

「如果只是這樣就好了。」顏以帆喃喃自語。

顏日汐第一次看見叔叔這麼認真的模樣，或許這次是真心想追方沛珊。

車子停在一間咖啡廳前，顏日汐不禁皺眉。只見方沛珊身穿牛仔褲和白色雪紡衫坐在露天座上，外貌依舊和以前一樣年輕美麗，只不過換了個長直髮。

她起身的同時，顏以帆慌張衝出轎車外替她打開副駕駛座的車門，但對方卻自己打開後座的門，坐在顏日汐身旁。顏日汐頓時感覺到叔叔羨慕又忌妒的眼神。

「阿汐，這個給你當早餐。」方沛珊打開手中的餐盒，裡面放了甜甜圈。

「那我的呢？」顏以帆透過後照鏡望向她。

方沛珊拿起一個甜甜圈，靠向駕駛座硬是塞進對方嘴裡。

「今天要去哪裡？」顏以帆不過得到了一個甜甜圈，已經露出一臉滿足。

「去墓園。」方沛珊把地址交給對方後，倚著椅背望向窗外，表情瞬間被憂鬱覆蓋。

顏日汐從小認識她開始，一直認為對方是個無法輕易理解的人，內心藏著許多祕密。

顏以帆從後照鏡瞥了她一眼，不再多話，默默打開音響，從中傳出民謠風格的英文老歌。

方沛珊隨著音樂輕輕哼歌，顏以帆聽了嘴角露出止不住的笑意。顏日汐看著兩人，忍不住想像他們若真的交往會是什麼情景，一瞬間覺得浪子性格的叔叔和很有個性的遠房阿姨會是很棒的配對。

「臭小子，你笑什麼？」方沛珊望向顏日汐，伸手呵他癢。

車駛達新北市郊區，沿途可以看到很多座位處山地的墳墓。顏日汐不理解他們為什麼要來墓園。

「到了。」顏以帆把車停好，三人下車。

雜草沿著一旁的石造階梯蔓生，遠處依稀可以聽到寺廟悠揚肅穆的鐘聲。

「我們要探望誰？」顏日汐跟在方沛珊背後問。

「等一下你就知道了。」方沛珊頭也不回繼續往前走，而走在最後的顏以帆卻難得很安靜。這裡的墓園是以梯田型態一層層建造，安置骨灰和墓碑。

方沛珊沿著階梯向上爬，抵達第五層並往右方走，最後停留在一處墓碑前。顏日汐轉頭看向後方，只見顏以帆默默蹲在石階上等候。他還不清楚為什麼叔叔不跟來。

「他是誰？」顏日汐望著墓碑問。從墓碑上的日期來看，過世沒幾年。

「某個我很恨的人類。」方沛珊嘆了口氣，「也是我曾經最愛的人。」

顏日汐一臉茫然睜大眼。她拍拍姪子的頭，又輕聲一嘆。他從沒見過阿姨這麼無精打采。

「喜歡和討厭是一體兩面，嚴格來說是同本質的東西。這是他曾經教我的。以你現在的年紀大概不懂，但這麼多年我總算懂了。」她說著，眼淚無聲從眼角滑落。顏日汐驚呆了，不曉得該怎麼辦。

「我見了他最後一面，他只對我說『對不起』，痛了五十多年，只得到對不起。」方沛珊伸手抹了抹眼角，「我曾經為了讓他接受我，試圖割下自己的耳朵，但最後還是做不到。」

從她的話讓顏日汐想起對方右耳上的一道缺口。小時候就曾聽說他這阿姨出名討厭人類，而原因就是情傷，然而她卻曾經為了人類想捨棄狐狸的身分和自尊。

如果小珊阿姨、或是我割下了耳朵和尾巴，最後我們會怎樣？會被孤立並逐出狐群嗎？顏日汐暗自思考，不禁開口問：「小珊阿姨，妳現在還討厭人類嗎？」

「或許我從來不曾討厭過人類吧。」方沛珊搖頭擦乾眼淚，伸手觸摸墓碑，「我決定不再想你了，我的六百年會交給其他人接收。謝謝你，再見。」

方沛珊牽著顏日汐的手走向顏以帆。

「要走了嗎？」顏以帆問。

「揹我。」她臉頰微紅，別過頭說。

他聽了面露狐疑，懷疑自己聽錯了。

「揹我！追求人家，連揹個人也做不來嗎？」她嘛嘴，右腳用力一跺。

顏以帆沒料到對方會願意讓他揹，慌張跪下，將她揹起。在狐群裡，比起擁抱，揹負帶有更重大的意義——承擔與託付。

方沛珊把臉埋在顏以帆背後，默默流淚。他什麼也沒問，只是揹著她穩穩走下山，這一揹，十年後就讓他把女方揹回家當新娘了，而顏日汐成了他們的座上賓。

ᘓ ᘓ ᘓ

下午上課時間，保健室前方擠滿排隊等候施打疫苗的學生，大家你看我、我看你，雖然有些緊張，但能在課餘時間離開教室透氣，情緒很激昂。

「九班，排成一直線。打完疫苗後馬上回教室自習。」保健室老師站在隊伍前頭整隊。學生們排好隊，前後交頭接耳。

「好可怕，我好久沒打針了。」

「是打手臂，還是屁股？」

「當然是手臂，都幾歲了，誰還打屁股？」

在場協助的老師大聲叮嚀安靜，大家才乖乖閉嘴。

顏日汐站在隊伍之間，心中忐忑不安。鄒妤芊排在前頭，和他相隔兩個人，轉身瞥見他表情緊張，不由得注意。

前方幾個學生一一打完疫苗，敷著酒精棉花和同伴邊說邊笑走回教室。

「排隊的同學，請配合把袖子捲高一點，節省時間。」保健室老師替隊伍前方的學生打完疫苗，拍拍學生的手，同時向後頭叮嚀。

「顏日汐，你該不會是怕了吧。臉都白了。趕快叫媽咪救你回家啊。」站在顏日汐前方的同學轉頭看他，其餘打完疫苗的人一邊按著手臂，故意做出手痛的表情嘲笑他。

顏日汐不理會他們，但內心卻很緊張，捲起袖子手忍不住握緊衣襬，前方只剩三個人。他心想若這時候趕緊承認竄改同意書，究竟來不來得及？但如果這麼做了，肯定會被嘲笑。

「六班排好隊，等九班打完疫苗就換你們了。」老師領著六班的學生從走廊經過。

糟了，六班不是阿笙的班級嗎？顏日汐嚇了一跳，趕緊把頭擺向牆面，把臉遮住。

顏月笙經過一旁，和同學有說有笑。他見到鄒妤芊，露出微笑走到隊伍最後方，沒注意到哥哥也排在隊伍裡。

鄒妤芊打完針站在保健室旁的玄關，默默關注著顏日汐。她想起收到顏日汐的同意書時，上面明顯有修改的痕跡，但當時她卻沒有問。畢竟有誰會沒事竄改疫苗的同意書，尤其是把不同意改成同意。她當下沒有表示疑惑，但現在見對方表情不安，不由得懷疑當初沒有問清楚是不是做錯了。

「同學，該你了。」保健室老師確認過顏日汐的學號後，幫他的手臂綁上橡膠繩，拿起酒精棉花把手臂擦乾淨。

顏日汐感覺酒精從皮膚上蒸發，傳來涼意。他臉色刷白，緊盯著粗大的針頭，針頭穿過皮肉刺了進去，緊張使他忘記疼痛。不到幾秒，針頭內的疫苗已經進入他體內，沿著血管四散。

他按住酒精棉花，全身顫抖，從手臂開始發麻、發燙，並漸漸擴散至全身。他知道這感覺代表什麼，不禁慌張往前跑，趕緊逃離現場。

「顏日汐！」鄒妤芊見他臉頰發紅，快步狂奔，放心不下跟上前去。

但她沒想過對方竟然速度這麼快，一溜煙就不見人影了。她站在走廊喘氣，記得上次體育課測一百公尺跑步時，顏日汐明明跑不快，為什麼這次可以跑得像飛一樣？

如果想要躲避人群，會選擇什麼地方？鄒妤芊按著胸口，捫心自問，深吸了一口氣緩步走到走廊盡頭。這裡她也來過好幾回，只不過這次她走進的是男生廁所。

「日汐？」鄒妤芊確認沒人使用，悄悄走到隔間前方。廁所裡只有兩間隔間，而她敢肯定顏日汐就躲在其中一間。

她不確定這麼做對不對。她蹲下側頭窺看，瞬間看見什麼毛茸茸的東西刷過地面，吃了一驚差點跌坐在地上。

「是妤芊嗎？」顏日汐回應，聲音略帶鼻音。

「對，是我。你是不是偷改了同意書？」

顏日汐沉默許久開口：「嗯，我偷偷更改過了。」

「你為什麼要這麼做？」

「雖然我從小對疫苗過敏，但我還是改了。因為全班都打，只有我沒打一定又會被嘲笑，結果現在大過敏，只是更丟臉。」他停頓幾秒，深呼吸問：「妳也覺得我很笨吧。」

「不會，我可以理解你的心情。如果是我也會煩惱，雖然我沒勇氣更改同意書。最重要的是，你是我的朋友，我不會嘲笑你。」

顏日汐聽了對方的話，笑出聲：「妳身為女孩子竟然跑進男廁裡。」

「我學你啊，上次你不是也跑進女廁找我。」

「我和妳不一樣，那次只是碰巧。」

「就因為是碰巧遇到，而你還願意進來跟我說話。那時候我真的很開心。原本以為自己要躲到放學了，當時根本不知道該怎麼辦才好。」鄒好芊向前一步，想更仔細聽對方的聲音。

「我小時候闖了個大禍，害我爸媽替我操心，後來又因為那件事我弟還和同學打架，結果事情鬧得很大。要是當時我沉住氣，隨便讓他們笑笑、不計較，說不定就不會有事。」

「或許和你說的相同，我們只是表達的方式不對，如果換個態度面對嘲笑，說不定我們的處境就會不一樣。但是我認為不開心忍下來是不對的，雖然這句話由我說很沒說服力。」鄒好芊嘆了口氣。

顏日汐知道她在想傘被破壞的事。那支傘對她來說真的很重要。

「我想妳說的對，只是要做不討好的事總是很困難，無法預料別人的反應。」

「我從小被人欺負也不敢反抗，也許我們都需要多一點勇氣。開學那時，你也不知道來女廁找我說話，我會有什麼反應吧。但因為有你可以跟我說話，我現在已經沒這麼討厭上學了。」鄒好芊語氣中流露出愉快的笑意。

顏日汐偷偷打開門縫窺看，不到三秒又趕緊關上。鄒好芊盯著門縫愣了幾秒。

「我也是。好久沒有同學和我好好說話。我也很喜、喜歡和妳聊天。」

「因為我們是朋友，對吧？」鄒好芊發出開朗的笑聲。

顏日汐聽著她的聲音，臉頰又更燙了。

ვ　ვ　ვ

秋末早晨氣溫微涼，鄒好芊一如往常低著頭快步走進校內。每次上學從校門走進教室的這段路，是

她走最快的時候。因為這段路上，總是有一些人喜歡嘲笑她，或是捉弄她當作消遣。

正當她想快步衝上樓時，突然有人從背後拉住她的書包揹帶，在那瞬間她想起幾次被惡整的經歷，警覺心亮紅燈，猛然轉身抱住自己的書包，只見顏月笙高舉雙手做出投降的動作。

「對不起，我嚇到妳了嗎？」顏月笙面露吃驚。

「沒事，我只是誤以為你是其他人。」鄒妤芊鬆開手中緊抱的書包，收起驚恐的表情。

顏月笙放下手，明白自己剛才魯莽的動作嚇到她了。

「我和我朋友都是這麼玩，所以不曉得會害妳嚇一跳。」他笑得尷尬。

「也許你們很習慣這樣開玩笑，但我的經驗是被拉書包都沒好下場。」鄒妤芊語氣略帶怒意，但又再次低下頭，因為四周的人正對他們投以好奇的眼光。

「妳怕我嗎？」顏月笙不經意脫口而出，「妳應該沒把我想成跟那些欺負妳的人一樣吧？」

「沒有。」鄒妤芊搖搖頭。

「那太好了，我還以為妳不喜歡和我聊天。」顏月笙拍胸，鬆了口氣。

「並沒有喜歡不喜歡，只是剛才我嚇了一跳。」鄒妤芊低頭，眼睛斜著向上瞥，露出膽怯的模樣，「今天你哥還是在家休息嗎？」

「妳說阿汐嗎？他的過敏好多了，只是還沒完全退去。大概後天就能上學。」

鄒妤芊聽見好消息，嘴角愉快揚起。

顏月笙微笑，輕嘆了口氣問：「如果可以的話，放學能和妳一起聊聊天嗎？上次說好要請我喝飲料，還記得吧。」

「啊，抱歉，我完全忘了這回事。」她慌張睜大眼。

「沒關係，畢竟我們不同班，不常見到面，忘記也是理所當然。」顏月笙聳肩，露出不以為意的表情，「那放學後校門口見，ＯＫ嗎？」

鄒妤芊因為自己忘記約定，只好茫然點頭，看著顏月笙對她揮手離開。

放學時間，鄒妤芊依約來到校門口等候顏月笙，每當有人經過，她便趕緊低下頭假裝看錶。她暗自希望對方趕快出現，她不習慣站在這麼顯眼的地方，這使她沒有安全感。

「沒想到妳真的來了。」

聽見說話聲，鄒妤芊抬起頭望向對方。

「嗯？還是我不該來？」鄒妤芊對他的話感到困惑。

「沒這回事。我只是以為妳不會出現。」顏月笙露出燦爛的微笑。從他的笑容看得出兩兄弟性格完全相異，因為哥哥的笑容總是明顯略帶羞怯。

「但是已經約好了。」鄒妤芊低頭回應。

「妳還真老實。」顏月笙笑出聲。

鄒妤芊一瞬間不曉得該回答什麼。

這時幾個男學生走向兩人，伸手推了一下鄒妤芊的肩膀，她沒站穩撞進顏月笙的懷裡，對方趕忙扶住她的肩膀。

「小魔女跟殭屍男絕配喔。」幾個男生大聲吹口哨。他們把顏月笙誤認成顏日汐，哈哈大笑後離去。

鄒妤芊靠在顏月笙的懷裡，聞到對方身上的氣味，臉一下子刷紅。

「啊，對不起、對不起。」她意識到現狀，推開顏月笙的肩膀，向後退了一步，不停對他彎腰道歉。

「沒關係，是他們不對。」顏月笙嘴角上揚，「我們到別的地方聊聊吧。」

鄒妤芊盯著自己腳邊點頭回應。

顏月笙走在前方，領著她到學校附近熱鬧的書店街。

「妳喜歡哪一家的飲料，我請妳。」顏月笙轉身看她。

「不是我請你嗎？」鄒妤芊面露困惑。

「我上次也沒幫上什麼忙，說要妳請飲料也只是說好玩的，所以讓我請吧。妳想喝哪家店的飲料？」

「都、都可以啊。我沒來過這裡，也不清楚有什麼飲料店。」鄒妤芊看著四周來往的人群面露緊張。她不習慣待在人多的地方。

「妳第一次來這裡？」顏月笙見她一臉陌生，不禁問。對方只是點頭，露出做錯事的表情。

「沒關係，那我帶妳去我喜歡的店。」顏月笙握住她的手往街尾走去。

鄒妤芊任由對方拉著走，手臂拉長，不敢和他靠太近。

他們來到盡頭一間小咖啡店，店裡擺滿書，每個座位在書架的遮蔽下，十分隱密。他們走到角落的位置坐下。

「來這裡妳就不會緊張了吧。我也常和我哥到這裡喝飲料，只有這家店他才願意來。」

「我想也是。」

顏月笙笑著看她，發現提到哥哥時，鄒妤芊一雙大眼發亮，金黃色的靈魂也跟著閃爍。

「妳跟我哥很熟嗎？」顏月笙笑瞇著雙眼問。

鄒妤芊愣了幾秒，正想開口時服務生拿了菜單過來，放在他們面前等著點餐。

「請問要點什麼？」

「一杯仙草奶茶和一個原味甜甜圈。」顏月笙連菜單也沒看就點了。

鄒妤芊眼見服務生在等自己回答，慌張翻閱菜單，想到是對方請客不禁猶豫該怎麼點才不失禮。

「請、請問最便宜的是哪個？」鄒妤芊傻愣愣問道。

「最便宜的？」服務生露出疑惑的表情。

「她跟我一樣。」顏月笙代替回答，看向鄒妤芊，「妳不介意吧。」

鄒妤芊只是點頭。服務生離開後，她才鬆了口氣。

「妳很少在外面用餐嗎？」

「通常都是跟我爺爺奶奶一起吃飯，很少在外面吃。」鄒妤芊面露羞赧。

「我爸是廚師，所以其實我家也不常吃外食。」顏月笙望著鄒妤芊抓抓脖子問，「剛才妳還沒回答我的問題就被服務生打斷了，我可以再問妳嗎？妳跟我哥很熟？」

「應該可以這麼說，因為他是我在這裡交到的第一個朋友。」

「我想妳也是我哥的第一個朋友。」顏月笙凝視著她微笑。

「可能是因為我們的處境有點像吧。」

「是因為狀況像，所以才成為朋友嗎？」

「嗯？當然還有很多原因，突然這麼問，我也不知道該怎麼回答。」鄒妤芊眼神左右飄移，露出一臉不好意思的表情。

顏月笙看對方表情困窘，忍不住笑出聲：「所以說，並不是因為你們在學校被欺負而變成朋友，那麼我也可以成為妳的朋友嗎？」

鄒妤芊輕晃頭，露出懷疑自己幻聽的表情。

「我是問，我們也可以成為朋友吧。」顏月笙把手肘靠在桌上，撐著臉頰看她。

「為什麼？」鄒妤芊愣了幾秒只吐出這句話。

「蛤？我哥要求和妳做朋友時，難道有說原因？」顏月笙第一次被拒絕，不禁瞪大眼，面露吃驚。

她搖頭，紅著臉說：「當時是我提議的。」

顏月笙聽到她的回答，向後靠在椅背上，傻笑了幾聲：「我還以為是我哥主動問妳的，沒想到竟然是妳，完全在我意料之外。」

「很奇怪嗎？」

「不奇怪，但很有趣。」顏月笙望著她沉默幾秒，「那妳有告訴阿汐為什麼想成為他的朋友嗎？」

「沒有。」

「那正好，我也沒有。」顏月笙得意一笑，「今天起，我們就是朋友了。」

顏月笙回到家時，顏日汐正站在廚房幫忙父親準備晚餐，他的過敏已經幾乎痊癒，恢復人形的狀態。

「你看起來好多了，明天能去學校嗎？」顏月笙問。

「嗯，雖然很不想去。」顏日汐喃喃自語。

「不過妤芊似乎很期待你趕快回學校。」

「妤芊？」顏日汐聽到關鍵字抬頭看向弟弟。

「我今天放學跟她聊了一下。」顏月笙伸手偷吃了一塊剛煎好的煎餃。

「阿笙，手洗過了沒啊？」一旁顏以傑舉起鍋鏟質問，只見對方聳肩一笑，顯然答案是否。

「好芊是誰？是女孩吧。」蘇于晴從餐廳走過來，挑眉望著兩個兒子。

「只是朋友啦。幹嘛這樣看我。」顏日汐苦笑低頭認真清洗廚具。

「交到朋友了，不是挺好嗎？」顏以傑笑著望向妻子，卻見對方嘟起嘴一副擔心兒子被人搶走的模樣。

「老爸，晚餐煮好了沒？」顏宥昕頭探出房間外問。

「不來幫忙，只知道吃。快出來擺碗筷。」顏以傑端著熱騰騰的菜上桌，一邊命令。

顏月笙見爸媽和小弟在餐廳準備就坐，悄悄靠在哥哥耳邊低語：「老哥，你明天要回學校了吧。我有個特別的想法，想跟你討論。」

顏日汐聽完弟弟的提議，睜大眼猛搖頭：「不行啦，會被發現。」

「才不會，你都一個禮拜沒去上學了，不會有問題。」顏月笙拍拍他的肩，要他放輕鬆。

「為什麼你想這麼做？」

「好玩而已。就這樣決定囉。」顏月笙笑著，幫忙把烤箱裡的魚端至桌上。

顏日汐呆望著弟弟。他向來不善於拒絕，只好順著弟弟的意，然而卻不懂對方的意圖為何。

ꞵ ꞵ ꞵ

上學時間，雙胞胎並肩走進校門內，一前一後匆忙往廁所跑去。

「喂！阿笙。」弟弟的朋友朝他們揮手，但他們沒回應，身影隱沒在廁所內。

「阿笙？」朋友走到廁所門口呼喚。

「喔，等一下。」顏月笙回覆，廁所傳來沖水聲，他這才從隔間裡出來洗手。

「一大早吃壞肚子嗎？」朋友笑著問。

「蛤，對呀，大、大概昨天吃壞東西了。」顏月笙說著轉頭瞄了一眼廁所隔間。

「你要等你哥嗎？」

「阿笙，你先走吧，我等等自己回教室。」顏日汐搶先回答。

「走吧。」朋友笑著，勾住顏月笙的肩膀，往教室走去。

顏日汐聽外頭沒聲音了，悄悄打開門走出廁所外。

「嗚哇，顏日汐上廁所不洗手的喔，噁心死了。」一名男同學經過廁所見到他，和一旁的朋友嘲弄道。

「對，你要摸摸看嗎？」顏日汐不甘示弱，舉起雙手往前跨步。男同學嚇得快步跑掉，朋友見狀不禁大笑。

顏日汐見自己計謀得逞，忍不住露出笑意。

「日汐，你回來上課了。」

顏日汐聽見背後傳來鄒妤芊的聲音，急忙轉身，但卻只是盯著她微笑。

「怎麼了，我的頭髮睡亂了嗎？」鄒妤芊慌張摸著頭髮，但他只是笑著搖頭。

「昨天你弟說你要等到明天才能回學校，我沒想到你這麼快就回來了。」鄒妤芊腳步輕快走到他身旁，兩人一齊前往教室。

「我復原的狀況比想像中來得快，所以提前回來了，不好嗎？」他一派輕鬆地聳肩。

「康復怎麼會不好。」

「啊，當我沒問吧。」顏日汐撇嘴一笑。

「昨天你弟請我喝飲料，我們有稍微聊了一下天。」

「是喔，你們聊了什麼？」

「我沒說太多話，大部分都是他在說。」

「我弟就是話很多，妳別見怪。」顏日汐抓抓頭髮，一臉尷尬。

「話多也沒什麼不好，像我話少，都不知道該怎麼回應他。」

「那和我聊天的時候呢？」他問道，眼神充滿好奇。

「普通。」

「普通是什麼意思？」

鄒妤芊快步往前，轉身甜甜一笑：「可以自在講話的意思。」

兩人走進教室前，鄒妤芊拉住他的衣角低聲說：「我勸你等一下先檢查過抽屜和椅子再坐下。」

「什麼意思？」顏日汐困惑皺眉。

這次鄒妤芊沒有回答，直接走進教室裡坐在自己的座位上，但仍偷偷關注對方。

顏日汐環顧四周也沒多想，走向自己的座位，發現椅子上被人澆過水，看來是想害他不注意坐下時，弄濕褲子。

他露出一副早就料到的表情，把椅子傾斜，將水往地上倒，馬上濕了一地。他把椅子擦乾後坐下，突然有東西落在褲子上，低頭一看，抽屜裡被塞滿了垃圾，其中有些還是吃一半的早餐和便當，不曉得放了幾日，傳來陣陣惡臭。

「是誰弄的？」顏日汐拍桌站起身，幾個同學望向他大笑。

「是我弄的。」

「還有我。」兩名男同學大言不慚地轉頭看向他回應。

「你們不要太過分了。」顏日汐不甘示弱罵了回去。

「不然你想怎樣？」那兩人站起身雙手抱胸，挑眉看他。

顏日汐撞倒自己的椅子，往兩人大步走去。其他同學見到他這樣的反應，互看了幾眼。

「顏日汐！老師來了。」鄒妤芊急忙開口喊道。

他聽了才回過神，瞪向兩人，深呼吸冷靜後走回自己的座位，一邊咒罵一邊把抽屜裡的垃圾挖出來扔進垃圾桶裡。

「今天顏日汐怎麼跟平常不太一樣？」剛才那兩個鬧事的人低聲交談。

鄒妤芊轉頭看向一臉狼狽的顏日汐，小聲嘆氣。

下課時間，顏月笙坐在座位上，望著窗外發呆。幾名同學突然走到他的座位旁，圍成一圈。顏月笙見狀，趕緊趴在桌上假裝睡覺。

「顏月笙，裝什麼睡。」其中一名男同學輕拍他的肩膀。顏月笙嚇了一跳，把椅子撞倒。

「怎麼了，昨天看A書看到忘記睡覺喔。黑眼圈好重。」男同學握拳伸向他的肩膀，他習慣性蹲下閃避。

「哈哈，你在搞笑嗎？」幾個人大笑。

「啊？」顏月笙驚慌站起身，對方用拳頭輕敲他的肩膀，不痛不癢。

「你那是什麼吃驚的表情？」

「沒、沒有啊，我很正常。」顏月笙抓抓臉頰，露出不自然的微笑。

「對了，張家銘問你今天放學會不會去打球。」

「張家銘？」顏月笙滿頭問號。

「就是問你要不要幫籃球隊下場比賽啊。上禮拜你不是也去打了？籃球隊隊長特別邀你，你不去？」

顏月笙除本身就擅長運動外，利用狐狸的特性，運動神經更加如虎添翼。

「喔，對。」他趕緊點頭，「可惜我放學後有事，大概無法。」

「有什麼事？他們這次好不容易打進八強，你不去幫忙找誰幫啊。」

「可是……」顏月笙一臉為難。

「沒人比你跑得快，有什麼好猶豫的？張家銘知道你要去助陣，一定會很高興。」

「對啊，他還說進五強要請客耶，你就去嘛。我們幫你回了喔。」

幾個人擅自替他做決定傳訊息給籃球隊隊長。顏月笙看著他們飛快打字，臉上露出不安。

下午下課時間，顏日汐傳了一封訊息給弟弟——

「你那裡還順利嗎？我這裡沒人發現」

「別說了，放學趕快過來，他們要我去打球，我幾百年沒打籃球了」

「不是說好一天嗎？只不過是籃球，你ＯＫ啦」

「別開玩笑了，是比賽耶！」

「啊，我不小心忘記有比……」顏日汐訊息打到一半，突然一名男同學走向他，用力拍了他的桌子。

「你早上的時候很嗆嘛！」

「蛤？」顏日汐站起身瞪著對方，「什麼很嗆？我根本不認識你。」

「還裝蒜！你把我當白痴喔。」

顏日汐盯著對方的臉，想起是早上在廁所前遇到的人。那人不曉得哪裡吃錯藥，竟然又上門找碴。

「不就只是小玩笑，幹嘛這麼認真。」顏日汐聳肩，擺出一副滿不在乎的模樣。

「顏日汐是腦子燒壞了嗎？竟然敢反駁。」幾個同學在旁竊竊私語。

「嘖，我看你才是欠打想挨揍。」

「也要看你敢不敢打。」顏日汐撇嘴笑，知道對方是因為他出糗，所以來算帳。

他話一出口，對方真的揮拳打向他的臉頰。顏日汐嘴裡嚐到一口腥甜的血味，站直身怒瞪對方。

「你們在做什麼？」導師出現在教室前門，而鄒妤芊則站在導師身後。

打人的學生被導師的聲音嚇到，猛然轉身衝出後門。

「班長，帶顏日汐去保健室。」導師撂下話，趕緊跑去抓人。

顏日汐跟在鄒妤芊身後，兩人一齊前往保健室，路上鄒妤芊腳步很快，什麼話也沒說。

她難道在生氣？顏日汐心想。

「老師，有同學受傷了。」鄒妤芊走進保健室報告。

保健室老師看到顏日汐嘴角流血皺眉搖了搖頭：「吃飽沒事怎麼不多看點書，只知道打架。」

「是對方來找碴。」顏日汐喃喃自語。

「好了，快坐下。」保健室老師嘆氣，拿出碘酒準備幫他擦藥。

這時，保健室大門被人打開，一名老師站在門口說：「周老師，一年級有學生骨折了，麻煩妳到操場幫忙。」

保健室老師放下鑷子，走出保健室前對著鄒妤芊交代：「同學，妳幫他消毒擦藥就可以回去了。」鄒妤芊面露困窘，在顏日汐面前坐下，接手拿起鑷子。顏日汐望著她輕柔地扶著自己的臉頰，用鑷子前端的棉花將傷口輕輕擦拭。

「嘶——好痛。」他故意發出哀號。

「會痛的話，你不會現在才喊痛。」鄒妤芊瞇細眼睛瞧著他看，夾了新的棉花幫他擦藥。

「為什麼妳今天好像心情很不好，我回來妳不高興？」顏日汐握住她的手問。

「顏月笙，假扮成你哥，這樣很好玩嗎？」鄒妤芊微嘟起嘴，撥開對方的手。

「啊，被妳發現了。」他苦笑。

「我從早上就覺得你怪怪的，自從看你跟班上那群人對嗆，我就確定你不是日汐。他才不會像你那樣衝動。」

「我還以為是雙胞胎就不會被發現。」

「更明顯的是，日汐眼窩下總是有黑眼圈，你沒有。就算是雙胞胎也無法完全一模一樣。」

「妳很認真注意過他的臉嘛。」顏月笙挑眉看她。

「不一樣就是不一樣，跟有沒有認真看過無關。」鄒妤芊垂下頭，難為情地撥了撥瀏海。

「ＯＫ繃，可以幫我貼吧。我自己看不到傷口。」顏月笙拿起桌上的ＯＫ繃對她微笑。

鄒妤芊嘆了口氣接過ＯＫ繃，細心幫他把傷口貼起來：「為什麼你會想扮成日汐？」

「妳說過我哥和妳的遭遇很像，對吧。所以我也想經歷看看，了解你們的處境。」顏月笙擺出一如往常得意的笑容。鄒妤芊看著他搖頭，確信雙胞胎真的是完全不同的個體。

「光是一天、一個禮拜，甚至一個月，你都不可能澈底了解，畢竟最後你還是得把現在假扮的身分還給日汐，根本不必對今天做的事負責任。」鄒妤芊以責備的目光看著他。

顏月笙頓時收起笑容，突然明白鄒妤芊說的道理。

「所以剛才妳才去找班導，對吧？但妳想過不反擊只會一直循環嗎？他們知道我哥不敢發怒，所以才會一直找他麻煩。我想幫我哥，但他總是不願意讓我幫忙。」

「反擊不也一樣？事情沒有你想得那麼簡單。想要改變一個人的想法很難，更何況是一群人？我們只想平靜過日，要是有方法，我也很想幫他啊。」

「為什麼？」顏月笙好奇問道。

鄒妤芊眼神開始游移，因直覺脫口而出的話，教她一時無法回答。

「不然這樣好了，我幫妳讓我哥不再被人欺負，讓他翻盤。」

「這有可能嗎？」鄒妤芊眨眨眼睛，目光中帶著期待。

「我也想過要幫助他，但總是失敗，不過剛才妳說的話讓我有了新的點子。」顏月笙得意一笑。

「什麼好點子？」鄒妤芊面露不安。

「反擊以外的點子，妳不用擔心。放學後跟我走就對了。」他一臉神祕，使鄒妤芊感到更加困惑。

放學時間，假扮成弟弟的顏日汐站在體育館外，他本來想在鐘聲響起時迅速逃離教室，但卻被籃球隊的同學逮到，幾乎是被人拖著走。

「我說了，我真的沒辦法。」顏日汐苦苦哀求。

「老哥，少開玩笑了，你是救火隊的ACE耶。」兩名男同學攬著他的肩，把他推進體育館。那些和他動作親暱的人，至少有一半曾經嘲笑過他，現在卻和他稱兄道弟，害他很不自在。

場上已經有兩支隊伍開打，其中一隊是他們學校的，另一隊是附近高中的隊伍。

「你先換好運動衫在板凳區等著，等等換你上場。」一名籃球隊隊員將隊服扔到他手中。

顏日汐只能摸摸鼻子走去更衣室脫下弟弟的制服，他腦中迴盪著昨天弟弟的提議——

「你試試看和我交換身分一天，如何？你想想，有一天可以安心在學校生活不是挺好的？」

「我怎麼傻傻答應了？」顏日汐喃喃自語。

「你們是雙胞胎，照理來說你們的處境不該有這麼大的差異。」鄒妤芊曾經這麼對他說過，也許這就是動搖他下決定的主因。他也想過過看許久沒經歷的正常學校生活。

「阿笙，快點，要輪到你上場了。」更衣室外傳來呼喚聲。

「知道了。」他回應，趕緊換上隊服走出更衣室。

「阿笙，快，換你上去。」一名隊員滿身大汗朝他走來，高舉右手。

顏日汐下意識閃躲，舉雙手護住頭，而對方只是輕拍他的肩膀。

「交給你了。」那人對他投以微笑。

幾名隊員見他上場，發出歡呼。他從沒見過弟弟打球，沒看過他們的相處模式，遇到這樣熱情的歡聲而不是噓聲，不由得感到既生疏又驚奇。

上場兩分鐘，他先觀察出隊友中誰是負責投籃得分的，誰又是負責阻攔敵隊搶球，當隊友傳球給他時，他運用自身狐狸的優勢，快速運球，傳給隊友。

他盤算，比起自己投籃，還是交給經常在練球的人比較安全。以他的計畫加上本身的優勢，兩節比賽下來，沒人發現他只是臨時被抓下來的門外漢。

「顏月笙，加油！」他聽見熟悉的聲音，往二樓看台望去，只見弟弟對他微笑揮手，而鄒妤芊竟然也跟在一旁，一臉緊張地靠在圍欄邊觀看。

為什麼他們也來了？顏日汐納悶，但他沒有時間思考，一顆球已經又傳到他手中。

「阿笙，不要傳球，直接射籃！」隊友對他大叫。

顏日汐望著前方的籃框，緊握手中的球。一旁記分板剩不到五秒，他沒有時間猶豫。

顏月笙站在看台上悄悄靠在鄒妤芊耳邊說：「妳快幫他加油，他就可以灌籃成功。」

鄒妤芊慌張之下結巴大喊：「日汐，加油！」

顏日汐聽了咬緊牙關，飛快運球往前一跳，手中的球投射而出，在空中劃出一道完美的圓弧，穿過籃框，空心進籃。

哨音響起，比賽結束。

他們以一分險勝他校。當裁判宣布他們學校順利晉級，每個隊友衝向他，大聲歡呼擊掌，並用力拍打他的手心，他從他們身上閃爍的靈魂感受到喜悅正在共鳴。

「阿笙，你真是太帥了，那麼遠的距離還可以空心球灌籃。」

「太好了，就知道找你是對的。你應該直接加入校隊。」隊友一一對他給予讚許。

「沒有，我沒幫上什麼忙，大部分的時間都在傳球而已。」顏日汐摸摸頭，一臉害臊。

「要不是你速度那麼快，不然球早就被敵隊搶走了。」

「是啊，那麼謙虛太不像你了。」幾個人對著他拍肩大笑。

顏日汐心道：我就真的不是顏月笙啊。

正當他心想如果自己的身分曝光後，大家會有什麼反應時，真正的顏月笙笑嘻嘻走到人群中，開口說道：「那是當然，因為幫你們打進五強的是顏日汐啊。」

「什麼意思？」一群人面露狐疑，看著站在顏日汐身旁的顏月笙，頓時說不出話。

「別開玩笑了，你的制服明明寫著顏日汐。」其中一名隊員指著他的衣服。

「制服交換不就得了，一大早我和我哥就對調衣服啦。」顏月笙大笑。

「蛤？所以打從早上開始，在六班的是雙胞胎哥哥顏日汐，在九班的是弟弟顏月笙？」顏月笙的朋友面露吃驚，仔細觀察兩人，當他們站在一起，才發覺從早到現在跟自己相處的一直都不是真正的顏月笙，而是被自己嘲弄過的顏日汐。

「這是真的？」另一名友人望向顏日汐。顏日汐點頭回應，並面露尷尬。

「我說了，幫你們得分的是我哥啊。」顏月笙露出引以為傲的表情。

「不是說好不要拆穿嗎？」顏日汐在旁低著頭，喃喃抱怨。

「所以你們今天該感謝的對象是我哥，是顏日汐。」顏月笙不理會哥哥的抱怨，繼續說。

在場的隊員，尤其是經常欺負顏日汐的幾個人面露苦澀。平常自己惡言以對，甚至惡作劇的對象，竟然幫了他們取得勝利，對他欠下人情，一時之間不曉得該作何反應。

「顏日汐，沒想到你這麼會打球，今天多虧有你助陣，謝謝你。以後常來幫忙吧。」隊長率先道謝。

「我真的沒幫上多少忙。」顏日汐尷尬揮手。

「沒有，我們隊上因為學長升上三年級，減少了不少主力，沒你幫忙哪能這麼順利。不知道你運動神經這麼好，以前老是欺負你，對不起。」

幾個個性老實點的開口道歉。顏日汐聽了頗不習慣，那些以嘲笑他為樂的人，竟然會跟自己道歉，

不禁以為在做夢。

「日汐，今天謝啦。」籃球隊散場後，隊員們不忘向他揮手道別。

顏日汐雖然還是和往常一樣，露出畏縮不自在的表情，但嘴角卻不經意上揚，揮手回應。

鄒妤芊站在顏月笙身旁靜靜觀看，隨著顏日汐的表情牽引露出笑意，但隨即輕嘆了口氣。

「現在只是完成一半，如果真的想讓我哥脫離被人霸凌的處境，還需要更多時間和努力。」顏月笙轉頭看向鄒妤芊，低聲說：「不過這樣，你們的距離就會愈來愈遠了唷。」

「我只是想幫他，讓他可以回到過去正常的生活，就像他在開學那天幫我一樣。」

「我雖然不像你們處在弱勢，但關於一個班級裡的平衡多少還是懂的。我想妳就算沒想通，之後也會明白我說的意思。這留給妳自己思考吧。」顏月笙聳肩一笑。

ღ ღ ღ

晚上六點半，大部分的學生已經回家，四周昏暗，只有三年級晚自習的教室亮著燈，校園內沒剩多少人。而此時一對夫妻正墊起腳尖站在校門圍牆邊窺看。

「小晴，妳一定要這樣鬼鬼祟祟的嗎？」顏以傑搔頭問。

「我不過是關心兒子的交友狀況。都這時間了，這兩隻也沒打電話通知晚回家，打電話也不接。」

蘇于晴蹙眉仔細看著走出校門的幾名學生，確認是不是自家小孩。

「為什麼在這時候我深切感覺我們真的是夫妻。」顏以傑看著妻子偷窺的行為，不禁竊笑。

「誰像你一樣不懷好意，我只是擔心兒子，再怎麼說可是懷了一年多。我總要確定是被怎樣的女孩拐走。」蘇于晴最終還是脫口說出真正的原因。

顏以傑沒聽見妻子最後說了什麼，他的注意力被對街的爭執聲轉移。對街他們家老么顏宥昕和三名穿著邋遢的學生站在一起。

「我說過了，我現在要去補習，沒時間跟你們耗。」顏宥昕語帶煩躁。

「很了不起嘛。你不是很聰明？還需要補習喔。」其中一人拉住他的書包。

「不然你們想怎樣嘛。」他瞪向三人，硬把書包搶下。

「去找你哥來啊，你不是說你大哥很厲害？」幾個人說著笑成一團。

「你們笑什麼？」顏宥昕不示弱，反問。

「我聽我哥說，你大哥在學校只有被挨打的份，連反抗也不敢，就是隻軟腳蝦。」

「你哥超孬的。每天像縮頭烏龜，縮著脖子上學。」同學一邊說一邊模仿，逗得其他兩人哈哈大笑。

「你哥是孬種，你是孬種的弟弟。」三個人不停口出惡言。

「哪家的死孩子，竟然欺負我家小孩。」蘇于晴發現兒子被欺負目中帶火，準備衝往對街。

「小晴，別過去，現在插手事情只會更糟。」顏以傑拉住妻子，要她先靜觀其變。

「你們說什麼！有種再說一次。」顏宥昕握拳大罵，準備要揍人。

「不行！」

一道聲音隨著疾步聲壓了過來，而顏宥昕的拳頭已經飛了出去，一拳打中前方的人。

「哥？」顏宥昕驚呼，只見哥哥顏日汐被拳頭擊中臉頰，跌坐在地。

「好痛……」顏日汐皺眉，臉頰腫了起來。

「你們竟敢欺負我弟！」顏月笙站在小弟身旁，雙臂交叉瞪向那三人，「跟你們先說清楚，我是顏月笙，也是你們學長，你們學校現任籃球隊隊長和柔道社社長都是我朋友，敢再招惹我弟試試看。」

那三人聽了互看一眼，見顏宥昕三人勢力和他們打平，摸摸鼻子一臉狼狽地離開。

「日汐，你沒事吧？」鄒妤芊從對街小跑步過馬路，隨後跟上。

「我沒事，不過臉可能會腫個幾天。」顏日汐苦笑。

「等我，我去買冰敷的東西過來。」鄒妤芊急忙往附近的便利商店跑去。

「為什麼我被打的時候，就沒有這種服務。」顏月笙喃喃抱怨。

「小宥，你沒有受傷吧？」顏日汐站起身拍去身上的塵土，關心弟弟的狀況。

顏宥昕面朝下搖了搖頭。比起因為失手打中哥哥而愧疚，他更多的情緒是憤怒。

「你為什麼阻止我？」顏宥昕不理解，抬頭看向哥哥，「你知道他們怎麼叫你嗎？」

「知道，都是些難聽的字眼。」顏日汐輕聲嘆氣。

「那你怎麼不會反擊？」顏宥昕問，眼眶微紅，「你是我哥，我不喜歡別人這麼說你，但你卻像他們說的一樣。」

「要是反擊了，會有更多麻煩，爸媽就得到學校幫我擦屁股。」

「那為什麼那些人打人就沒事？這不公平。」

顏日汐聽著注意到弟弟手臂上出現一道疤，那道疤才剛結痂，看來是最近被弄傷的。他想起先前弟弟提起自己是不是在學校很出名，八成和霸凌脫不了關係。

他看著弟弟，沒辦法回答。和老二顏月笙相比，自己顯得很沒用，明明是大哥，可是卻無法保護弟弟。

「好了，小宥，我們先回家。」顏月笙勾著弟弟的肩，側頭瞥了一眼顏日汐，示意他晚一點回家，讓弟弟冷靜。

「你還好吧？」鄒妤芊拿著一支冰棒，輕輕敷在顏日汐的臉頰上。

「好冰！」顏日汐回過神叫出聲。

「你們雙胞胎也真是的，一個被打左臉、一個被打右臉。」鄒妤芊面露無奈。

「謝謝妳。」顏日汐從她手中接過冰棒，兩人的手短暫碰觸。

鄒妤芊臉頰泛紅，低下頭撥撥瀏海掩飾。

「妳什麼時候發現阿笙假扮成我？我聽見妳在籃球比賽時喊了我的名字。」顏日汐問。

「我早上遇到他就發現了，你們雖然是雙胞胎，可是個性完全不同。」

「不過阿笙的朋友都沒發現。」顏日汐苦笑。

「經過了一天，你喜歡像他那樣的生活嗎？」鄒妤芊忍不住問。

「我不習慣他那樣熱鬧的生活方式，但比起每天擔心抽屜裡被塞了什麼，還是擔心哪個眼神不小心讓人不爽，當然是他那樣的生活比較輕鬆。」顏日汐緩緩吐了一口氣，「我真遜，我弟幫我出氣，但我卻很窩囊。說不想惹事是一回事，但實際上我的確沒膽和他們起衝突。我小弟小時候，總是喜歡跟在我後面跑，把我當成他最自豪的哥哥，現在恐怕早就不這麼想了。」

顏日汐搔搔頭，笑得落寞。

「但他還是很愛你，所以才會為你生氣。雖然我不確定你是不是做了最好的決定，然而你這麼做才真的保護他了。要是你弟弟打傷人，留下紀錄，對他不會有好處，以後他懂了會反過來感激你。你不怕自己挨打，挺身衝向前，沒有人跑得比你更快，就連月笙也是。在我看來，你已經夠勇敢了，甚至比月

笙勇敢。」鄒妤芊對他露出微笑。

「妳真的認為我這麼做稱得上勇敢嗎？」

「月笙不用擔心被人霸凌，但你和他不一樣，你必須承擔風險。」

「被妳這麼一說，我開始感到害怕了。」他尷尬地苦笑。

鄒妤芊搖頭笑著說：「不會有事，因為我感覺得出來你變得不一樣了。」

顏日汐盯著她發呆，他看見鄒妤芊金黃色的靈魂一瞬間閃爍著像是彩虹的光芒。

「真漂亮。」他不自覺脫口而出。

「嗯？」鄒妤芊呆望著他，面露疑惑。

「啊，天晚了，我送妳回家吧。」他回神抓抓頭掩飾羞赧。

顏日汐回家後，一家其他四人已經坐在餐桌前等他。桌上擺著便當，難得家裡晚餐吃外食。

「今天爸沒煮飯嗎？」顏日汐問。

「每天煮也是會煩的，上班就不知道煮了多少回。」顏以傑笑得不自然。

「是啊，看你爸多辛苦，讓他放假一次也沒什麼不好。」蘇于晴附和。

顏日汐發現爸媽身上一身汗，像是剛參加馬拉松回來，但也沒多問便拉開椅子坐下，根本沒察覺到他們剛才默默關注自己被霸凌後，急著跑回家掩飾這件事。

一旁顏宥昕面無表情吃著飯，露出一副拒絕說話的模樣。

今天小宥不是要去補習？顏日汐心想，望向爸媽，猜想他們恐怕多少知道發生了什麼事，所以沒特別問。但他發現母親蘇于晴看他的表情有些不一樣。

吩咐。

「你們雙胞胎吃飽趕快洗澡擦藥，兩人臉上左右各腫一塊，要是被認為是家暴就麻煩了。」顏以傑吩咐。

「聽不懂妳到底在說什麼。」顏日汐喃喃自語，打開便當開始吃。

顏以傑輕咳一聲，用手肘打向妻子的手臂，要她少說幾句。

「沒什麼。」蘇于晴搖搖頭，嘴角藏不住笑意，「知道你有朋友，媽很高興而已。」

「媽，妳有什麼話想說嗎？」顏日汐挑眉望著母親。

顏日汐洗好澡走出浴室，看見父親拿著醫藥箱坐在客廳轉頭看他。

「媽呢？」顏日汐擦著頭髮問。

「她去洗衣服，爸幫你擦藥不行嗎？」顏以傑斜眼看他，眼神略帶不滿。

「沒有，只是媽比較溫柔，老爸就……」

「你和人打架，我沒教訓你就不錯了。還嫌老爸不溫柔。」

顏以傑拍拍沙發旁的空位，要他坐下。他聽話乖乖坐好。

「你的臉頰都腫了，看來對方打得很用力。他應該很憤怒吧。」顏以傑先幫他消毒，雖然動作比不上妻子輕柔，但也是足夠細心了。

「如果是我也會很生氣。」顏日汐苦笑，打的人就是他的親弟弟。雖然顏宥昕本來要打的對象不是自己，但換個角度想，如果今天不是他讓人取笑，弟弟也不會憤怒出拳。

「你從小就是哥哥，習慣要做人榜樣，或許是因為這樣，你把自己藏起來了。我明白在你這年紀，有些事不好跟我們說，但如果真的遇到自己無法解決的困難，還是要告訴我們，我們是你的靠山，知道

了嗎？」顏以傑摸摸兒子的頭。

顏日汐隔天走進學校，幾個人見到他便壓低聲音交頭接耳，八成是聽說了昨天他和弟弟身分對調的事。幾名籃球隊的人見到他，尷尬一笑轉身走開。原本霸凌的對象，突然對自己有恩，遇上不免氣氛詭異。顏日汐瞥了他們一眼，省去一次被嘲弄的可能，而且難得不是因為弟弟跟在身旁才避開挑釁，腳步不由得輕快許多。

「早安。」鄒妤芊見到他，對他揮了揮手，「你弟呢？」

「他和朋友先離開了。」

「昨天回家沒事吧？」

「我小弟還是不肯跟我說話。」他嘆了口氣。

「也許他只是不知道該怎麼跟你開口。我沒有兄弟姊妹，像你家有這麼多兄弟，我很羨慕。」

「好可惜，我想妳應該會是個不錯的姊姊。」

鄒妤芊聽了對他微笑：「看到昨天你們保護弟弟，我忍不住想像要是我有哥哥應該很不錯。」

「像阿笙嗎？我國小的時候，他也常幫我出頭。」

「他也挺好的，但我不喜歡用威脅的方式保護。有像你這樣的哥哥就很不錯了。」

「我可沒妳想得那麼好。阿笙的方法才能有效避免我弟被欺負。妳也聽見那些人怎麼叫我了，軟腳蝦什麼的。」

「但昨天可沒有人認出你是顏日汐，不是顏月笙。你只是把自己看扁了。」

「確實沒人認出我，除了妳以外。」

鄒妤芊得意一笑：「對，除了我以外。我在想你會覺得自卑，會不會是因為你是你。其實沒人覺得你不好，而是你覺得自己不夠好，所以才會自卑。」

「什麼意思？」顏日汐一臉茫然。

「好好站挺，更有自信點。」鄒妤芊繞到他背後按住他的背，將他的肩膀拉挺，「這樣看起來好多了，還高了幾公分。」鄒妤芊微笑，輕聲嘆氣，「好不容易大家開始對你改觀了，你也要努力，知道嗎？」

「有這麼容易？」顏日汐抓抓頭。

「不試試看怎麼知道？你也想過上正常的學校生活吧。試著忘記自己是誰，換個方式過日。好好站挺，我在你後面監督。」鄒妤芊笑著說。

兩人一前一後走向教室，途中一名籃球隊隊員見到他，親切向他打招呼。顏日汐突然感覺自己好像真的不一樣了，轉身看向鄒妤芊，卻見她站離自己兩公尺遠只是微笑。

午休時間，顏日汐準備去合作社買午餐時，三名男同學圍上前。他下意識低下頭，試圖閃避。

「日汐。」男同學從他背後呼喚。

他見到鄒妤芊正坐在座位上關注，隨即挺起胸膛，勉強擠出微笑轉過身：「有、有什麼事嗎？」

「聽說你昨天在六班代替你弟上課，是真的嗎？」

「對。」他努力收起膽怯的表情，點點頭。

「你太神了。他們班的人都沒發現？」同學雙眼睜大，一臉佩服。

「沒有。」他尷尬搔搔頭。

「所以籃球隊找你上場代打也是真的囉？」其中一名男同學伸手輕敲他的肩膀，向他示好。

「我其實是被拖去的。」顏日汐忍住聳肩縮脖子的壞習慣。很少有同學和他這麼親暱。

「沒想到你籃球這麼厲害。」

幾個人嬉鬧著開始聊起天。顏日汐隨著他們走出教室前，瞥了鄒妤芊一眼，鄒妤芊對他偷偷豎起大拇指。

當顏日汐和同學在合作社買午餐時，同學問道：「對了，你平常中午都跟誰一起吃飯？你弟嗎？」

「我弟有自己的朋友，就算是兄弟，也不會想一整天膩在一起。我大部分的時間是自己吃，有時候跟妤芊……」他心虛回答。

「鄒妤芊？你跟她很要好嗎？」三人睜大眼，一臉不可思議。

「雖然她其實長得一點也不嚇人，那些傳言都只是大家拿她尋開心。可是她是鄒妤芊耶，陰森又孤僻。你怎麼會想跟她一起吃飯？你們不是男女朋友吧。」另一名同學回應。

「不是。」顏日汐搖頭，但卻脖子發燙。

「她要是少掉那塊胎記，就會好看不少。」

「然後不要老是把臉用頭髮遮起來，像鬼一樣。」他們開始討論鄒妤芊的長相，不時竊笑。

顏日汐雖然高興有人願意和自己交談，但他們談論的內容讓他很不自在。他不喜歡說鄒妤芊的壞話，那些人談論她的長相，卻沒人認識她真正的一面。

「她人挺好的，而且我也沒什麼人緣。」顏日汐想幫她說話。

「沒人緣？不然你以後就跟我們一起吃飯啊。」

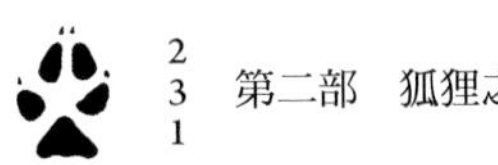



「嗯？」他面露困惑。

「以前班上那些無聊的人老愛整你，所以我們也不敢接近你。但現在不同了，籃球隊隊長放話，說你幫忙打進前五強，要是有人敢惹你就是和他做對。」

「可是……」他一臉猶豫。從三人的話聽來，確實是好意。

「還是你想繼續跟鄒妤芊吃飯？你這樣下去會被打回原形，你知道她是被排擠的人嗎？」

但我同樣也是被排擠的人。顏日汐心想。

「如果不想重回過去的日子，不想一早來學校總是要清理抽屜裡的垃圾，那你最好不要和鄒妤芊接觸。我這麼說是為了你好，不是說她壞話。」

「是啊。我們以前在國中也被人霸凌過，是過來人。我們的話你可以信。」

顏日汐聽了不禁面露茫然。他明白他們話中的道理，也清楚不是惡意，但這麼一來，不就是要他拋棄本來的朋友嗎？他腦海中隱約浮現鄒妤芊寂寞的微笑。

我該怎麼做才好？他在心中喃喃自語。

放學時間，顏日汐習慣性走到鄒妤芊的座位前，想和她一起回家，但中午那群人馬上叫住他。

「日汐，今天放學有空吧？跟我們一起打球。」

「可是……」他望向鄒妤芊。

「沒關係，你去吧，反正我只是要搭捷運回家。」鄒妤芊笑著揮手。

「我跟你說過不要接近鄒妤芊，這樣會害你又變回被霸凌的對象。」同學的交談聲傳進鄒妤芊耳裡。她的笑容瞬間僵硬，目送他們離開。

隔天一早，鄒妤芊的抽屜裡多了很多本來不屬於她的東西，一大團垃圾和吃剩的早餐。當顏日汐發現自己的桌子安然無恙時，他注意到一件事——他們把霸凌的目標完全轉移到鄒妤芊身上了。

# 終章、瞬間即是永恆

顏月笙看見哥哥滿身大汗走進家裡時，不禁露出得意的笑容：「我的生活其實挺不錯吧。」

「什麼挺不錯？」顏日汐抹去臉頰上的汗水問。

「我看見你和幾個新朋友在後門的籃球場打球，這不是挺好的嗎？」顏月笙微笑。

「是不是朋友現在還不清楚。」顏日汐擦去額頭的汗水，表情不自覺心虛。他本來認為自己討厭人類，結果和方沛珊說的一樣，喜歡和討厭是同時存在、一體兩面的情感，他發覺自己確實希望能融入人群。然而如此一來，卻勢必得拋下本來和自己同屬弱勢的鄒好芊。

「知道你交上新朋友，媽一定很高興。」顏月笙微笑。

顏日汐點頭走進房間放書包，今天老么顏宥昕沒補習待在家裡讀書。

「臉頰還痛嗎？」顏宥昕在他走出房間前，轉身問。

「朋友說我嘴角的疤挺酷的。」顏日汐指著臉上的結痂，笑著回應。

顏宥昕見到哥哥笑了，嘴角跟著揚起：「哥哥，謝謝你。」

——「以後他懂了會反過來感激你。」

弟弟的話完全印證了鄒好芊的預言。

「她好像什麼都知道……」顏日汐喃喃自語。想起鄒好芊的同時，內心不由得愧疚。他知道自從自己脫離霸凌後，過去承受的壓力全數轉嫁到鄒好芊身上了。

最初看見鄒妤芊一人默默清理抽屜的垃圾時，他上前想幫忙，但鄒妤芊卻露出困擾的表情，搖頭拒絕。

難道她生氣自己這些天愈來愈少跟她說話嗎？他不否認因為顧慮新朋友，而不敢像以前一樣頻繁地和她接觸。他覺得這樣不好，但對方開始避開自己，讓他不曉得該怎麼做。

「得到什麼的同時，勢必也會失去什麼。」

帆叔叔當時想告訴我的，就是這個道理嗎？顏日汐深思著，默默嘆氣。

ꞵ ꞵ ꞵ

顏日汐一早和弟弟一同抵達學校，他發現大家看自己的眼神和以往不一樣，不再有那麼多人一直注視他，他現在就像是一般的學生，不必擔心不小心惹毛誰。

「你也想過上正常的學校生活吧。試著忘記自己是誰，換個方式過日。好好站挺，我在你後面監督。」鄒妤芊的話在他耳邊響起。他深呼吸挺胸微笑和路過的籃球隊隊員打招呼。

他從五年多來的霸凌生活得到解脫，但心裡總是有一塊角落隱隱作痛。

當兩兄弟走上樓經過轉角時，鄒妤芊正抱著書包從旁經過，不小心撞著顏日汐，她跌了一跤，手上的書包落在地上，裡面的物體撒滿地。

顏日汐仔細一看，地面上書本和鉛筆盒被灑上墨汁，一看就知道鄒妤芊被人惡作劇了。

「好芊，發生什麼事？」顏日汐上前將她扶起，發現她連上衣也染上了墨水。

「太過分了。」顏月笙幫忙將撒了一地的物品撿起來。

「沒關係，我自己來就好。」鄒妤芊站起身，慌張從顏月笙手中搶過書包，往廁所跑去。

「妤芊！」顏日汐呆望著她的背影。

「沒想到效應這麼快就出來了。」顏月笙喃喃自語。他告誡鄒妤芊的話完全應證了。

顏日汐沒多想，跑向廁所。這時間還沒上課，女廁裡有其他人在，他不方便進去，只能待在外頭等。鐘聲一響，人群散去後，他才悄悄走進廁所裡。

「回去。」

顏日汐還沒說話，就聽見鄒妤芊的聲音。

「發生了什麼事？是那群把垃圾塞進妳抽屜的人做的吧。」

鄒妤芊沒說話，但隔間裡卻傳來啜泣聲。

「我們不是朋友嗎？為什麼不能告訴我？」顏日汐柔聲問。

「你回去，不要接近我，不然他們又會把你當成目標。」

「那怎麼辦，妳要先回家嗎？」

「不行，我這樣回家爺爺他們看了肯定會擔心。好不容易告訴他們我當了班長，雖然根本只是大家選好玩的，但他們不知情，所以很開心。班長被霸凌，那麼他們很快就會知道真相。」

「妳可以打開門嗎？」顏日汐輕敲門。

「我叫你趕快回教室了，我開門幹嘛？已經上課了，你快回去。」

「妳先打開門。」顏日汐不放棄。

鄒妤芊遲遲沒聽見對方離開，只好勉強擦乾眼淚打開門。

「這個借妳穿。」顏日汐把身上的制服脫下來給她，也不顧對方雙頰發紅，「反正學校制服上衣男女一樣，妳穿上外套擋住名字，也沒人會發現妳穿我的制服。」

「那你怎麼辦？」鄒妤芊聳起肩膀，不敢直視上半身裸著的顏日汐。

顏日汐從書包裡拿出運動服，迅速套上，笑著說：「這樣就沒問題了。」

「可是他們會猜到是你幫我，對你不會有好處。」

「籃球比賽結束不到一週，目前還不會有人敢對我怎樣。」顏日汐摸摸鼻子，不再挺直背脊而是駝著背。在鄒妤芊面前，他不需要刻意扮演不習慣的自己，可以很自在。

「你好不容易交到新朋友了，他們看你和我在一起不會高興。」

「但我們也是朋友。難道妳要跟我絕交？」

鄒妤芊搖頭。

「那就沒問題了，如果是好朋友就不該介意我想跟誰在一起。畢竟要我看妳一個人難過，但什麼都不管，實在太難受。」顏日汐露出開朗的笑容。

鄒妤芊聽到他那樣曖昧的話，臉頰漲紅，但顏日汐神經大條沒發現異狀。

「先、先讓我換上衣服，我好好洗過了再還給你。」她慌張關上門。

鄒妤芊換上顏日汐的制服，緩緩打開門。顏日汐對她微笑，向前跨了一步，牽起她的手：「走吧，回教室去。這次要同時一起回去。」

「可是……」

「我想讓大家知道我們是朋友，不管怎樣，我都會和妳站在同一陣線。我不想再偽裝自己，如果要交朋友，我希望他們喜歡真正的我，就像妳一樣。」顏日汐緊握著她的手，大步往前走。

兩人抵達教室前，幾名同學從窗口瞥見他們，發出驚呼。鄒妤芊想甩開手，但顏日汐卻不放手，牽

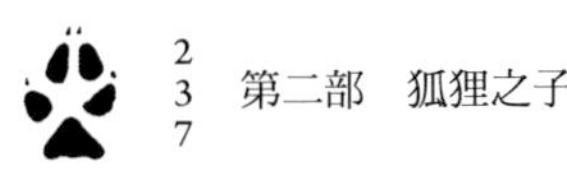


著她的手走進教室後才鬆開。

顏日汐的新朋友們瞪大眼睛看著他，彷彿在說：我們警告過你了，為什麼不聽？

鄒妤芊低頭迴避眾人的目光，趕緊坐回原位。

下課時間，顏日汐的朋友特地來告誡他：「阿汐，我們跟你說過了，如果再和鄒妤芊有牽扯，班上那些人又會找你麻煩。」

「但你們也說自己以前也被霸凌過，不是嗎？難道不能同情她？」顏日汐反問。

「對，正是因為這樣所以沒人想再經歷一次，你不也是？」

「所以要看著妤芊一個人變成箭靶嗎？」他不理解，眉頭不禁緊蹙。

三人聽了面露愧疚，陷入沉默。

「當然我們也不希望有人受害，可是事實上就是有人這麼無聊，喜歡欺負弱勢當樂趣。如果你想當英雄，就得承受當英雄的後果。自己好好加油。」他們拍拍他的肩膀離去。

午休時間，顏日汐的朋友沒再來找他了。雖然他感到寂寞，但心想總算不必在新舊朋友間做選擇，反倒自在不少。

「你這麼做真的好嗎？」鄒妤芊望著他的臉問。他們坐在學校中庭的角落一起吃飯，在這個位置比較隱蔽，不容易被看見。

「只是事情又回歸原狀，我沒有失去任何東西，妳一樣是我的朋友。這樣有什麼不好？」他安撫道。

「沒有不好，說實話我很高興。」鄒妤芊面露微笑。

顏日汐盯著她不禁脫口而出：「真的很漂亮。」

「嗯？」鄒妤芊面露狐疑。

「我是說，我是說妳的靈魂很漂亮。啊……」顏日汐發現自己愈說愈詭異，臉頰不禁漲紅，一直紅到脖子。

「你有時候真的很怪，但不討厭。」鄒妤芊笑著看他。

顏日汐望著鄒妤芊的笑容，瞬間發現他對她的感情產生變化──他發覺自己不知何時喜歡上她了。

ღ ღ ღ

鄒妤芊和顏日汐恢復平時的相處模式後，某次班長集會時，顏月笙悄悄靠向鄒妤芊低聲問：「妳最近過得怎樣，他們還欺負妳嗎？」

「和平常一樣，有時候會看到抽屜和書包裡出現垃圾，但已經習慣了。」鄒妤芊說著，但嘴角卻微微上揚。

「我哥也是，幾乎每個週末都在洗書包。」顏月笙聳肩。他望著鄒妤芊的側臉，明白她雖然在別人眼裡看起來過得很糟，實際上內心卻很滿足。

「第一次知道輸是什麼感覺。真不甘心。」顏月笙嘆了口氣。

「什麼意思？」鄒妤芊困惑地望著他。

「不重要，妳不用介意。重要的是妳和我哥現在看起來都比以前快樂，這樣就夠了。」顏月笙輕拍對方的頭，笑著說：「不管怎樣，我還是妳的朋友，需要幫助的時候，記得找我。」

下午打掃時間，顏日汐和同為值日生的男同學一起去垃圾場倒垃圾。男同學是先前曾和他友好的朋友之一。途中兩人許久沒說話，氣氛尷尬。

顏日汐將垃圾場的鐵門關上轉身時，男同學一臉愧疚地看著他：「上次你說了關於鄒妤芊的事，我想了很久，你說的沒錯，大家確實是因為害怕自己變成箭靶，所以只要自己沒事，就不管別人死活。但不代表沒有罪惡感，就像當初選班長，因為那些傢伙舉手，大半的人不敢不追隨他們，因此也成了霸凌鄒妤芊的共犯。她沒有錯，從沒招惹任何人，這大家也都知道。當然你也一樣。」

顏日汐面露詫異，不曉得對方會跟自己坦白。

「其實和你一起打球時我很開心，雖然在班上不敢找你說話，但還是希望和你做朋友。你和鄒妤芊的事，我會暗地裡支持，雖然其他兩人沒明說，但我想他們也是一樣的想法。加油。」

「支持？」顏日汐臉頰發燙，瞪大眼睛。

「你不是喜歡她嗎？所以我說我會支持你們。」同學微笑。

「嗯，謝謝。」顏日汐面露害臊，回以燦爛的笑容。

「你有一天也會找到屬於自己的同伴。」

他想起父親說過的話，內心感到一股暖意。

下午放學時間，顏日汐和鄒妤芊道別後，往捷運站走去。在走進捷運站前，只見一道熟悉的身影出現在入口，是他那打扮性格的阿姨。方沛珊身穿紅色風衣又戴上墨鏡，路過的人沒仔細看還以為是哪來的明星。

「阿汐，你來的正好，我正需要男士的意見。」方沛珊勾著他的手叫了輛計程車。

「小珊阿姨，妳公司離這裡很遠吧。怎麼會出現在這裡？」顏日汐坐在她身旁，隱約可以聞到果香的香水味。

「週末有個約會，我需要你給我意見。」

「什麼約會，要見客戶嗎？還是開會？」

「都不是，只是私下約會，和工作無關。」她拿下墨鏡，微嘟雙唇露出不滿，「我看起來像是只會工作嗎？」

「不然妳要跟誰見面？」

「小孩子，管這麼多幹嘛？」方沛珊伸手捏了他的手臂。

「說我是小孩，那還找我幫妳挑衣服。」

「臭小子，虧我小時候疼你啊。」方沛珊拉了他的人類假耳，假耳一下子脫落，趕緊趁司機發現前貼回去。

兩人抵達信義商圈，看見琳瑯滿目的服飾，顏日汐隨手翻看一件洋裝，看到價格又默默放回去。

「小珊阿姨，妳到底想找什麼場合的服裝啊？」

「當然是約會啊。」她焦躁之下不小心脫口而出，別過頭假裝什麼也沒說。

顏日汐光看她的表情就猜到八成了。

「我覺得帆叔叔不會挑妳穿什麼衣服，他自己都不注重打扮了，哪會要求妳穿什麼。」

「我又沒說要跟他約會！」方沛珊斬釘截鐵否認，可是臉頰卻像塗了大腮紅一樣泛起紅暈。

「不打自招。」他用對方聽不見的音量小聲抱怨。

「不然你說我該穿什麼好？」方沛珊難得露出小女人的一面。

「普通的洋裝，例如粉色系、白色之類的。」

「啊，原來阿汐喜歡純情的。我會記得跟你媽說。」方沛珊噗哧一笑。

「囉嗦。」

「好吧，聽你的意見，我不買了，我衣櫃裡也有一兩件這種白色洋裝，何況他也不敢嫌我。」她得意一笑。

「我想妳如果帶了手做點心，他就會開心得飛起來了。」

「這我回去再想想，既然省下治裝費，我們去附近的下午茶店吃點心吧。」方沛珊一臉雀躍地勾著姪子的手臂，兩人往附近的美食巷子前進。

他們坐在餐廳靠窗的座位，分別點了鬆餅和草莓聖代交換吃。

顏日汐看著街上來來往往的人，轉頭望向一臉幸福吃著草莓的方沛珊。

「妳看起來比以前幸福不少，不過我只擔心妳結婚時會有不少人來鬧場。」顏日汐低聲說。畢竟方沛珊是狐群裡以破壞婚禮和唱衰人出名的。母親蘇于晴是贏得她的認可才免除災難。

方沛珊聽到他的話，頓時露出驚呆的臉。

「不過如果妳順利結婚了，其他對新人就不會擔心妳再去鬧場，或許反而大家都會樂觀看待也說不定。」他趕緊安撫對方。

「我會不會結婚還沒個譜。不過放下長久掛念的人，心裡舒服多了。」她挖了一小匙冰淇淋放入嘴裡，笑得比冰淇淋還甜。

「我安心了，一直擔心小珊阿姨找不到好的歸宿，沒想到就近在眼前。」顏日汐會心一笑。

「小屁孩講什麼甜言蜜語。」方沛珊將湯匙裡的冰淇淋用力彈到他臉頰上，「你呢？該有女朋友了吧。你阿呆堂哥在大學裡可是吃很開的，可別輸給人家。」

「我怎麼可能，阿笙還比較有機會。」他無奈擦去鼻頭上的冰淇淋。

「那總有喜歡的女生吧。像你這樣老成的孩子，最容易墜入情網。」方沛珊微笑道，露出別有意味的眼神。

顏日汐支支吾吾說不出半句話。

「看你緊張的。是人類女孩嗎？」方沛珊挑眉看他，只見他點點頭。

「這麼早就情竇初開，跟你爸一點也不像，反而像顏以帆那個多情的臭傢伙。」她話中帶著濃濃醋意。

「上次去墓園見的人也是人類吧。」他膽怯地低下頭問。

「嗯，喜歡人類可不輕鬆。你永遠不知道他們能不能喜歡真正的你。你爸算幸運了，遇到像小晴那樣粗神經的人，根本不在意相愛的對象本來是四腳行走的生物，隨隨便便就被拐走當新娘。」方沛珊把一旁的咖啡推向他，「要喝喝看嗎？」

「不了，我過敏，怕在這裡露出狐狸尾巴。」

「小時候不能喝，說不定現在已經可以適應了。」方沛珊聳肩把咖啡拉回來。

「阿姨，如果被人類知道身分，會、會怎麼樣？」顏日汐不安之餘，講話開始結巴。

「邱比特的故事聽過沒有？邱比特愛上人類少女，但苦於不能讓對方知道自己的身分，只在黑暗中和少女見面。少女因為好奇心偷看了他睡覺的樣子，結果邱比特就忍痛離開對方。這就是失敗的例子。」

「小珊阿姨當初也是這樣嗎？」

方沛珊搖頭：「當初他是大學哲學系的教授，我是學生，要在一起就花了非常久的時間。我畢業後到他的研究室當助手，就為了倒追他。在那時代女孩子倒追是很不可思議的事，花了幾年才正式交往。當我們論及婚嫁時，我和他坦白身分，他嚇傻了，跌跌撞撞衝出家門，我被留在他家不知道該怎麼辦。過了一週他回來確認自己不是做夢，告訴我因為他無法消化這個事實，所以希望取消婚約。」

顏日汐聽了面露同情。方沛珊伸手捏捏他的臉頰：「熬了這麼久才能在一起，我當然不肯放手，也不敢跟家人說自己洩漏身分的事。因為如果得知身分的對象無法接受自己，通常狐群的習慣就是把對方扔進海裡掩蓋事實。」

「那為什麼他沒事？」

「你爺爺擋下來了。他是狐群裡的大家長，沒人敢違抗他，除了你爸。」她噗哧一笑，「當你爺爺知道我和教授發生的事後，本來想把教授包布袋扔進海裡，但被他撞見我想把耳朵切掉。那時你爺爺跟我說『如果妳不懂得愛妳自己，那妳就不會愛人』，並把我房內任何可能切掉耳朵的東西搜刮一空。我躲在房間裡三天三夜，最後請求你爺爺饒過教授，而我會繼續以狐狸的身分生活下去。」

「所以之後妳就沒見過那個男人了嗎？」

「有，在他快過世的時候。在五年前我到安養中心當義工，不巧又遇上他。他得了老人癡呆症，記憶停留在我們分手的年齡。雖然我換了打扮，但他還是認出我。他跟我說了對不起，就像上次我在墓園告訴你的一樣。不管怎麼說，我很感激他沒有忘掉我，也沒有把狐群的事說出去，意外的是他到死一直單身。當他過世時，我不敢自己去他的葬禮，碰巧路上遇到顏以帆，硬把他拖去，喪禮結束後我們一起喝了一週的酒、又花了一週才酒醒。在那之後我才真的死心。」方沛珊長嘆一聲，嘴角微微上揚。

顏日汐不敢想像他們花了多少酒錢，想灌醉一隻狐狸一整間超商的酒還未必足夠，何況是兩隻狐狸。

「那我該怎麼辦才好？」顏日汐無意識將鬆餅切成好幾塊。

「已經這麼喜歡到想表明自己的身分了嗎？」方沛珊瞇細雙眼。

「我並沒有想要告白，或有進一步的發展。只是希望能讓她知道我的全部，想知道如果她認識真正的我，還能不能保持原來的關係？」他說著不禁嘆氣。

「但是你很害怕被知道後，對方會有什麼反應吧。別說我們，一般人類也是。不敢在男友面前素顏、不敢大口吃東西、不敢大笑。這種煩惱大家都有。」

「我沒想到交往那樣深入的事，只是不想對她隱瞞自己。」

「你爸當初是抱著破釜沉舟、一定要把對方娶回家的決心，跟蹤十年、交往五年才坦承身分。你的情況不一樣，只是希望讓對方知道真正的自己，這我可以理解。不過，套一句我那教授常說的理論，每件事都有正反面，像銅板一樣，你不會知道銅板落下後，出現的是人頭還是十元，畢竟兩者是同時存在的，像喜歡和討厭、希望和失望。期待也可能受傷害。想清楚，等到你覺得期待大於對後果的恐懼時，再告訴對方真相吧。」

「我會好好思考這件事。」顏日汐搔搔頭，露出微笑，「小珊阿姨現在能過得這麼幸福，我真的很為妳高興。」

方沛珊看著他，雙頰微紅。

ꟻ ꟻ ꟻ

放學時間，顏日汐習慣性站在教室外等鄒妤芊出來一起回家，當她出來時，他發覺她有些異常。只見鄒妤芊抱著書包靦腆一笑。他發現對方手上的書包少了揹帶，明顯是被人剪斷了。

「又是他們幹的好事吧？未免太過分了。」顏日汐抑止不住憤怒。

班上那群惡霸走出教室，對著他們竊笑。

「是你們幹的好事吧。上次在她的書包裡倒墨水，現在又剪斷她的揹帶。」他終於忍不住怒氣，對他們質問。

「是又怎樣，你想叫你弟來揍我嗎？弟弟，快來保護我。」他們裝模作樣，諷刺道。

走廊上幾個人聚集在旁圍觀。

「不要跟他們爭了，我沒關係。」鄒妤芊抓住他的手臂，膽怯地搖頭。

「但他們真的做得太過火了，這樣永遠沒完沒了。」他眼神一瞬間瞥向後方的人群，下巴微微揚起。

「那你想怎樣，打我？」領頭的人用食指指著自己的臉，露出無賴的表情。

「你們為什麼老是要找她麻煩？」顏日汐忍住怒火又問。

「我們想幹嘛干你屁事。」

「她沒惹你們，三番兩頭找她麻煩幼不幼稚？做這種小學生的行為，什麼時候才會長大？」

「怎樣，現在突然敢大聲說話了嗎？」領頭的伸手抓住顏日汐的領口，作勢要打人，而他也不示弱，狠狠瞪向對方。

他沒有忘記高一那年也是對方差點把自己的眼睛打瞎，冷言道：「你再打看看，看這次會不會被學校退學。」

「你！」對方的拳頭冒出青筋。

「喂，你們在做什麼？」學務主任從走廊上跑向前，顯然是有人通風報信。

那人聽到主任的聲音，但拳頭已經揮了出去，顏日汐左臉頰一下子變得又紅又腫。

「你跟我過來。」學務主任把打人的同學帶走。

「好痛！」顏日汐臉皺縮成一團。

「你沒事吧？」鄒妤芊站在一旁觀察傷勢。

「日汐，你真是嚇死人。要是我沒看懂你的暗示，或是主任晚一步來，他那拳頭恐怕會打得更重。」上回跟他輪值的朋友氣喘吁吁走上前。剛才就是他看了顏日汐的暗示，趕緊把主任找來。

「是啊，竟然敢跟學校出名的混混對嗆，你膽子太大了。」另外兩名同伴跟著上前關心。

「謝謝你幫我叫主任來。他以前打傷我的紀錄還在，學校不會忘得那麼快，這是他的弱點。他打傷人，這次學校不可能再坐視不管。」

「你真是的，要是受重傷怎麼辦？趕快到保健室檢查吧。」鄒妤芊慌張說道。

「對，走吧。」其他三人附和。

事後，如顏日汐的計算，打人的同學被學校強制退學。少了領頭者，剩下兩人勢力式微，顏日汐和鄒妤芊被霸凌的情況漸漸減少。原本不敢接近兩人的同學也開始敢向他們搭話。

「你真厲害。我現在還不敢相信早上來學校，抽屜是乾淨的。」放學時鄒妤芊笑著對他說，現在她變得比以前更有自信、更漂亮，不再低著頭走路。即使朋友變多了，他們還是最習慣彼此間的相處模式。

「想改變環境，就要學著改變自己，但不能失去自我。你不能什麼都不變，但也不能什麼都變。」他微笑回答。

「這是誰說的話？聽起來很有意思。」

「是我叔叔說的。」顏日汐露出自豪的表情。

「你們走太快了，怎麼不等我們？」那三個和顏日汐友好的同學湊上前，他們現在不再擔心會被班上的惡霸盯上，也敢主動跟鄒妤芊說話。

「上次我聽隔壁班的朋友說，看到阿汐在信義區跟一個很像大學生的漂亮姊姊吃飯耶。她是誰啊？」其中一人好奇問道。

「是我遠房的阿姨。」顏日汐苦笑，沒注意到鄒妤芊瞬間鬆了口氣。

「竟然是阿姨！那她幾歲？」

「嗯……大概二十六歲吧。」他不敢想像如果他們知道方沛珊實際年齡高達五百多歲會有什麼反應。

「你好像說過，你爸那邊親戚好幾百人，真難想像。」

他乾笑幾聲帶過。

「阿汐，可以問問你國小是遇到了什麼事，讓那三個人老是喜歡欺負你？」他們問道。

顏日汐顧慮地望向四人，緩緩開口：「那是因為我對咖啡過敏，當時因為過敏的事出糗被嘲笑，我弟幫我出氣打傷人。事情鬧很大，我又不懂得怎麼處理，小玩笑變成對立。好死不死，那些老愛找我麻煩的人又總是跟我同校，總之就是這麼一回事。」

他省略詳盡的細節，簡單帶過。

「原來是這麼一回事，你辛苦了。」他們輕拍他的肩。

「所以你現在還是不能喝咖啡嗎？」鄒妤芊問。

「最好不要。」他摸摸脖子，不敢想像喝了咖啡當眾變成狐狸的模樣，八成就像白素貞喝了雄黃酒一樣，會嚇死人。

一群人嘻嘻哈哈往校門走去，沒注意到後方有人在偷聽他們的對話。

隔日體育課體適能測驗結束後，班上同學一一返回教室休息喝水。現值冬季，喘氣吸入的冷空氣使人口乾舌燥，一進教室大家第一個動作就是拿起水壺喝水。

「阿汐，沒想到你跑這麼快，以前你是不是偷懶，測量時間進步太多了吧？」體育股長對他笑著說。

他笑而不答。因為過去他必須擔心過於突出會讓人看不順眼，但現在不用顧慮別人，可以做自己。

「這次運動會你一定要上場。」對方拍拍他的肩膀。

他擦乾汗，微笑回應，拿起桌上的保溫瓶，水碰至口中的瞬間，嗅到味道不對勁。他腦內的警告燈號亮起，發現情況異常時，卻已經把摻了咖啡粉的水喝進肚裡。

他萬萬沒想到會有人在他的保溫瓶動手腳，趕緊把咖啡吐回杯內，但一部分已經嚥下肚。

惡霸的兩名餘黨見他把水吐回保溫瓶裡，不禁哈哈大笑，而其他人面露詫異，還不清楚發生了什麼事。

記憶裡不安的情緒隨血液在顏日汐的體內迅速穿梭，他知道自己的身體快失去控制，慌張奔出教室外。

因為是上課時間，走廊上沒有半個人，只聽得見自己急促的腳步聲。他慌張之餘，衝下樓梯，快速躲進校園中庭的矮樹叢裡。他穿過樹叢縫隙窺看，只見自己的運動服脫落在地面上，現在他的狀態已經完全失去人形，要是有人看見繡有他名字的衣服，不曉得會引起什麼騷動。

當他不知道該如何是好時，瞧見一雙熟悉的白色布鞋出現在視野內，那人撿起他的衣服。

完了，一切都完了。難道要跟大家說我跑去裸奔了嗎？他的腦海被千頭萬緒淹沒，甚至浮現離開這座城市的想法。

「日汐、顏日汐？你在哪裡？」鄒好芊的聲音傳進他耳裡，他定睛一看，只見對方手中正拿著他身上的衣物。

「班長，妳見到阿汐了嗎？」其他朋友小跑步上前問。顏日汐發覺她趕緊將衣服藏在背後。

「我沒看見他，會不會去保健室了？」

「有可能。我們剛才檢查他的水瓶，那兩個人在裡面加了咖啡粉，肯定是知道他對咖啡過敏才故意做這種事，太差勁了。」

「那你們去那裡找找，我去向老師報告。」鄒好芊笑著打發他們。

「好吧。」

顏日汐聽見一群人離開的腳步聲，鬆了口氣，然而卻發現某樣東西正要從鄒好芊手中滑落，他無論如何都不想被對方看見那樣東西，下意識躍出樹叢。

「什麼聲音？」幾個人走回來，望向樹叢。顏日汐緊閉雙眼不敢再移動，突然身體浮空，發現自己被人捉起。

這下死定了，要被送去實驗室解剖了吧。顏日汐心下萬念俱灰，不料耳邊傳來鄒好芊細柔的聲音——

「只是流浪狗而已，沒什麼。」她甜甜一笑。

「什麼啊。班長，勸妳別隨便抱流浪狗，要是有狂犬病被咬很麻煩。」朋友好心叮嚀後離開。

鄒好芊鬆了口氣，將狐狸樣貌的顏日汐正面轉向自己，盯著他看。

他不知所措，慌張發出「汪」的一聲，拚命搖晃尾巴。

「不要再裝了，我知道你是顏日汐。」鄒妤芊露出好氣又好笑的表情。

顏日汐望著對方，頓時還無法消化現況，愣了將近一分鐘問：「妳怎麼發現的？」

「上次你打疫苗過敏時，我就看到你的尾巴。這就是你真正的長相嗎？」

「這只是一半，我是狐狸精，一半是人一半是狐狸。」顏日汐現在除了身上的毛以外，完全全裸，一雙大耳難為情地下垂。他從沒想過是以現在的方式向鄒妤芊暴露自己的真實身分。

「妳不怕嗎？」顏日汐一臉膽怯地望著她。

「我不怕。我說過，我很早就發現你不一樣，只是不好問你。」鄒妤芊笑著回答，「不過你現在說話的模樣真的很神奇，好像電影特效。」

「妳這麼說很失禮耶。」顏日汐皺眉。他沒想過鄒妤芊早就發現自己的身分，而且反應異常冷靜。

「其實我不驚訝一部分是我過世的叔公曾經跟我說過，他年輕時愛上一隻狐狸精，甚至差點要跟對方結婚，但當他知道對方身分時嚇傻了，隨即要求取消婚約，後來對方便消失無蹤，後悔也來不及。他說得栩栩如生，但我家人沒一個相信，都說他失智，又加上他又是哲學系教授，對怪異現象不存疑，就把虛幻故事編進記憶裡了。但我從小第一次聽他的故事時，就相信是真的，只不過沒想到自己會遇上。」

顏日汐聽著她說的故事，突然有種熟悉感。他知道自己聽過這個故事，不過是女方的版本。

「剛才你躲得好好的，為什麼跑出來？」鄒妤芊又問。

顏日汐回神瞪大眼，想起剛才衝動跳出樹叢的原因。他吃驚地倒抽一口氣，匆忙抓起鄒妤芊手中的衣物大叫：「妳絕對不可以看，妳要是看了，我、我……」

「什麼東西不能看？」鄒妤芊一臉困惑，畢竟連他的身分都不驚訝了，還有什麼不敢看的？

當她低下頭才明白為什麼顏日汐這麼緊張，因為她手中明顯有一件不是學校布料的衣物，整個人瞬間僵直雙頰漲紅。

「就說不要看了。」顏日汐從對方手中抽出自己的四角褲，捧在胸前用手臂遮蓋。

「我現在該怎麼做？」鄒妤芊直視前方，動作像機器人一般左右踏步。

顏日汐看她的表情覺得又可愛又好笑。

「把我藏在廁所裡，幫我叫阿笙過來。」

「好，知道了。」她抱住顏日汐，小心遮掩，不讓他被人發現，隨即小跑步衝進男廁裡，將顏日汐好好放在上蓋的馬桶上，還不忘細心叮嚀：「聽到我的聲音前，絕對不可以發出任何聲響喔。」

「嗯，謝謝妳。」顏日汐滿懷感激。

鄒妤芊甜甜一笑，將門關上。顏日汐沒想到她這一笑，就看了七十多年，直到兩人一起攜手走向另一個世界。

# Episode

週末下午，蘇于晴躺在沙發上睡午覺，顏以傑今天排班不在家，家裡只有她和三個毛孩子。涼風自窗外吹進房裡，感覺不出時間的變化。孩子難得安靜不吵，她靜靜享受片刻寧靜。睡到一半，手指被輕舔了幾下，睜開眼，只見大兒子顏日汐站在沙發旁，嘴裡叼著一本筆記本。

「媽咪，講故事給我聽。」顏日汐眨眨眼睛，以充滿期待的表情望著母親。

「什麼故事？」顏月笙叼著年幼的顏宥昕跑向兩人。

蘇于晴揉揉雙眼接過筆記本，翻開來看，發現是顏以傑的字跡，才知道是丈夫的日記。忍不住仔細看了內容：

我的妻子是個溫柔善良的人。看到流浪狗總是忍不住餵食，包包老是塞滿路邊發放的傳單，從不拒絕。她還很喜歡準備零錢，跟她到超商，她總是習慣把錢包裡的零錢全數捐出。

買菜不買活的食材，如果是我當然會選活魚，但我妻子看到了就會捏捏我的手臂，要我選已經沒靈魂的。雖然牠們橫豎都是一死，但她為我犧牲太多，這點小事就不跟她爭了。

因為她太善良，所以我很容易忌妒，特別是路上那些覬覦我妻子的臭狗們。雖然我妻子總是說我想太多。

我愛她，雖然一開始只是單純對她感到好奇，沒見過這麼糊塗的人類。我爺爺是人，可我從沒見過他。我本來不喜歡人類，他們大多很狡猾、自私、自傲又貪婪，但我卻愛上這個女孩。她的靈魂很美，像是大海裡漾起的泡沫，在陽光下總是閃閃發光。

我忍不住跟蹤她，偷偷向她搭話，扮成店員或是郵差，但她都沒注意到我，我很傷心，可是又很膽小，不敢跟她告白。她大學失戀時，哭得很醜，我看了心疼，心想如果是我才不會讓她哭。那天我便下定決心，一定要讓她成為我的妻子，讓她真心愛上我。那天我也第一次羞恥扮成和路邊那些傢伙一樣的討飯臉，向她搖尾巴，讓她抱著我大哭。當然我也不忘把將她弄哭的人的機車輪胎刺破報復。身為一頭善妒的狐狸，這件事不能讓妻子知道。

記得她第一次主動和我說話是在那天太陽大到讓人快蒸發的夏日午後，天氣很熱，妻子生性懶惰大概不會出門，雖然這麼想，我還是離開家四處晃晃。

我站在飲料販賣機前，從很久以前我就常看到這種方型機器，但明明便利商店到處開，又何必跟機器打交道，但當下附近的便利商店竟然在整修，我只好試著跟機器買飲料。我放入錢幣，指著想要的飲料許久，但對方始終沒回應，這時奇蹟就出現了——

「需要幫忙嗎？」她說。

在所有人不理會我的時候，她卻出現在我面前。我努力裝作冷靜，但其實緊張到心臟要跳出來。我有預感這會是我們的開始，在那之後那台販賣機就變成我盤據的基地。我向老闆請了一個月的長假，就是為了推算她何時會經過這裡，統計好她出現的頻率後，我便固定在那些時間出現，就為了可以跟她說上幾句話。

每次見面，我總會仔細觀察她靈魂的變化，因為人類的靈魂是會因情緒而改變。而我也注意到了，

當我們見面的次數愈加頻繁，她見到我時，靈魂的色澤和濃度一次比一次鮮明、濃烈，我明白她很高興見到我。

在我們「巧遇」交談的第二十七次，當天我們從下午一直聊到日落天黑，這是第一次聊得這麼久，聊到我不希望就這麼結束。這一次必定要有新的進展，不然枉費我全勤報到的精神。

「啊，已經晚上了，沒想到竟然聊這麼久。」妻子面露青澀的笑容，輕輕敲打痠痛的大腿。

我心想自己一定得做出和以往不一樣的舉動，時機已經成熟，這次不積極爭取機會，以後只能維持現狀。

「明天可以再見面嗎？」我握住她的手問。她靈魂湧現的七彩泡泡和她本人同時靜止不動，似乎很吃驚。

我本來想直接問她嫁給我好不好，但人類是很奇怪的生物，明明時間不充裕，但什麼事情都喜歡慢慢來，為了不要嚇到妻子，我選擇了一個負擔最輕的問題。

妻子愣了三秒笑出聲，靈魂的泡泡開始激烈躁動，我知道她對我心動了。我有預感，這會是新的開始，聯繫我們認定是彼此唯一的將來。

蘇于晴放下筆記本，面露微笑。這時門邊傳來開門聲。

「小晴，我回來了。」顏以傑面帶笑容，走進家裡。

蘇于晴和三個孩子上前迎接，她抱住丈夫，輕觸他的唇：「你知道我有多愛你，對吧。」

要青春20　PG1822

要有光
FIAT LUX

# 我的男人是狐狸

作　　者　朱　夏
責任編輯　林昕平
圖文排版　周妤靜
封面設計　葉力安

出版策劃　要有光
發 行 人　宋政坤
法律顧問　毛國樑　律師
印製發行　秀威資訊科技股份有限公司
114台北市內湖區瑞光路76巷65號1樓
電話：+886-2-2796-3638　傳真：+886-2-2796-1377
http://www.showwe.com.tw
劃撥帳號　19563868　戶名：秀威資訊科技股份有限公司
讀者服務信箱：service@showwe.com.tw
展售門市　國家書店（松江門市）
104台北市中山區松江路209號1樓
電話：+886-2-2518-0207　傳真：+886-2-2518-0778
網路訂購　秀威網路書店：http://store.showwe.tw
國家網路書店：http://www.govbooks.com.tw

出版日期　2017年10月　BOD一版
定　　價　320元



**Printed in Taiwan**

國家圖書館出版品預行編目

我的男人是狐狸 / 朱夏著. -- 一版. -- 臺北市 :
要有光, 2017.10
面 ;　公分. -- (要青春 ; 20)
BOD版
ISBN 978-986-95365-0-9(平裝)

857.7　　106014988

# 讀者回函卡

感謝您購買本書，為提升服務品質，請填妥以下資料，將讀者回函卡直接寄回或傳真本公司，收到您的寶貴意見後，我們會收藏記錄及檢討，謝謝！如您需要了解本公司最新出版書目、購書優惠或企劃活動，歡迎您上網查詢或下載相關資料：http:// www.showwe.com.tw

您購買的書名：________________________________

出生日期：_______年_______月_______日

學歷：□高中（含）以下　□大專　□研究所（含）以上

職業：□製造業　□金融業　□資訊業　□軍警　□傳播業　□自由業

□服務業　□公務員　□教職　□學生　□家管　□其它_____

購書地點：□網路書店　□實體書店　□書展　□郵購　□贈閱　□其他

您從何得知本書的消息？

□網路書店　□實體書店　□網路搜尋　□電子報　□書訊　□雜誌

□傳播媒體　□親友推薦　□網站推薦　□部落格　□其他_________

您對本書的評價：（請填代號　1.非常滿意　2.滿意　3.尚可　4.再改進）

封面設計____　版面編排____　內容____　文／譯筆____　價格____

讀完書後您覺得：

□很有收穫　□有收穫　□收穫不多　□沒收穫

對我們的建議：________________________________

________________________________

________________________________

________________________________

請貼
郵票

11466
台北市內湖區瑞光路 76 巷 65 號 1 樓

**秀威資訊科技股份有限公司** 收

BOD 數位出版事業部

..............................................................................................

（請沿線對折寄回，謝謝！）

姓　　名：＿＿＿＿＿＿＿＿　年齡：＿＿＿＿　性別：□女　□男

郵遞區號：□□□□□

地　　址：＿＿＿＿＿＿＿＿＿＿＿＿＿＿＿＿＿＿＿＿

聯絡電話：(日)＿＿＿＿＿＿＿＿＿＿(夜)＿＿＿＿＿＿＿＿＿＿

E-mail：＿＿＿＿＿＿＿＿＿＿＿＿＿＿＿＿＿＿＿＿